RPM
3000

RPM3000 1

가프 장편소설

초판 1쇄 찍은 날 § 2017년 5월 24일
초판 1쇄 펴낸 날 § 2017년 5월 31일

지은이 § 가프
펴낸이 § 서경석

편집책임 § 최지원

펴낸곳 § 도서출판 청어람
등록번호 § 제387-1999-000006호
등록일자 § 1999. 5. 31
어람번호 § 제1-2703호

주소 § 경기도 부천시 부일로 483번길 40 서경B/D 3F (우) 14640
전화 § 032-656-4452 팩스 § 032-656-4453
http://www.chungeoram.com
E-mail § chungeorambook@daum.net

ISBN 979-11-04-91343-3 04810
ISBN 979-11-04-91342-6 (세트)

FUSION FANTASTIC STORY

RPM 3000

1

가프 장편소설

도서출판 청람

RPM 3000

Contents

프롤로그. 기적을 만나다!

삐빗삐빗~

"게임 결과에 따라 플레이어의 능력 향상 스킬을 선택할 수 있습니다. 안타는 아이템 하나, 2루타는 둘, 3루타는 셋, 홈런은 네 개의 옵션까지 선택이 가능합니다. 플레이하시겠습니까?"

30년도 더 된 낡은 EEB(Epoch Electronic Baseball) 야구게임기. 삐빗거리는 게임기의 On 버튼을 누르는 순간, 시들어가던 후보 투수의 삶에 기적의 불이 들어왔다.

삐빗삐빗~ 삐빗!

1. 골동품 EEB 야구게임기

2013년 공주 구장.

8회 말 투아웃 만루. 게임 스코어 2 대 3. 한 점 뒤진 상황에서 볼카운트 투 앤 투. 상대가 전통의 강호 북인고인 걸 감안하면 어마무시한 선방이다. 9회 초 역전도 노려볼 수 있는 순간, 승우가 뿌린 슬라이더가 통타당하는 소리가 들렸다.

빠악!

네 번째 투수로 올라온 승우였다. 선발로 나온 3학년 강철욱이 모처럼 6과 3분의 2이닝 1실점으로 선방했지만 이후에 나온 남재와 벙구가 문제였다. 결국 8회를 넘기지 못했다. 볼넷 세 개와 안타 하나로 한 점을 더해 만루를 허용하고 승우에게 마운드를 넘긴 것이다.

소방수라서 투입된 게 아니었다. 남은 투수 중에서 그나마 제구가 되는 건 승우뿐이었다.

"와아아!"

북인고 더그아웃의 함성과 함께 공은 잘도 뻗어나갔다. 함성은 공을 계속 밀어 보냈다.

공이 펜스 하단을 때렸다. 수비 커버를 위해 달려온 중견수가 잡았지만 한 번 더 더듬어주시는 통에 타자는 3루로 치달았다.

"홈! 홈!"

북인고 수비 코치가 풍차처럼 팔을 돌렸다. 그제야 공이 중계되었다. 타자는 그라운드 홈런을 만들고 홈에 안착한 후였다.

"홈인!"

심판이 두 팔을 날개처럼 파닥이며 콜을 외쳤다.

"와아아!"

함성 속에서 그라운드는 두 개의 세계로 나뉘었다. 4점을 쓸어 담은 북인고와 추격의 의지가 무너지는 소야고의 한숨.

"괜찮아! 다시 시작해요!"

승우가 두 팔을 뻗으며 외쳤다. 파이팅 기백으로는 초고교급 투수가 되고도 남을 승우. 하지만 아무도 호응하지 않았다. 6번 타자는 내야플라이로 잡았다. 구위가 좋은 게 아니라 단지 앞선 타자의 영향으로 스윙이 너무 큰 덕분이었다.

"가자, 역전! 아자아자!"

9회 초 마지막 공격. 승우는 대기 타석에서 악을 썼지만 차례는 돌아오지 않았다. 세 타자가 내리 아웃을 당하고 말았다. 상대는 역시 북인고, 공비고와 더불어 지역의 맹주이자 전국에서 초상위권을 다투는 학교다웠다.

"스뚜우악 아웃!"

게임의 끝을 알리는 심판의 마지막 포즈는 잔인하도록 박력이 넘쳤다. 그제는 공비고에 7회 콜드게임 패, 오늘은 북인고에 7 대 2 패배로 후반기 주말 리그 지역 예선전 6패. 충남 소야고등학교가 연습 경기 포함, 28연패를 당하는 순간이자 후반기 주말 리그를 마감하는 순간이었다.

28연패.

'쉿!'

승우의 입에서 쉿소리가 나왔다. 고교 입학 후 세 번째 등판이었다. 스피드는 없지만 손가락 감각이 좋아 변화구를 잘 구사하는 승우였다. 제구력만큼은 박 감독의 수제자로 불렸다. 하지만 그것 하나로 경기를 압도하는 건 불가능했다.

교장이 슬쩍 자리를 털고 일어섰다. 교감도 그 뒤를 따랐다.

"수고했다."

박 감독이 말했다. 호투한 강철욱도 격려했다. 오늘 안타를 두 개나 쳐낸 소야고의 투타 대표 철욱. 하지만 그건 어디까지나 소야고 안에서의 일이었다.

부상으로 일찌감치 현역에서 물러나기 전, 제구력의 달인으로 불렸던 박 감독은 창단 3년 내 전국 우승을 목표로 취임하였다.

창단 첫해에 전국 4강에 드는 기염을 토했다. 그러나 그해의 전지훈련장에서 악마를 만났다. 공들여 스카우트한 에이스와 포수가 사고를 당해 야구를 접게 된 것. 이후 내리 두 해를 망치게 되자 중학교 우수선수들의 지원이 끊겼다.

당연한 일이었다. 정신 제대로 박힌 선수와 부모라면 소야고를 쳐다볼 리가 없었다. 그렇기에 신입생 대다수는 다른 학교에서 쳐다보지도 않는 후보 출신들. 박 감독은 이제 고개도 들지 못하는 상황이었다.

"허튼짓 말고 월요일에 보자!"

감독의 말과 함께 선수들이 모래알처럼 흩어졌다. 지는 데 이골이 난 팀이었기에 익숙한 풍경이다.

'완전 개꿈이었네?'

지난밤의 꿈을 떠올렸다. 마음은 빅 유닛인 승우. 그러나 실제 키는 크지 않아 땅콩 빅 유닛으로 불렸다. 그 빅 유닛의 소원이 이루어지는 꿈을 꾸었다. 훌쩍 커진 키로 타자를 압도한 것이다. 꿈에 그리던 세 타자 연속 삼구 삼진이었다. 하지만 현실에서 기적 따위는 일어나지 않았다. 삼구 삼진? 꿈은 꿈일 뿐이다. 그것도 앞에 '개' 자를 붙이고 싶은.

빵빵!

기적 대신 아빠 똥차의 경적이 울렸다. 저만치에서 '없는 거 빼고 다 있는' 아빠의 만물상 행상 트럭이 뒤뚱뒤뚱 가까워지고 있었다.

그런데 기분이 꿀꿀해서 그런 걸까? 아빠의 차가 무브먼트를 일으키는 포심처럼 보였다.

아, 저런 공을 던질 수만 있다면.

"괜찮아. 이제 1학년이잖아. 아직 창창하다."

방파제에서 낚싯대 릴을 감던 아빠가 말했다.

"무려 28연패걸랑!"

승우도 낚시를 풀었다.

"우리 빅 유닛이 앞으로 28연승, 30연승 하면 되지."

"손가락만 빅 유닛, 현실은 땅콩 유닛!"

"Slow and Steady! 잊은 거 아니지?"

"누가 잊어? 훈련은 Slow and Steady, 실전은 Fast and Strong!"

"그래 봬도 앞의 말은 그 유명한 괴테의 좌우명이다."

"기왕이면 메이저 레전드의 좌우명으로 알려주지."

"네가 레전드 되어서 하나 만들면 되잖아."

"이 키로?"

승우가 까치발을 들며 작은 키를 강조했다.

"월척 잡아서 배 터지게 먹자. 그럼 키가 쑥쑥 클 거다."

"첫 승 올리면 잡아준다는 대물이나 잡아줘. 아무래도 그거 미리 먹어야 할 거 같아."

"No. 그렇게 중요한 건 아껴둬야지."

아빠는 바로 능청이다. 말은 월척이지만 아빠의 미끼를 문 건 손바닥보다 작은 노래미들이었다. 그사이에 승우의 낚싯대에 감이 왔다. 제법 큰 우럭이 나왔다.

"이만하면 됐지 않냐? 배고플 텐데 썰어볼까?"

10여 마리가 모이자 아빠가 칼을 빼 들었다. 승우는 간이 테이블을 펼쳤다. 만물 트럭을 등지니 훌륭한 바람막이가 되었다.

"이거 받아라."

휴대용 도마를 꺼낸 아빠가 뭔가를 던졌다.

"……?"

허공에서 받아 든 승우의 눈이 동그래졌다. 만물 트럭 찜 쪄 먹고도 남을 정도로 낡은 게임기였다.

"이게 뭐야?"

"보면 몰라? 국보급 게임기지."

"아빠!"

"아빠가 애지중지하던 건데 신혼 초에 사라졌거든. 어제가 엄마 생일이라 덕적도 가는 길에 소야도 엄마 묘지에 들렀는데 묘지석 뒤에 있더라? 그렇게 찾아도 없던 게 하늘에서 떨어진 건지, 아니면 엄마가 꿍쳐뒀다가 돌려준 건지……."

"엄마 생일이었어?"

"그래. 제사 말고."

"그런데 왜 얘기 안 했어?"

"짜샤, 넌 시합 때문에 바빴잖아."

"그래도……."

"아무튼 이상해서 만지다 깜빡 졸았는데 비몽사몽 중에 엄마가 나타나잖아? 그러면서 너 꼭 가져다주라는 거야. 그래야 네 소원이 이루어진다나?"

아빠는 '꼭'을 강조했다.

"진짜?"

"오냐. 그 게임기가 보통 게임긴 줄 아냐? 그거 네 할머니가 쌈 짓돈 털어서 사주신 거다."

"얼마 줬는데?"

"그게 중요하냐? 중요한 건 내 소원을 들어주었다는 거지."

"무슨?"

"수학 100점. 그것도 찍어서."

"헐!"

"그러니 네 소원도 들어줄 거다."

"수학 시험은 찍기라도 한다지만 빅 유닛은 어떻게?"

"아, 짜식, 그래도 엄마 말은 믿지?"

"아빠도 엄마 꿈꿨어?"

"너도?"

"난 개꿈이던데? 소원 들어준다길래 오늘 역사적인 1승을 하나 했는데 결국 졌잖아. 내가 패전투수는 아니지만."

"얌마, 1승이 소원이면 너무 쪼잔하지. 앞으로 프로에서 100승, 200승 올릴 투수께서."

"이거 안 되는데?"

게임기의 스위치를 누르던 승우가 고개를 들었다.

"알아."

"응?"

"내가 해봤거든."

아빠는 태연하게 대답했다. 원래 천성이 저렇다. 승우 역시 그 유전자를 물려받아 끝장 낙천왕이긴 하지만.

"아빠!"

"네가 어디다 수리 맡겨봐. 엄마가 설마 거짓말하겠니?"

"아빠는 하지."

"어허, 독자들 보는데 대놓고 인신공격이네? 그거 다 너 잘되라고 그러는 거잖아?"

"빈도가 잦으니까 하는 말이야."

"알았으니까 이거나 먹고 있어라."

아빠가 휴대용 가스레인지 위에 올려둔 냄비 뚜껑을 열자, 고소한 냄새가 풍겨 나왔다.

"계란 프라이? 왜 이렇게 많이 했어?"

승우의 눈살이 찌푸려졌다. 구라쟁이 아빠는 통도 크다. 적어도 20개는 투입한 포스이다.

"야, 네 눈엔 그게 계란으로 보이냐? 사내 녀석 배포가 밴댕이 소갈딱지 같으니까 빅 유닛이 못 되는 거야."

"유전자 때문이 아니고?"

"얌마, 엄마하고 나는 또래 중에서 큰 편이었어. 그리고 고1 때부터 큰 선수들 많다, 너. 내 친구는 군대에서도 10센티미터나 컸다니까."

"방위 나왔다면서?"

"얌마, 그냥 방위가 아니고 특공방위야. 그거 현역보다 군기가 더 세거든."

"됐고, 계란이야, 오리 알이야?"

"땡!"

"둘 다 아니야?"

"무려 타조 알이시다!"

"타조 알?"

"저 아래 타조 농장이 있는데 주인이 소야도 바지락 맛에 뿅 갔지 뭐냐. 바지락 배달해 주고 요리한 거 좀 얻어왔다."

"뿌린 건 아니고?"

"이 녀석이 아빠를 뭐로 보고."

"쏘리. 진짜 타조 알이야? 먹어도 되는 거야?"

"너 지상에서 시력이 가장 좋은 동물이 뭔 줄 알아?"

"매?"

"천만에. 매는 타조에 비하면 우주 앞의 지구, 메이저 선수 앞의 싱글 A 꼴이다. 매의 시력은 꼴랑 9지만 타조는 무려 25야, 25!"

"정말?"

"아, 짜식이 속고만 살았나? 검색해 보든가."

아빠의 말이 끝나기도 전에 승우의 손은 스마트폰 스크린 위를 날아다녔다. 이번에는 구라가 아니었다. 타조의 시력은 25. 그게 얼마나 좋은 건지 실감이 나지 않았다. 스트라이크존을 한 천 개 정도로 쪼개 볼 수도 있다는 건가?

"먹고 팍팍 커라. 타조야말로 새알의 빅 유닛이니까."

타조 알 프라이 옆에 회도 준비되었다.

빅 유닛 타조 알.

진심 인정이다. 타조 알은 정말 새알 중에서 독보적이었다. 이 정도라면 공룡 알로 불러도 될 수준이다. 허기진 배를 채우려는데 카톡이 왔다. 승우와 배터리인 세형이었다.

─월척 잡았냐?

─쩝쩝하고 계신 중이다.

─왕 부럽다.

─너는?

─엄마, 아빠랑 대게 먹고 있는 중.

─푸헐, 이게 어디서 염장질?

―많이 먹고 키 좀 커서 와라, 땅콩 빅 유닛 님!

―뒈질래?

전화기를 던져 버린 승우는 주린 배를 타조 알로 채웠다.

빅 유닛!

그건 승우의 꿈이다. 랜디 존슨 때문이다. 엄마와 아빠 때문이기도 하다. 둘 다 야구를 좋아했다. 잠시 야구 선수도 했다. 아빠는 리틀 야구단에서 투수를 했다. 엄마도 서울에서 직장 생활을 할 때 여자 야구 동호회에서 투수를 맡았단다. 성적은 신통치 않았다. 아빠는 생애 통산 2승이 전부였고, 투수가 멋져 보여 투수 포지션을 맡은 엄마는 후보였기에 딱 한 경기에 나가 볼넷 세 개만을 기록했다.

―투수라면 랜디 존슨 정도는 되어야지. 폼 나잖아?

어린 승우가 야구를 좋아하자 둘은 신화를 심어주었다. 야구를 시작한 초등학교 때는 빅 유닛의 가능성이 충분했다. 반에서 제일 큰 승우였다. 그때는 야구 유망주로 꼽히기도 했다.

미래의 랜디 존슨.

승우의 꿈은 중학생 때 무너지기 시작했다. 입학 때 169를 찍은 키가 하나도 자라지 않은 것이다. 지금도 승우의 키는 정확하게 169센티미터이다. 170을 앞두고 마의 아홉수에 걸린 모양이다.

그래도 손재주 좋은 엄마를 닮아 센스가 있었다. 손가락까지 길어 변화구는 제법 구사하지만 패스트 볼이 겨우 120킬로미터 초반. 연습 벌레라는 별명이 붙을 정도로 필사적인 노력을 했지만 구속은 붙지 않았다.

너무나 평범했기에 가까운 곳의 인전고, 등산고, 고래고, 대물 포고는 물론 그 어느 고등학교 야구부에서도 받아주지 않았다. 특히 인전고와 등산고의 무시는 사무치고 사무칠 정도였다.

그나마 소야고등학교로 갈 수 있었던 것도 아빠의 읍소 때문 이었다. 날마다 박 감독 아파트에 횟감 생선을 잡아다 준 것이다. 아빠는 그런 성의 때문에 입학이 허락된 것으로 알지만 감독 말 은 좀 달랐다.

─집에 비린내가 나서 살 수가 있어야지!

쉿, 아빠는 모르는 비밀이다.

타조 알이 들어가고 회가 들어가자 포만 게이지가 만땅을 찍었 다.

"마셔라. 만능 회복 포션!"

아빠가 후식으로 내놓은 건 박카스였다.

"그건 술에 찌든 아빠 몸에나 그렇지."

준비한 컵라면에 물을 부었다. 스프는 버리고 대신 고추장을 한 숟가락 푸는 승우. 이건 승우만의 열정 보충 레시피였다. 때로 는 애정 보충도 가능했다.

"짜식, 아직도 그렇게 먹냐?"

지켜보던 아빠가 핀잔을 작렬했다.

"쳇, 시작한 사람이 누군데?"

"얌마, 그때는 내가 속이 쓰려서 풀려고 그랬지."

"줘?"

승우는 고추장으로 비벼낸 컵라면을 들어 보였다.

"그거 말고 회복 포션으로 딱 한 잔만 마시면 안 될까?"

"아빠!"

"야, 한 잔은 음주 측정에 안 걸려. 너하고 약속도 잘 지키고 있고."

"양심껏 해. 하루 석 잔 이상은 금지니까."

"그래도 고맙다."

"뭐가?"

"잔 크기까지는 정해주지 않아서."

"아빠!"

"아, 짜식, 진짜 아들 하나 달랑 있는 게 마누라보다 더해요."

"나도 엄마 있으면 그런 거 참견 안 해."

"허얼, 핑계는 100마일짜리 돌직구로구나."

"이거나 마셔."

승우가 박카스를 밀었다. 실은 콧등이 시큰해져서 고개를 돌린 것이다. 어제가 엄마 생일이었다니 괜히 미안한 마음이 들었다.

"그거 싫으면 만물 트럭에서 아무 거나 골라 먹든가."

"거긴 야채하고 과일뿐이잖아."

"알았다, 알았어. 진짜 대물 포인트로 가는 길에 휴게소가 있으니까 거기서 네가 원츄 하는 거 사거라. 나도 아랫배에 살살 신호가 오는 것 같아서 밀어내기도 해야겠고."

부릉!

시동이 걸렸다.

아빠의 입에 이문세의 노래도 걸렸다. 애창곡인 '휘파람'이다.

말만 애창곡이지 '그대는 휘파람 휘이이' 할 때면 거의 공해 수준이다.

어스름이 내린 도로에 올라서자 비가 내렸다. 소나기로 보였다. 한때는 비도 많이 맞았다. 비를 맞으면 키가 큰다는 수위 할아버지의 말 때문이다. 할아버지 말도 구라였다. 세상에 믿을 사람이 없었다.

휴게소에는 사람이 많았다. 화장실에서 소변을 보는데 갑자기 옆자리가 답답해졌다. 고개를 드니 남학생이다. 승우 또래 같은데 머리 두 개는 더 있어 보였다. 소변을 보던 학생이 승우를 내려다보았다. 두 눈이 승우와 마주쳤다. 이질적이지만 왠지 친근감도 느껴지는 마스크. 난생처음 느끼는 기분이다. 기분이 묘했다.

남학생은 배구 선수인 모양이다. 발길이 배구 선수단 버스로 향하고 있었다.

'봉래고등학교?'

소야고에서 가까운 학교이다. 최근에 고교 배구의 강자로 떠오른 학교이다. 봄철 전국 대회 우승이라는 현수막도 본 차였다.

"존나 부럽다."

승우는 혼자 중얼거렸다.

"우승한 거 말고 네 키 말이야."

핵심어도 잊지 않았다.

츄러스를 샀다. 엄마가 좋아하던 과자이다. 그래서인지 츄러스만 보면 엄마 생각이 났다.

—먹고 키 좀 크려고.

그때마다 그 말을 핑계로 댔다. 하지만 키는 더 자랄 것 같지 않았다.

만물 트럭으로 돌아오자 조수석 옆에 찔러둔 게임기가 보인다. Epoch Electronic Baseball 게임기. 스마트폰으로 검색해 보니 무려 30년이 넘은 제품이다.

푸헐!

'이런 걸로 무슨 게임을……'

스위치를 눌러보지만 불은 들어오지 않았다.

아무리 봐도 개고물이 분명했다.

"응?"

돌아온 아빠가 고개를 빼 들었다.

"왜?"

"차 뒤에 뭔가 있는 거 같아서… 윽?"

말을 하던 아빠가 인상을 찡그렸다.

"또 왜?"

"나이 먹으니 똥꼬 조이는 힘이 떨어져서 그런가? 밀어내기가 깔끔하게 안 끝나네? 나 한 번 더 갔다 올게."

아빠는 배를 잡고 왔던 길로 되돌아갔다.

'응?'

막 츄러스를 먹으려는 참이다. 백미러에 뭔가 희끗한 게 보였다.

'뭔가 있는 것 같다더니……'

승우는 차에서 내렸다. 아빠가 전에 어린아이를 친 적이 있기 때문이다. 다행히 큰 사고는 아니었다. 없는 게 없는 트럭이다 보니 아이들의 시선을 끄는 경우가 많았다.

그런데 다시 차가 시야에서 사라졌다. 아까 운동장에서처럼. 눈을 비비고 끔뻑거리자 차가 다시 보였다. 패배의 후유증이야. 승우는 고개를 저었다.

꼬꼬댁!

뒤로 돌아가자 장닭이 소란을 떨었다. 아까부터 무슨 소리가 나더니 닭이 범인이었다. 또 누가 특별한 부탁을 한 모양이다. 닭 때문이었나 하고 돌아서려는데 오만 가지 물건들 사이에서 흰빛이 아른거렸다. 차분히 보니 여섯 살쯤 된 여자아이였다. 그런데 이 아이 옷차림이 복고풍이다. 시골 아이인가? 아니, 그보다 더 이상한 게 있었다. 어디선가 본 듯한 느낌이라는 거.

누굴까?

낯은 익은 것 같은데 생각나지 않았다.

아빠가 숨겨놓은 동생?

'큭큭!'

혼자 상상하고 혼자 웃었다. 그런 게 있을 리 없다.

저번에 주장 강철욱이 데리고 온 꼬맹이 여동생?

아니, 주장하고는 하나도 안 닮았다.

"너 누구야? 왜 여기에 있어?"

승우가 물었다.

아이는 대답 대신 손을 내밀었다. 그 손이 츄러스에 닿았다.

"달라고?"

승우의 말에 아이가 고개를 끄덕거렸다. 그 시선이 너무나 진지해 츄러스를 주고 말았다. 마치 최면에 걸린 기분이다. 아이가 츄러스를 물자 그 몸이 푸른 형광빛으로 감싸였다. 하르르 피어난 빛이 밀려와 게임기에 닿았다.

'응?'

승우 시선이 게임기로 향했다. 스크린이 켜진 건가? 그럴 리 없잖아? 화면이 있는 게임기도 아닌데. 잠깐 고개를 숙였다가 드니 아이가 보이지 않았다. 츄러스만 먹고 튄 모양이다.

당했구나.

쓸쓸한 기분이 뒤통수를 후려칠 때 게임기에서 삐삣삐빗 하는 시작 음이 들려왔다.

'응?'

시선을 맞추자 그라운드의 포지션들이 붉은 불빛과 함께 신호음이 높아졌다.

삐삣삐삣삐비빗!

'이거 왜 이래?'

소리가 한 덩어리로 합쳐지나 싶더니 기묘한 빛으로 변했다. 그 빛 사이로 파도 소리를 닮은 멘트가 나왔다.

"21세기 '첫' 이벤트 게임을 시작합니다!"

이벤트 게임?

'울라? 이거 소리도 나오네?'

"플레이어 곽승우 맞습니까?"

'응? 내 이름도 알아?'

"타격 성적에 따라 플레이어의 능력 스킬을 선택할 수 있습니다. 안타는 아이템 하나, 2루타는 둘, 3루타는 셋, 홈런은 네 개의 옵션까지 선택이 가능합니다. 플레이하시겠습니까?"

멘트는 중간중간 늘어지면서도 용케 이어졌다.

'뭐야? 겉보기만 이런가? 새로 나온 변신형 게임기야?'

신기한 마음에 게임기를 살폈다.

"타격 기회는 세 번입니다. 안타 이상을 치면 스킬 생성 퀘스트로 들어갈 수 있습니다. 소중한 기회이니 신중하게 플레이하시기 바랍니다."

'그러죠.'

승우가 플레이 버튼을 눌렀다. 그러자 삐빗, 삐삐삐이 하는 소리와 함께 빨간 점이 홈으로 날아왔다.

스트라이크!

첫 공은 놓쳤다. 척 봐도 어이 상실급의 원시적 게임기. 그것 하나 못 치고 나니 은근히 화가 났다.

'다음!'

두 번째 공이 날아왔다. 타이밍을 맞춰 배트를 휘둘렀다. 이번에도 빨간 점은 홈 플레이트를 유유히 지나갔다.

'허얼!'

마지막 기회만 남았다. 이벤트고 나발이고 북받친 핏대가 상한선을 찍었다. 9회 말, 한 점 차 뒤진 상황에서 투아웃에 주자 2, 3루. 그 비장한 심정으로 피처를 주시했다.

삐뼛삐!

투구 음과 함께 빨간 점이 튀어나왔다.

'오냐, 이번에는……'

공이 오는 타이밍을 계산해 재빨리 버튼을 눌렀다. 맞췄다. 빨간 점이 유격수를 지나갔다. 2루타였다.

"플레이어 곽승우, 2루타 기록입니다. 스킬 선택의 기회가 주어집니다. 원하시면 배터 버튼의 센터를 세 번 눌러주세요."

'세 번?'

승우는 가이드에 따랐다. 그러자 게임기 위로 홀로그램처럼 아슴아슴한 영상이 투영되었다.

스킬1: 타조의 신성 시력 부여
스킬2: 기적의 30% 체력 회복력
스킬3: 컴퓨터 제구력 30% 향상
스킬4: 거미줄 수비망 30% 확장
스킬5: 순간 파워 홈런 20% 증가 옵션
스킬6: 찰고무 민첩성 20% 향상
스킬7: 골리앗 장타력 20% 향상
스킬8: 치타의 순간 주력 20% 향상
스킬9: 용수철 점프 능력 20% 옵션
스킬10: 빨랫줄 도루 저지력 20% 향상
세부 스킬1: 플라라니아 옵션―(Next)
세부 스킬2: 포지션 전향 옵션―(Next)
세부 스킬3: One+One 옵션―(Next)

'이건 또 뭐야?'

스킬 문자를 읽어본 승우가 소스라쳤다. 일본 만화 같은 데서 보던 주인공의 희망 사항들이다. 게다가 열 번째 이후의 스킬은 희미하게 깜빡거린다. 곧이어 부연이 따라 나왔다.

"1번 스킬은 타자용, 투수용으로 나뉩니다. 선호하는 포지션에 따라 선택하세요. 타자는 선구안, 투수는 스트라이크존 투시 능력을 갖게 됩니다."

타자는 선구안!

투수는 타자의 장단점 코스 투시 능력!

그야말로 초능력이다. 그제야 짐작이 되었다. 이건 아빠의 이벤트였다. 오늘 또 질 것을 예상하고 기분 전환을 시켜주려는 모양이다. 그러니까 이름까지 입력되었겠지. 그러니까 뭔가 급하다고 핑계를 대며 화장실로 사라진 것이다.

"단 각 스킬은 True와 False로 구분됩니다. 어느 것 하나라도 False를 뽑으면 찬스를 상실합니다. 둘 다 True를 뽑으면 다음 Tree로 넘어갈 수 있습니다. 선택하세요."

"1번 스킬, 투수, 2번 스킬!"

귀찮아서 앞쪽에서 골라 버렸다.

"제1 스킬로 타조의 신성 시력, 제2 스킬로 기적의 30% 체력 회복력."

삐빗삐비빗!

소리와 함께 두 스킬에 녹색 불이 들어왔다.

"축하합니다. 둘 다 True가 나왔습니다. 이 스킬은 '경기' 중에만 발현됩니다. 즉 타자의 경우 타석에서, 투수의 경우에는 마운드에서 주로 발현되지만 경기장 안에서는 부수적인 주변 효과를 누릴 수 있습니다. 2번 스킬 역시 경기장 안에서만 유효합니다."

"……."

"다음 과정에 도전하시겠습니까? 도전에 성공하면 세부 스킬을 얻을 수 있습니다."

"여기까지만."

승우가 손을 저었다.

"게임 중단을 선택하셨습니다. 매년 오늘, 다음 과정 도전권을 한 번 행사할 수 있습니다. 동의하시면 배터 버튼의 왼쪽을 세 번 눌러주세요. 오늘 획득한 스킬은 당신의 의식 인벤토리에 저장되며 다음 도전권 때까지 계속 유효합니다."

"옛썰! 명심하지요."

승우는 공손하게 고개까지 조아렸다.

"설정이 끝났습니다. 확인하세요."

'확인?'

승우는 생각을 더듬었다. 그러자 의식 속에 두 개의 큐빅이 보였다. 신성한 빛으로 반짝거린나. 하지만 큐빅은 비어 있었다.

"스킬은 24시간 후에 장착됩니다. 장착과 동시에 사용 가능합니다. 이상입니다."

"24시간 후?"

멘트와 함께 다시 게임기의 포지션마다 붉은빛이 반짝거렸다. 각각 세 번씩 빛을 뿜더니 게임기는 낡은 모습으로 돌아가 버렸다.

'뭐야?'

눈자위를 구기는 순간 아빠의 솥뚜껑만 한 손이 날아와 승우의 등짝을 강타했다.

"뭐 하냐?"

"아빠!"

"혼자 잘도 노는구나. 나는 또 친구라도 만난 줄 알았네."

"뭐야? 장난은 아빠가 치면서."

"내가 뭘?"

"게임기 말이야. 여기다 무슨 짓을 한 거야? 말소리도 나던데."

"되냐?"

"아빠!"

"되냐니까?"

"아빠!"

"너 오늘 졌다고 충격 많이 먹었구나? 말소리라니?"

말하는 아빠 표정이 망둥이를 닮았다. 진심으로 승우를 걱정할 때 짓는 표정이다.

"진짜 아니야?"

"약 사다 줄까?"

"아빠!"

"비도 완전히 그쳤구나. 가자. 이제 곧 물 들어올 시간이다. 아까 거기는 잔챙이 포인트지만 이번 포구에서는 진짜 월척 잡아야지. 세숫대야만 한 광어나 우럭으로."

아빠가 먼저 돌아섰다. 표정을 보니 헷갈린다. 장난이라면 저렇게 진지할 수 없다. 그럼 방금 들은 건 뭐람? 다시 게임기를 켰다. 불이 들어오지 않았다. 트럭 안도 살폈다. 장닭만 꾸꾸거릴 뿐 여자아이 그림자는 없었다.

"……!"

젠장, 난생처음 타조 알을 먹었더니 타조 귀신이 쓰였나? 입맛을 다시며 고개를 돌렸다. 그러다 누군가와 눈이 마주쳤다. 옆에서 있는 버스 안이다. 아까 화장실에서 본 그 껑다리 배구 선수였다. 손에 핸드폰이 들려 있다. 저 자식, 내 행동을 다 보고 있었나? 내가 뻘짓하는 걸? 설마 찍지는 않았겠지?

푸허얼, 괜히 화딱지가 났다.

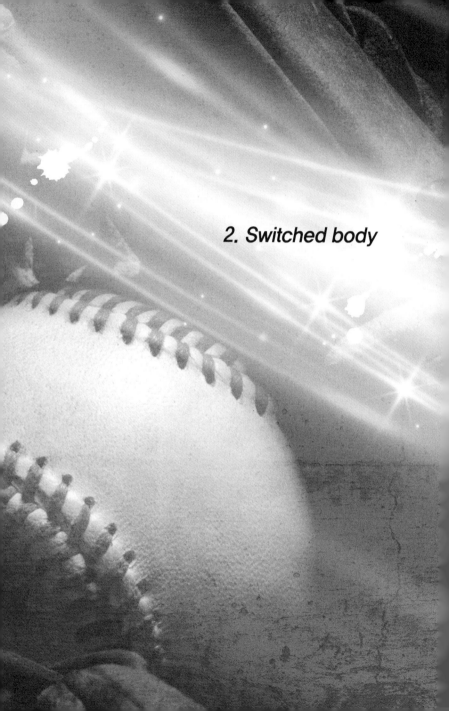

2. Switched body

"저런 미친놈!"

얼마나 지났을까? 교각 위를 달릴 때 옆 차선을 달리던 외제 자가용이 돌연 끼어들었다. 놀란 아빠가 핸들을 꺾어 위기를 면했다. 자가용은 순식간에 배구 선수단이 탄 버스를 추월했다.

"괜찮아요?"

승우가 아빠에게 물었다.

"그래. 하여간 도로에 나오면 정신 나간 놈 천지라니까. 목숨이 몇 개씩 되는 줄 아나."

아빠의 말을 흘리며 게임기를 보았다. 톡톡 건드려 보았지만 불은 들어오지 않았다. 가만히 옆에다 내려놓았다. 역시 착각이었다. 미련 같은 건 일찌감치 접는 게 옳았다. 그때 핸드폰에 카톡이 들어왔다.

'세형이 짜식.'

보나마다 짝꿍 세형의 회 좀 가져오라는 부탁 카톡일 것이다. 핸드폰을 확인하려는 순간, 앞쪽 어둠 속에서 뺑 하는 충격음이 들려왔다. 동시에 아빠의 비명이 이어졌다.

"어, 어어!"

쾅!

비명이 끝나기도 전에 충격음이 이어졌다. 앞차와 추돌한 만물 트럭을 뒤의 차가 받아버린 것이다. 승우 옆에 놓아둔 게임기와 핸드폰이 튕겨 나가는 게 보였다. 승우 역시 게임기와 동일 선상에 떠버렸다.

그런데 이상하다.

게임기에서 신기한 빛이 보였다. 그 주변만 유난히 밝았다. 마치 게임 속의 투명 실드처럼.

왜 이러지?

세상이 느리게 느껴졌다. 빠르게 달리던 차량들도 슬로우 비디오처럼 움직였다. 꿈속인가? 손을 뻗는 순간, 한 번 더 쾅 하는 충격음이 들려왔다. 이번에는 천둥소리보다 더 컸다.

번쩍번쩍!

요란한 사이렌이 보였다. 이상하게도 소리는 들리지 않았다. 승우는 바닥에 떨어진 게임기를 주웠다. 무게감이 없었다. 그러고 보니 몸도 함께 가뿐했다. 그리고 생각했다.

'내가 왜 차 밖에 있는 거지?'

의식이 작용하자 아빠 생각이 났고, 저만치 하천 바닥에 추락한 만물 트럭이 보인다. 엉망이다. 트럭에서 쏟아진 물건들이 전장의 파편처럼 흩어져 있다. 아빠 몸이 움직였다. 그 모습은 마치 종잇장 같았다. 아빠가 피투성이가 된 채 꿈틀거렸다.

"여기요!"

승우가 구급대원을 향해 소리쳤다. 전복된 버스 쪽에 있던 그들은 듣지 못했다. 다른 구급대원을 불렀다. 마찬가지였다.

'뭐지?'

이상했다. 뭔가 다른 차원에 있는 것 같았다. 고민하는 사이에 하늘에서 빛이 내려왔다. 차고 시린 검은빛 네 줄기였다. 사람들이 빛을 향해 걸었다. 승우도 그랬다. 아빠 생각이 났지만 몸이 저절로 끌려갔다. 배구 선수들도 있었다.

―줄을 서거라!

앞쪽에서 장엄한 메아리가 울렸다. 이질적이면서도 거역할 수 없는 권능이었다. 사람들이 군소리 없이 줄을 섰다. 승우가 마지막이었다.

그런데 이상했다. 구조대원과 경찰들은 자기 할 일에 열중이다. 순식간에 세상이 두 개로 나뉜 것 같았다. 이쪽과 저쪽, 저쪽과 이쪽.

빛이 다가왔다. 스산한 빛에 감싸인 네 사람은 관복에 칼을 차고 검은 광택의 장부를 들고 있다.

저승사자!

아뜩함과 함께 본능으로 감지했다. 그들은 사람이 아니라는 것을. 그제야 알았다. 줄을 선 사람들이 혼이라는 걸. 가만히 몸을 바라보는 승우.

달랐다. 승우의 몸에는 질량감이 전혀 없었다.

아!

내가 죽었구나!

덜컥 절망이 달려들었다.

—김한울, 장태광, 한득구…….

감제사자가 나서서 명부의 이름을 대조했다. 줄을 선 차례대로
였다. 서릿발 같은 호명이 끝나면 직부사자에 의해 월직사자에게
인도되었다. 거기까지 이른 사람은 파리한 빛이 나오는 호리병 속
으로 명멸해 갔다. 감제사자의 호명이 승우의 앞까지 도달했다.

'아빠!'

이제야 돌아보았다. 먼 길을 가기 전에 마지막으로 아빠 얼굴
을 보고 싶었다. 헐렁한 것 같지만 마음은 따뜻한 분. 지상 최강
의 낙천주의자인 척하지만 속마음은 여린 분.

그런데 승우의 눈에 들어온 건 아빠가 아니라 여자아이였다.
츄러스를 받아 간 그 아이였다. 아이는 조수석이 뭉개진 만물 트
럭 앞에 흰 발을 드러낸 채 둥둥 떠 있었다. 아빠와 트럭, 소녀가
하나로 겹치니 느낌이 이상했다. 마치 먼 옛날부터 아는 얼굴 같
았다.

"너?"

"……."

"너도 죽은 거니?"

승우가 묻는 순간 감제사자가 다가왔다.

—네가 마지막이구나?

"……."

—어디 보자. 네 이름은… 곽…….

막 이름이 호명되려는 때였다. 트럭 안에서 장닭이 튀어나오며 홰를 쳤다.

꼬끼오! 꼬끼오!

장닭이 감제사자 코앞까지 날아오르며 울었다. 감제사자의 얼굴이 하얗게 질리는가 싶더니 승우 눈앞에서 사라졌다. 다른 사자들도 그랬다. 순식간이었다.

무슨 일이 일어난 걸까?

당혹스러운 승우 앞에 소녀가 다시 나타났다.

"뭐야?"

승우가 물었다. 소녀는 대답 대신 손가락을 내밀었다. 그녀가 가리킨 건 사망자들의 시신이었다. 승우를 포함해 족히 십여 명 정도 되었다.

"몸으로 들어가라고?"

끄덕!

소녀가 고갯짓을 했다.

"이미 죽었는데?"

다시 묻지만 소녀의 손가락은 거둬지지 않았다. 더는 말하지 못했다. 파리하던 빛이 격렬하게 출렁거린 것이다. 승우는 자신의 육체 앞으로 걸어갔다.

"……!"

걸음을 멈췄다. 엉망이다. 차마 뭐라고 말할 수 없을 정도로 으스러지고 뭉개진 육체. 스스로에 대한 연민이 드는 사이 소녀가 등을 밀었다.

꼬끼오!

다시 장닭이 울었다. 아까는 뭔가에 놀라서 운 울음이고 이번이 진짜 홰치는 소리였다. 참혹한 사고 현장 위로 어스름이 벗겨지고 있었다.

"승우는요?"

병원에서 정신을 차린 승우 아빠가 간호사에게 물었다. 병원은 아수라장이었다. 느닷없이 쏟아진 비로 인한 수막현상. 외제 차를 피하려던 트럭이 옆 차를 들이박으면서 일어난 사고는 꼬리에 꼬리를 물면서 엄청난 참사를 불러왔다.

사망 아홉 명에 부상자 20여 명.

사망자가 많은 건 장소 탓이었다. 하필이면 다리 위였다. 승우네 트럭과 배구단 버스를 비롯해 여섯 대가 추락했다. 사고를 유발한 외제 차 운전자 역시 물속에 떨어져 제일 먼저 황천길에 올랐다.

"승우는요? 제 차에 타고 있던 제 아들 말입니다."

"그게……."

간호사는 선뜻 대답하지 못했다.

"잘못된 겁니까?"

"……."

결과를 짐작한 아빠가 일어섰다.

"이봐요, 아직 움직이면 안 돼요."

간호사가 말렸지만 아빠는 기어이 침대에서 내려왔다. 손목에 걸린 링거는 직접 손으로 걷어냈다. 아빠는 복도로 나왔다. 아비규환이다. 인근에서 가장 큰 병원이라 사망자와 부상자들이 한꺼번에 실려 왔다. 거기에 보호자와 취재진, 사고 대책 위원회 공무원들까지 섞여 일대 혼잡을 이루고 있었다.

"곽승우는 어떻게 됐습니까?"

대책위 책상 앞에 선 승우 아빠가 물었다.

"어떻게 되시는지요?"

관계자가 고개를 들고 물었다.

"아버지입니다."

"……."

"이봐요."

"그게… 즉사입니다."

"……?"

"안치실에……."

말이 끝나기도 전에 아빠가 돌아섰다. 안치실 역시 사람이 많았다. 거기에 아는 얼굴이 있었다. 박 감독과 야구부 선수들이다.

"승우 아버님!"

박 감독이 소리쳤다. 세형이는 울먹이느라 인사도 겨우 해왔다. 묵례를 한 아빠가 안으로 들어섰다. 눈물바다가 보인다. 배구 선수들과 학부모들, 그리고 다른 희생자의 가족들이 사체를 확인하며 오열하고 있었다.

"곽승우 아버지입니다."

직원에게 신분을 밝혔다. 마스크를 쓴 직원이 3번 칸으로 걸어갔다. 거기서 막 관을 꺼내려는 순간,

쾅쾅쾅!

어디선가 요란한 소리가 들려왔다. 안에 있던 사람들이 일제히

고개를 들었다.

쾅쾅쾅!

소리가 다시 이어졌다. 하지만 어딘지 종잡을 수가 없었다. 문도 아니고 바깥쪽도 아니었다.

"여기 같아요!"

소리의 위치를 잡아낸 건 주전 포수 한용규였다. 그가 가리킨 곳은 6번 사체 칸이었다. 직원이 다가가 귀를 기울였다. 그러자 이번에는 더욱 부서질 듯한 소리가 들려왔다. 직원이 서둘러 6번 칸을 당겼다. 사체 칸이 완전히 드러나자 그 안에 누워 있던 사체가 벌떡 일어서며 소리쳤다.

"으악! 얼어 죽는 줄 알았네!"

배구 선수였다. 화장실에서 승우가 본 그 껑다리 배구 선수.

"......!"

제일 먼저 직원의 눈빛이 얼어붙었다. 사망 선고를 받은 육신이 일어난 것이다. 다른 사람들의 시선도 멈춰 버렸다. 사체 칸에서 사람이 일어서고 있지 않은가?

"운비가 살았어요!"

외침은 배구 선수들 가운데서 나왔다.

"운비야!"

뒤이어 가족들의 울부짖음이 들려왔다.

"운비야!"

가족들이 통곡을 하며 황운비를 끌어안았다.

"의사 선생님 좀 불러주세요! 죽은 사람이 살아났어요!"

직원이 복도를 향해 소리쳤다. 그사이에 승우 아빠는 3번 칸을 바라보았다. 살짝 당겨진 칸을 마저 당겼다. 그 안에 승우가 있었다.

'욱!'

아빠는 사체 칸을 잡고 휘청거렸다. 대충 수습된 까닭에 시신이 엉망이었다. 머리가 깨지고 어깨가 부러진 승우는 마치 폭격을 맞은 꼴이었다. 옆 칸에서 일어난 회생의 기적. 혹시나 하는 기대감을 갖고 있던 승우 아빠는 고개를 떨구고 말았다. 순간, 누군가 그의 어깨를 짚었다.

"아빠……."

그리고 듣고 싶던 단어가 귀에 들어왔다. 승우 아빠 곽민규가 파뜩 고개를 들었다.

"……!"

승우 아빠의 시선에 닿은 건 회생한 배구 선수 황운비였다. 알몸을 가린 그가 눈물을 그렁거린 채 아빠를 바라보고 있었다.

"……."

"저예요."

"……?"

아빠가 고개를 들었다. 대충 보아도 190이 넘어 보이는 키. 확실하게 승우는 아니었다.

"운비야!"

그의 뒤에서 시원한 마스크의 여자가 운비의 허리를 끌어안았다. 운비의 누나 황윤서였다.

"아빠, 뭐 하세요? 운비 안정시켜야죠."

윤서가 부모를 재촉하는 사이에 운비는 선 채로 정신을 잃었

다. 의료진이 달려왔다. 운비를 침대에 싣고 달렸다. 그 바람에 의
사들이 사체를 전부 재점검하게 되었다. 그러나 승우의 칸만은
열기 무섭게 외면해 버렸다. 승우의 사체는 기적을 바랄 수 있는
상태가 아니었기 때문이다.

'승우야.'

아빠는 승우의 얼굴에 묻은 피를 닦아냈다. 너저분해진 어깨
도 정리했다. 국가 대표를 꿈꾸던 어깨이다. 빅 유닛이 되어 메이
저리그 마운드까지 밟겠다던 어깨이다. 어쩐 일인지 중1 때부터
자라지 않은 키. 그 탓에 평범한 투수로 머물렀지만 컨트롤과 기
백만큼은 이미 메이저를 밟은 승우.

'이제 푹 쉬렴.'

아빠는 얼룩진 손으로 승우의 이마를 쓸었다.

'다음에 다시 태어나면 그때는 빅 유닛이 될 수 있을 거야.'

눈과 코, 목구멍이 빡빡하게 미어질 때 직원이 아빠를 위로했
다.

"힘내세요."

직원의 목소리와 함께 아빠의 시야에 안개가 차올랐다. 서해
소야도의 안개처럼 자욱하게.

철컹!

3번 사체 칸이 닫히는 소리와 함께 눈앞의 안개가 풀썩 사라
졌다. 아빠는 병실에서 내려온 간호사들의 부축을 받으며 안치실
을 나왔다.

삐빗!

승우야!

이상한 신호음과 함께 목소리가 들렸다. 느낌으로 오는 소리였다.

놀라지 말고 내 말 잘 들어.

너, 몸이 바뀌었어.

네가 들어간 몸, 다른 사람 몸이야.

일이 그렇게 되었어. 그냥 두었으면 너도 죽고 그 몸도 죽었을 거거든.

너, 빅 유닛 되는 게 소원이었지?

그 아이 육체는 아주 우수해. 네가 적응만 잘하면 멋진 결과를 얻을 거야.

하지만 다른 아이의 몸이니 조금 혼란스러울지도 몰라.

그렇다고 죄책감 같은 건 갖지 마. 그 아이의 목숨은 딱 거기까지였어.

힘들겠지만 현명하게 대처하길 바라.

잘 참고 있으면 여름에 귀인이 나타나 큰 도움을 줄 거야.

그때까지 현명하게 대처하면서 네 꿈을 이루렴.

엄마는 언제나 네 곁에서 지켜보고 있다는 거 잊지 말고.

우리 아들, 잘할 수 있지?

엄마는 승우 믿어.

믿어.

삐빗!

신호와 함께 소리가 끝났다.

느낌이 멀어졌다.

아주 멀리 멀어졌다.

"······!"

승우는 눈을 떴다. 시야에 사람의 형상이 맺혀왔다. 아빠가 아니었다. 다른 사람들이다.

뭐지, 방금 전 그건?

어떻게 된 걸까? 기억을 더듬어 처음 깨어난 때를 생각했다. 정신이 들었을 때 승우는 추웠다. 얼어 죽을 것만 같았다. 손으로 더듬으니 맨살이 닿았다. 주변을 파악했다. 차가운 상자 안이었다. 일어설 수도 없었다.

처음에는 소리도 치지 못했다. 목이 잘 열리지 않은 것이다. 그래서 손이 닿는 대로 두드렸다. 그저 절박한 몸부림이었다. 마침내 빛이 들어왔을 때 승우의 눈에 사람들이 보였다. 배구 선수들이었다. 낯선 사람들도 있었다. 멍한 정신이 살짝 수습되려 할 때 아빠가 보였다.

"운비야!"

사람들이 부른 승우의 이름이다. 내 이름은 승운데? 잘못 들은 걸까?

혼란 속에서 허벅지를 꼬집었다. 얼어가던 살이지만 통증은 전달되었다. 죽은 건 아닌 모양이다. 그런데 주변 풍경이 왜 이럴까? 울부짖는 여자는 미인이지만 낯설었다. 그녀의 부모로 보이는 사람도 그랬다. 무엇보다 아빠와 박 감독, 친구들이 이상했다. 사고를 당한 승우. 다시 깨어났는데도 다들 데면데면한 눈치라니. 특히 세형이 녀석, 승우와 최강(?) 배터리 단짝이면서 아는 척을 하지 않았다. 미친 듯이 울어야 정상일 그 녀석이.

그래서 아빠 곁으로 다가갔다. 승우가 이상한 건지 사람들이 이상한 건지 확인하고 싶었다. 그러다 의식이 아뜩해지면서 정신을 잃은 승우.

지금도 다르지 않았다. 예쁜 아가씨와 그녀의 부모. 시야를 살짝 돌려보지만 아빠는 여전히 보이지 않았다.

"운비야!"

다시 그 소리가 들렸다. 예쁜 여자와 눈이 마주쳤다. 그걸 신호로 그녀의 부모가 눈물을 쏟으며 다가섰다.

"누나 안 보여? 알아보겠으면 말 좀 해봐."

"운비야!"

여자 둘이 합창으로 울먹거렸다. 이 여자들, 뭐래? 시선을 돌렸지만 중년의 남자도 다르지 않았다. 그도 돌아선 채 눈물을 훔치고 있었다. 고개를 돌리자 벽면에 거울이 보였다. 세 사람 사이로 침대가 보인다. 침대에 누운 자신의 모습도 보인다.

"……!"

그걸 본 승우는 벌떡 일어섰다. 아팠다. 큰 외상은 없었지만 찰과상과 타박상이 만만치 않은 상황. 전신에 통증이 번진 것이다.

'응?'

겨우 눈을 감았다가 떴다. 그래도 거울에 비친 모습은 변하지 않았다.

'그 배구 선수?'

사고가 나기 전 화장실에서 마주친 얼굴이 스쳐 갔다. 이상한 소녀와 만나고 난 후 버스에서 다시 본 눈빛도 떠올랐다.

"조금 비켜줄래요?"

승우는 예쁜 여자를 밀어냈다. 이윽고 거울 안에 승우 얼굴만
이 들어찼다.

"……!"

승우의 호흡이 멈췄다. 그대로 일어섰다. 예쁜 여자가 말렸지
만 그냥 전진했다. 거울 앞에 섰다. 거기 한 남자가 있다. 승우가
아니라 그 배구 선수였다. 커다란 키에 시원한 얼굴. 손으로 거울
을 짚었다. 문질러도 보았다. 형상은 변하지 않았다. 승우는 없고
배구 선수만 보인다. 하지만 생각은, 의식은 분명 승우의 그것이
었다.

"악!"

거울을 보던 승우의 입에서 찢어지는 비명이 울려 퍼졌다. 그
러고 보니 목소리까지 달랐다.

꿈결 같은 소리로 전해온 엄마의 말. 그것은 사실이었다.

"……!"

승우는 혼자 있었다. 의사의 진찰이 끝난 후 모두 내보낸 것이
다. 사고 대책 본부에서 높으신 분들이 위문을 온다는 것도 사절
했다. 천장을 보았다. 형광등 빛이 파리해 보인다.

소녀를 생각했다. 그녀가 문제였다. 그러니까 육신으로 돌아가
려는 찰나, 뭔가가 승우의 등을 밀었다. 그래서 방향이 바뀌었다.
배구 선수의 몸으로 들어간 것이다. 체인징이 아니라 '환신(換身)'
이었다. 그 역시 죽은 몸. 그러나 들어간 사람은 승우였기에 빈집
을 차지한 꼴이 되었다.

빈집.

다행히 운비의 몸에는 큰 부상이 없었다. 사고로 심장이 멈추면서 숨이 멎은 것. 팔다리와 얼굴, 몸통 여기저기에 찰과상과 타박상의 통증이 있었지만 시간이 해결해 줄 것이다.

오른손을 보았다. 크다. 손가락 한번 길쭉하다. 끝마디에 봉긋한 볼륨감이 독특하긴 하지만 나쁘지 않았다. 일어나 앉았다. 앉은키가 세형이와 비등할 정도이다. 그 키를 지탱하는 허벅지는 대리석 기둥처럼 보인다. 침대에서 내려서니 키 또한 마음에 들었다. 승우가 그토록 바라던 빅 유닛의 하드웨어가 거기 있었다. 그러나 기뻐할 수만은 없었다. 원하던 하드웨어는 이루었지만 승우가 아닌 것이다.

'황운비?'

환자 카드를 보니 환자 이름이 황운비였다. 승우는 이 믿기지 않는 사건을 정리해 보았다.

—사고가 났다.
—황천으로 영혼 전송이 되기 직전에 저승사자들이 사라졌다.
—승우만 남았다.
—소녀 귀신인지 뭔지가 육신으로 돌아가라고 했다.
—돌아가려고 했지만 방향이 바뀌었다.
—배구 선수 황운비의 몸으로 들어왔다.
결론1: 곽승우는 육체가 죽고 황운비는 정신이 죽었다.
결론2: 승우는 살아났지만 황운비의 육체를 빌리게 되었다.

'콜라보?'

거기서 소녀의 기억을 불러냈다. 소녀는 하나의 환상이었을까, 아니면 임사 체험이었을까? 아니다. 그녀는 사고가 나기 전부터 등장했다. 게다가 그 게임기.

'응?'

옆을 더듬던 승우가 동작을 멈췄다. 이 현실, 그러니까 황운비 몸을 차지한 게 현실이라면 게임기의 스킬 이벤트도 환상이 아닐 터였다.

'큐빅.'

이벤트에서 들은 단어를 생각했다. 24시간 후에 장착될 거라던 스킬 두 가지.

"……!"

승우는 다시 기절할 뻔했다. 정신을 집중하니 의식 속에 큐비이 보인 것이다. 홀로그램처럼 선명했다. 마침 들어서는 간호사에게 물었다.

"선생님, 혹시 여기 뭐 보이세요?"

허공을 가리키며 물었다.

"……?"

"안 보여요?"

"좀 더 쉬세요. 지금은 충격을 받아서 헛것이 보일 수 있거든요."

그녀는 담요를 덮어주고 병실을 나갔다.

안 보인다는 말이다.

"……!"

승우는 고개를 저었다. 큐빅 안에 스킬이 있었다. 게임 이벤트에서 말하던 그 스킬. 승우에게만 또렷이 보이는 큐빅.

스킬1: 타조의 신성 시력 능력 부여.
스킬2: 기적의 30% 체력 회복력.

스킬은 신성한 빛으로 일렁거렸다. 어떤 능력인지 실감은 나지 않지만 장난이 아니라는 것만은 확실했다.

'그럼 대체……'

승우의 눈이 허공을 향했다. 다시 형광등 빛과 마주친 채 뒷말을 중얼거렸다.

'소녀의 정체는 뭐야? 엄마가 보낸 혼령인가?'

그러기에는 낯이 익었다. 너무 평범해서 그럴까, 아니면 진짜 어디서 본 소녀일까?

눈을 감았다. 생각을 모을 때는 눈을 감는 게 최고였다.

누구냐, 너는?

시간의 태엽을 되감았다. 현재부터 쭉 과거로 달려갔다. 그러다 어느 한 지점에서 생각이 멈췄다.

윽!

'엄마의 어릴 적 모습?'

생각이 거기에 이르자 등골이 서늘해졌다. 승우는 문을 열고 복도로 나왔다. 어깨와 등짝, 허벅지가 결렸지만 참았다.

"운비야!"

예쁜 여자가 소리쳤다. 이제부터 승우의 누나가 될 여자이다.

"저기… 우리 아빠… 아니, 곽승우 아빠… 어느 병실에 있죠?"

"곽승우?"

"야구 선수 말이에요."

"아래층 6호실일걸? 그런데 그건 왜?"

"나 잠깐만 다녀올게요."

"얘, 운비야!"

"걱정 말아요. 금방 돌아올게요."

승우는 돌아서 걸었다. 복도 끝에서 한 여학생이 아는 듯한 시선을 보내왔다. 해당화처럼 물든 볼이 예뻤다. 그래도 한눈팔지 않았다.

그사이에 화장실에 들른 운비 엄마가 돌아왔다.

"쟤 운비 아니야?"

"아래층에 잠깐 간다네요."

"잡지 그랬어?"

"저 덩치를 내가 어떻게 잡아요?"

"그나저나 얘가 좀 이상하지?"

"많이 이상하죠. 머리털 나고 나한테 존댓말 하는 게 처음이에요."

"그래도 머리에 이상이 있는 건 아니라니……."

"제가 따라가 볼게요. 엄마는 병실에 들어가 계세요. 운비 학교 교장 선생님하고 감독님이 오신다고 했어요."

운비의 누나가 발길을 재촉했다.

아빠는 4인실에 잠들어 있었다. 예상대로 병문안을 온 사람은 없었다. 하늘 아래 승우와 둘뿐이던 아빠. 대한민국 섬 여자 전부가 애인이라더니 그 또한 구라가 맞았다. 승우는 살며시 칸막이를 둘러쳤다. 그런 다음 환자 사물함을 열었다. 거기서 아빠의 지갑을 꺼냈다.

맨 앞에 가족사진이 있다. 그 안쪽을 뒤졌다. 낡은 사진 두 장이 더 나왔다. 첫 장은 빛바랜 여고생 사진이다. 바로 엄마의 어린 시절. 그 뒤의 사진을 빼자 모든 게 명쾌해졌다. 엄마의 더 어린 시절로 유치원에 들어갔을 때의 사진이다.

'아!'

탄식이 저절로 나왔다. 승우는 이 사진을 몇 번 본 적이 있었다. 어릴 때 아빠 지갑을 가지고 놀다가 안에 든 물건을 다 꺼내 놓은 것이다.

"누구야?"

묻는 승우에게 아빠가 말했다.

"네 엄마 어릴 때란다. 귀여워서 마스코트로 가지고 다닌다."

마스코트.

여섯 살. 어린 소녀.

사진에 소녀의 얼굴이 겹쳤다. 완벽하게 같은 사람.

엄마였다.

이해도 안 되고 이해할 수도 없지만 어쨌든 일어난 일이다. 엄마는 죽은 지 딱 3년이 되는 해의 생일 다음 날에 승우를 찾아온 것이다. 어린 소녀의 모습으로.

3년.

그제야 생각났다. 엄마의 약속 아닌 약속. 승우와 아빠에게 용기를 주려 한 것으로 알았던 그 말.

—할 수 있지?

병실 안에 엄마의 목소리가 아른거렸다. 죽기 직전에 엄마가
남긴 말이다. 엄마는 그때 울지 않았다. 하얀 메밀꽃처럼 하얗게
웃었다.

3년 정도만 버티면 모든 게 괜찮아질 거야.

엄마가 없는 세상도.

그때 불시에 확인하러 올 거야. 아빠랑 너랑 약속 잘 지키며
살고 있는지.

약속 잘 지키면 엄마가 상 줄게.

하느님께 졸라서라도 상 가져다줄게. 엄마 믿지?

'엄마……'

사진을 보는 손이 파르르 떨렸다.

그 약속, 승우가 어찌 잊을까? 엄마를 위해서도 울지 않았다.
찡그리지 않았다. 고교에 진학해 선배들이 갈구어도 웃었다. 다
른 학교 선수들의 냉소와 업신여김도 흘려들었다. 약속이었다. 엄
마와의 약속.

엄마, 그 엄마가 왔다. 낡은 게임기에 마법을 담아 심어주고 황
천으로 가는 승우를 구하기 위해서. 덕분에 승우는 살았다. 믿기
지 않지만 빅 유닛의 꿈도 이루었다. 엄마가 주는 상이었다.

미안해, 엄마.

승우의 눈에서 눈물이 떨어졌다.

엄마를 못 알아보다니…….

용서해.

떨어진 눈물이 아빠의 볼을 때렸다. 그 바람에 아빠가 눈을 떴다.

"응?"

"……."

"너는 죽었다 깨어난 배구 선수?"

"……."

"네가 왜 여길……?"

"저기……."

"응? 나를 보러 온 거야?"

"예."

"왜?"

"……."

"나한테 할 말 있니?"

"네."

"무슨?"

"잘 계시라고요."

"응?"

아빠가 고개를 갸웃거리는 사이에 승우가 돌아섰다.

아빠, 나예요. 나 안 죽었어요. 그러니까 걱정 말고 살아요. 괜히 저 핑계로 술 많이 마시지 말고요.

원래 하고 싶은 말은 그거였다. 될 수만 있다면 아빠 옆 침대에 눕고 싶었다. 하지만 당장은 그럴 수 없었다. 병실로 들어선 윤서 때문이다. 꿈결처럼 전해진 엄마의 말도 떠올랐다.

현명하게 극복하렴.

그래서 돌아섰다. 승우 자신도 잘 믿기지 않는 이 일, 아빠라고 믿을까? 오히려 아빠를 혼란 속에 빠뜨릴 게 틀림없었다.

됐어. 아빠도 살았으니까.

전화번호도 알고 집도 아니까.

나중에 기회되면 그때 설명하자.

그때까지 아빠, 잘 살고 있으세요.

진짜 빅 유닛이 되어 돌아올게요.

병실 앞에서 승우는 다음을 기약하며 발길을 돌렸다.

'뭐야? 사체 보관실에서도 저러더니 머리에 이상이라도 생겼나?'

아빠의 눈에 어린 의아함이 가시지 않았다. 움찔 움직이자 가슴팍 부분에 놓인 사진 한 장이 보였다. 엄마의 어린 시절 사진이다.

'이게 왜… 누가 꺼내놓았지? 지갑에서 빠졌나?'

아빠의 시선이 사진에 박혔다. 콧등이 금세 새큰하게 아려왔다.

당신이 나를 구했어?

사진을 보며 눈시울이 뜨거워지는 아빠.

기왕이면 승우를 구해주지 그랬어.

톡!

이번에는 아빠 눈물이 엄마의 볼에 떨어졌다.

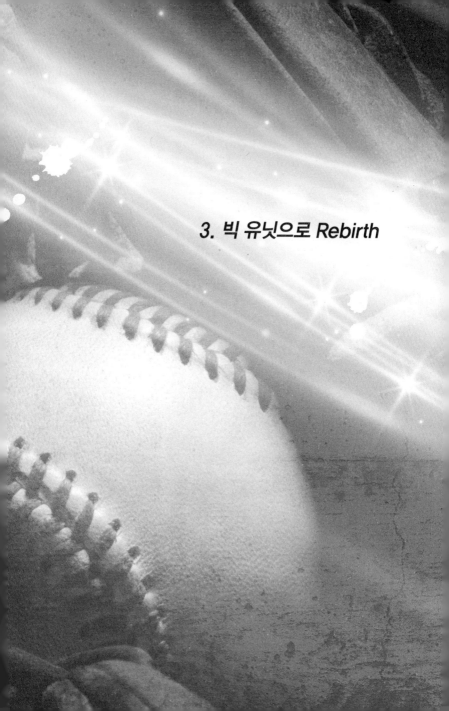

3. 빅 유닛으로 Rebirth

"운비야!"

병실로 들어선 노은상 감독이 승우를 끌어안았다. 아니, 이제는 운비였다. 겉모습이 중요한 건 아니지만 따라야 했다. 이 사람이 배구 감독인 모양이다. 감독들은 외모만 봐도 대략 견적이 나온다.

"교장 선생님이 네 걱정 얼마나 한 줄 아냐? 하늘이 무너졌다가 다시 메워진 기분이란다."

감독이 옆 사람을 가리키며 말했다. 교장인 모양이다. 아직 운비의 일상을 모르는 입장이기에 가볍게 묵례로 때웠다.

"진짜 천운이다. 너라도 살아났으니……."

교장도 한껏 비장했다.

"그럼요. 이런 인재는 죽음도 비껴간다니까요. 다른 애들이 안

됐긴 하지만."

감독은 고개를 떨구었다. 배구 선수 두 명이 사망자 명단에 있었다. 감독 역시 천행으로 살아났지만 마음이 좋을 리는 없었다.

"아무튼 큰 이상은 없다니 잘 치료하거라. 일단 장례부터 치르고 향후 일정을 알려줄 테니."

"예."

"그럼 어머니, 운비를 잘 부탁합니다."

감독과 교장은 운비 어머니에게 인사를 하고 병실을 나갔다.

"저기……."

문 닫히는 소리가 나자 운비가 고개를 들었다.

"왜?"

어머니 방규리가 바로 대답했다.

"장례식은 언제죠?"

"오늘인데, 왜?"

"저도 가보게요."

"너는 절대 안정을 해야……."

"엄마, 가게 해줘. 친구들이 마지막 가는 길인데."

옆에 있던 누나 윤서가 운비 편을 들었다. 얼굴만 예쁜 여자가 아니었다.

"하지만……."

엄마의 표정이 잔뜩 구겨졌다. 죽었다가 다시 깨어난 아들. 혹시라도 충격을 받아 어떻게 될까 걱정이 되는 모양이다.

"걱정 말아요. 저 아무렇지도 않으니까."

운비는 환자복의 단추를 풀었다.

합동 발인은 복잡했다. 자치단체가 끼어들면서 보상 문제는 수월해지고 액수도 늘었지만 격식이 생긴 것이다. 운비가 들어서자 선후배 배구 선수들이 모여들었다.

"운비야!"

다 같이 지옥에서 돌아온 선수들. 그러나 운비는 사망 선고를 받았다가 깨어났기에 그들의 감회는 남다를 수밖에 없었다. 운비는 꾸벅 고개를 숙였다. 모든 선수에게 향해서이다. 누가 동급생인지, 누가 선배인지 모르기 때문이다. 그러자 한 친구가 어깨를 치며 딴죽을 걸었다.

"야, 나한테까지 왜 이래?"

일단 동급생 한 명은 파악되었다.

사망한 배구 선수는 두 명. 학교 관계자들과 선수들을 따라 분향을 했다. 그 후에 운비의 발은 저만치 끝에 자리한 승우의 사진 앞으로 옮겨갔다. 장례식이 키 순서도 아니건만 맨 끝이다. 그 앞에 승우의 아빠 곽민규와 박 감독이 있다. 야구부 선후배들도 제법 슬픈 표정으로 도열했다. 소야도에서 온 남 선장도 보였다. 승우에게 수영과 낚시를 알려준 낚싯배 아저씨. 사고 소식을 듣고 달려온 모양이다.

"안녕하세요?"

박 감독에게는 자동으로 인사를 했다. 습관이다. 주장 강철욱에게도 그랬다. 주장은 뭐야 하는 표정으로 운비를 훑어보느라 바쁘다.

경건한 애도(哀悼).

세형이도 그렇고 병구와 강돈이 형도 그랬다.

촐랑거리던 부원들까지 단체로 심각하니 웃음이 나올 뻔했다. 어쨌든 기분은 나쁘지 않았다. 만년 꼴찌로 불리는 소야고등학교 야구부였다. 거기서도 1학년인 승우였다. 하지만 승우는 팀의 에이스였다. 야구 실력으로서가 아니라 분위기 메이커로서의 에이스. 그렇기에 동급생과 선배들의 지지를 받던 몸. 그렇기에 저렇게들 죽상이 되어 애도하고 있는 것이다.

특히 세형이와 형도의 표정이 볼 만했다. 어울리지 않게 콧물까지 훌쩍거린다. 하긴 울 만도 했다. 형도는 타격의 달인이었다. 아, 한 단어를 빼먹었다. 타격 '부진'의 달인이었다. 그 역시 중학교 2학년 때까지는 타격이 좋았다. 하지만 부상 이후로 1할대의 빈타 슬럼프에 빠졌다.

승우가 특타 훈련에 도움을 주었다. 박 감독의 수제자라는 별명답게 제구력만은 스트라이크존 아홉 개에 자유자재로 꽂아 넣던 승우. 밤늦도록 공을 던져준 것이다. 덕분에 지난번 지역 예선에서 3할을 쳤다. 그건 형도가 2년 반 만에 세운 대기록(?)이었다.

"너?"

사진 앞에 있던 아빠가 고개를 들었다. 앞에는 승우의 유니폼, 글러브와 낡은 게임기, 기념품으로 산 명화 손수건 등이 함께 놓여 있었다.

"……"

"원래 우리 승우랑 아는 사이였냐?"

"잘 알죠. 너무나……."

얼떨결에 대답해 버렸다. 당장은 그게 편할 것 같았다.

"그런데 나는 왜 몰랐지? 배구 선수 친구라……."

"……."

"분향하려고?"

"예."

"고맙구나."

"저도 이제부터 야구할 거예요."

"야구?"

느닷없는 말에 아빠가 고개를 들었다.

"빅 유닛 좋아하시죠?"

"빅 유닛?"

"승우가 그랬어요. 엄마, 아빠의 희망이 자기가 빅 유닛이 되는 거라고."

"……?"

"제가 승우 대신 빅 유닛 되어드릴게요. 승우랑도 약속했거든요."

"……?"

"저 게임기와 유니폼, 글러브는 태워 버릴 건가요?"

"왜?"

"저 주시면 안 돼요? 제가 간직하고 싶어요."

"……."

"부탁입니다."

"승우 친구라고?"

"예."

"그러렴."

"고맙습니다."

운비는 게임기와 야구 물품 등을 챙겼다. 이 체구에 맞을 리는 없지만 간직하고 싶었다. 게임기도 마찬가지였다. 그 후에 아빠가 건네주는 국화를 받았다.

하얀 국화.

그리고 검은 리본 안의 액자에 든 승우 얼굴.

두 개의 미스 매칭에 묘한 기분이 들었지만 돌이킬 수 없는 일이었다.

'곽승우.'

고개를 반듯하게 든 운비, 사진을 바라보며 비원을 이어놓았다.

넌 죽지 않았어. 알고 있지?

이제부터 진짜 빅 유닛으로 다시 태어나는 거야.

그러니까 잘 지켜봐. 내가 나태해지면 마구 채찍질해 주고.

운비가 꽃을 놓았다. 육체와의 안녕이다.

"......!"

세 사람의 눈동자가 한쪽으로 쏠렸다. 운비의 아빠 황금석과 엄마 방규리, 그리고 누나 황윤서의 눈이다. 그중에서 황금석이 먼저 입을 열었다.

"배구를 그만두겠다고?"

"예!"

운비는 주저 없이 대답했다. 퇴원하자마자였다. 집에 돌아와 자기 방에도 들어가지 않고 거실에 앉은 운비. 그러나 무엇보다 먼저 해야 할 말임을 알고 있었다.

"운비야!"

방규리와 윤서의 시선에도 우려가 가득했다.

"좀 천천히 생각해 보는 게 어떠냐?"

황금석이 말했다.

"아닙니다. 저 야구할 겁니다."

"야구?"

세 사람의 시선이 다시 한번 요동을 쳤다. 마른하늘에 날벼락의 연속이다. 중학교를 평정하고 고등학교로 진학한 운비. 비록 신입생이지만 장신의 하드웨어와 벼락같은 스파이크로 청소년 대표에 오른 마당이다. 지난번 결승에서도 그 진가는 유감없이 발휘되었다. 전국 최강으로 꼽히는 고등학교를 상대로 무려 28득점을 올린 운비였다.

게다가 사연도 있었다. 엄마 방규리 때문이다. 그녀는 배구 선수였다. 배구 선수로서 장신은 아니지만 레프트 공격수로 준수한 성적을 남겼다. 그러나 당시 그 포지션에 좋은 선수가 많아 국가대표가 되지 못했다. 운비는 엄마가 못다 한 꿈을 이어주겠다는 약속도 했다.

그렇게 잘나가던 운비. 비록 불의의 사고로 충격을 받았다지만 이 무슨 기상천외한 선언이란 말인가?

"갑자기 웬 야구?"

다들 얼이 빠져 있는 틈으로 윤서의 목소리가 끼어들었다.

"그냥요."

그 한마디에 윤서의 미간이 꿈틀거렸다. 또 존댓말이 나왔다.

다소 까칠하지만 부모 말은 거역하지 않던 운비. 누나 윤서와는 아직도 안고 뒹굴 정도로 살뜰한 사이였다. 그런데 사고 이후로 태도가 변한 것이다. 기존의 까칠한 태도에 비하면 바람직하지만, 사고 때문이니 하나도 바람직하지 않았다.

"그냥이라……."

황금석이 한숨을 쉬었다. 황천길에서 돌아온 아들을 다그칠 수도 없는 일이다.

"그건 아니? 너희 학교에는 배구부밖에 없다는 거."

"저쪽에 있는 소야고등학교에서 하면 됩니다."

"운비야, 힘들면 천천히 생각하자. 아직 시간은 많아."

윤서가 끼어들어 운비의 손을 잡았다. 운비는 움찔 놀라며 손을 뺐다. 맹세코 이렇게 예쁜 여자와 스킨십을 한 적이 없는 승우였다. 운비가 정색을 하자 부모님과 누나의 시선에 뜨악함이 스쳐 갔다. 윤서와의 스킨십은 일상의 장난 정도로 여기던 운비였기 때문이다.

"아무튼 저는 야구할 겁니다. 이제 배구는 안 해요."

한 번 더 강조하고 일어섰다. 그러나 몇 걸음을 옮기다가 멈췄다. 갈 곳이 없었다. 거실까지는 함께 들어왔지만 운비의 방을 알리 없는 승우이다.

어쩐다 싶을 때 윤서가 도움말을 주었다.

"올라가 네 방에서 쉬어. 피곤하면 한잠 자고."

그 말에 따라 계단을 올랐다. 2층짜리 저택. 아주 넉넉한 집이었다. 우아하면서도 편안한 가구만 봐도 그랬다. 소야도에 있는 승우의 집이나 박 감독의 냄새나는 아파트 내부와는 비교도 되지 않았다.

운비는 2층의 첫 번째 문 앞에 서서 그 문을 열었다.

"……!"

순간 얼른 닫아버렸다. 가슴이 두근거리며 한숨이 나왔다. 윤서의 방이다. 놀란 것은 수영복 때문이다. 갖가지 수영복이 떡하니 시선을 끈 것. 운비는 당연히 그녀가 영어 잘하는 외국인 전문 수영 강사라는 것을 모르고 있었다.

두 번째 문을 열었다. 거기가 황운비의 방이었다. 방 안에는 배구공이 뒹굴고 유명한 배구 선수들의 브로마이드가 가득했다. 트로피와 상장도 많았다. 최우수선수에 수훈선수상, 공로상……. 승우는 중학교 때 딱 한 번 받아본 상장. 운비에게는 차고 넘치도록 있었다.

'열라 부럽네.'

침대에 앉았다. 장신에 알맞게 널찍하고 고급스러워 보였다. 텔레비전도 극장만 하고 컴퓨터도 데스크 탑과 노트북까지 갖춰져 있는 방. 좋긴 하지만 중요하지는 않았다.

'전략이 필요한데……'

배구공을 만지며 상장과 트로피를 바라보았다. 남의 몸에 들어왔다. 보통 학생도 아니고 잘나가는 배구 선수의 몸이다. 게다가 수준 높은 부모님까지 있다. 매사가 운비 마음대로 결정될 게 아니었다. 최고의 문제는 배구 감독. 이런 유망주라면 헐렁하게 내놓을 리가 없었다. 더구나 선수는 일반 학생과 달라 멋대로 거취를 결정할 수 있는 것도 아니었다.

하지만 운비의 본색은 승우이다. 메이저리그의 빅 유닛을 꿈꾸던 차였으니 배구에는 관심도 없었다. 하루빨리 마운드에 서서 하드웨어에 적응하고 싶은 마음뿐이었다. 그러자면 일단 부모님의 허락을 얻어야 했다. 그다음이 배구 감독의 허락, 전학의 순이다.

그나저나 가만히 손을 들여다보던 운비는 바뀐 몸에 대한 호기심이 일었다. 이제 이 몸의 주인이 되었으니 구석구석 확인하려는 것이다. 일어나 옷을 벗었다. 모두 벗었다. 거뭇한 거웃 아래 늘어진 물건도 육체의 크기만큼이나 큼지막했다.

하지만 운비의 관심사는 오로지 손가락과 손목, 나아가 어깨와 허벅지였다. 거시기 따위야 크면 어떻고 작으면 어떻단 말인가? 고추 크기로 방어율 성적이 나오는 것도 아닌데. 그런 생각을 할 때 문득 기척이 느껴졌다.

"악!"

운비는 비명을 지르며 가운데를 가렸다. 윤서였다. 그녀가 노크도 없이 문을 연 것이다.

"어, 미안. 빨리 입어라."

그녀는 그저 먼 산을 바라볼 뿐 나가지 않았다.

"저기요……."

운비가 진땀을 흘리자 옷이 날아왔다.

"충격받은 건 알겠는데 너답지 않잖아? 그리고 너, 왜 자꾸 존댓말 쓰는데? 내가 누나 대접하라고 할 때는 콧방귀도 안 뀌더니."

"……."

"이건 어디 둘까?"

윤서가 가방을 들어 보였다. 운비가 챙겨온 승우의 물건이다. 게임기와 글러브, 그리고 유니폼 등등.

"거기 두세요."

"거기 두세요?"

"예."

"알았으니까 빨리 입고 여기 앉아. 진짜 머리에 이상이 생긴 건지 아닌지 내가 체크 좀 해야겠어."

윤서의 목소리가 당차게 들렸다. 운비는 주섬주섬 옷을 입고 멀찌감치 떨어져 앉았다.

"황운비!"

"예?"

"황운비!"

"예."

"너 진짜, 황운비!!"

결국 빽 소리를 지르는 윤서.

"응?"

그제야 눈치를 깐 운비가 반말로 대답했다.

"이제야 말이 통하네. 너 아픈 데 있어?"

"아뇨!"

"야!"

"아니."

"그런데 왜 생뚱맞게 야구야? 너 야구할 줄 알아?"

"예!"

"뭐?"

"야구할 줄 알아요. 나 투수……."

제대로 질러가던 운비는 현실을 깨닫고 궤도 수정에 돌입했다.

"…하고 싶어."

"투수? 온 배구계가 너를 기대하는데 갑자기 웬 투수?"

"누나."

"왜?"

"나 실은……."

운비는 고개를 숙인 채 말을 이었다. 어쨌든 설득해야 할 세 사람. 집 분위기를 보아하니 누나를 먼저 구워삶는 게 좋을 것 같았다.

"죽었었잖아?"

"응."

"그때 이상한 계시를 받았어."

운비는 죽었다가 깨어난 사실을 십분 활용하기로 했다. 상식적으로는 도저히 일어날 수 없는 불가사의. 그 방법이 가장 호소력이 있을 거라고 판단한 것이다.

"계시?"

윤서가 조금 다가앉았다. 전략이 먹히고 있었다.

"비몽사몽 중에 저승사자를 만났는데 야구하래. 아니면 다시 데리러 온다고."

"어머! 정말?"

"그러니까 나 좀 도와줘요. 난 야구를 해야 해."

"너 혹시 저 야구 선수 귀신이 쓰인 거 아니야?"

윤서가 승우의 물건을 가리켰다.

"아니야. 진짜 친구라니까."

"나도 모르는?"

"응. 나도 비밀이 있어."

"운비야……."

"도와줄 거죠?"

"하지만 이제 와서… 야구의 야 자도 모르는 너잖아?"

"잘할 수 있어요. 아니, 죽기 살기로 해야죠. 다시 죽을 수는 없잖아요."

"……."

"그리고… 저승사자 말이 나한테 야구 재능을 줬다고 했어. 대성할 수 있대. 그러니 내 말 좀 믿어줘."

"정말?"

"응!"

"그래, 나는 믿어줄게. 그런데 노 감독님도 그걸 믿을까?"

"노 감독님?"

"너희 감독님 말이야. 너를 앞세워서 고교 배구계를 평정하려는 분인데… 그분이 너를 어떻게 데려갔는지 알지?"

"돈 받았어?"

"야, 우리 집이 뭐가 아쉬워서. 특별장학금 준다고 하는 걸 아빠가 거절했잖아? 대신 너를 세계적인 선수로 키워달라고… 그래서 너만을 위한 트레이너도 따로 영입했고……."

"그래도 할 수 없어. 나는 야구를 할 거니까."

운비는 단호하게 매듭을 지었다.

"운비야."

윤서가 다가와 운비를 품었다. 운비는 앉아 있고 윤서는 선 상황. 그녀의 젖무덤이 적나라하게 얼굴에 느껴졌다. 엄마의 젖무덤 외에는 처음 느끼는 여자의 가슴. 심장이 덜컹거리는 바람에 윤서를 밀어냈다. 그러지 않으면 정말이지 심장이 다시 멎을지도 몰랐다.

'왜 이래? 저 여자는 네 친누나야.'

화장실로 자리를 피한 운비가 거울을 보며 상황을 각인시켰다. 찬물로 세수를 하니 두근거리던 가슴이 진정되었다. 변기는 최신 비데였다. 소야도 집에도 없고 합숙소에도 없는 비데. 교사용 화장실에서 몇 번 보긴 했지만 이렇게 좋은 건 처음이다.

쏴아아!

물도 시원하게 내려갔다.

삼나무와 별이 있는 길. 방으로 돌아온 운비가 승우의 소지품에서 찾아낸 것이다. 고흐의 명화 손수건이다. 오래전 엄마와 함께 간 전시회에서 산 기념품. 그때 승우는 명화 속의 별이 야구공으로 보였다. 신기한 건,

"엄마도 그런데."

엄마의 느낌도 승우와 같았다는 것. 손수건을 고이 접어 주머니에 넣었다. 늘 그랬듯이.

"……!"

월요일 아침, 운비를 마주한 배구의 노은상 감독 역시 황당무계한 표정에서 벗어나지 못했다.

"배구 때려치우고 야구를 하겠다고?"

감독은 바로 돌직구를 던져왔다.

"예!"

운비가 대답했다. 함께 온 황금석과 윤서는 지켜보기만 했다. 실은 황금석이 이미 감독에게 귀띔한 일이다.

"너, 야구할 줄 모르잖아?"

"할 수 있습니다."

"저쪽 소야고등학교 야구부에 들고 싶다고?"

"예."

"거기서 받아준대?"

"……"

"네가 잠시 머리가 어지러운 모양인데 이렇게 하자. 소야고 야구부에서 너를 받아준다고 하면 내가 한번 생각해 보겠다."

"고맙습니다."

"대신 안 된다고 하면 바로 컴백이야."

"……"

"약속해라."

"알겠습니다."

운비가 대답했다. 노 감독과는 간단하게 정리가 되었다. 이유는 역시 사고 때문이었다. 배구단 버스가 전복되면서 이런 후유증을 겪는 선수가 많았다. 그래서 단체로 심리 치료를 받는 중이다. 더구나 운비는 사체 칸에서 부활한 경우이다. 그 충격으로 생각한 감독이 안정을 찾을 시간을 준 것이다.

"힘내라."

트레이너가 운비의 어깨를 쳐주었다.

체육관에서 나오는데 복도에 한 여학생이 있다. 병원에서 본 그 여학생이다.

"아는 애니?"

윤서가 물었다.

"아니."

운비는 고개를 저었다. 여학생의 눈자위에 스쳐 가는 뜨악함은 보지 못했다.

끼익!

봉래고를 나온 벤츠는 오래지 않아 멈췄다. 소야고가 지척인 까닭이다. 운비는 소야고 후문으로 걸었다. 야구장은 후문 뒤의 공터에 있었다. 운비의 손에는 승우의 글러브가 들려 있는데 손에 비해 작아 보였다. 그래서 흐뭇했다.

나보고 땅콩 빅 유닛?

이제 다 죽었어.

히죽히죽 웃음이 절로 나왔다.

딱!

따악!

박 감독의 펑고 치는 소리가 들린다. 선수들은 흙투성이가 된 채로 운동장에 몸을 날리고 있었다. 감독과 선수들 유니폼에 검은 리본이 보인다. 그래도 승우를 잊지 않고 있으니 또 한 번 고마웠다.

"감독님!"

옆에서 보조를 하던 투수 이병구가 감독을 불렀다. 박 감독의 시선이 운비에게로 향했다. 황금석과 윤서 사이에 선 운비는 꾸벅 인사부터 했다.

"나 보러 온 겁니까?"

박 감독이 다가와 운비 옆의 황금석에게 물었다.

"예."

"무슨 일로……?"

"실은 우리 아들이……."

"야구하려고 찾아왔습니다."

황금석의 말이 나오기 전에 운비가 먼저 말했다.

"야구? 넌 배구 선수잖아?"

"이제는 아닙니다."

"……?"

박 감독의 시선이 황금석에게 옮겨 갔다.

"우리 아이가… 갑자기 야구를 하고 싶다고……."

"배구는 어쩌고요?"

"그게……."

"그쪽 배구단이면 이제 전국 최강급이고 이 친구가 좌우 쌍포
에 에이스급인 모양이던데……."

"예."

"그런데 무슨 야구요? 야구를 해본 적은 있습니까?"

"있습니다!"

운비가 또 먼저 대답했다.

"운비야."

듣고 있던 윤서가 말을 막아섰다.

"해본 적 있습니다."

운비는 윤서의 말을 일축했다.

"포지션은?"

"투수입니다!"

"투수? 그러고 보니 그 글러브……?"

"곽승우 겁니다. 이 학교 투수였죠?"

"그걸 왜 네가……?"

"승우랑 친구입니다. 장례식장에서 승우 아버지께 얻었습니다."

"으음."

"……"

"으음, 사고 때문에 배구에 염증을 느낀 모양인데 투수는 아무나 하는 게 아니라네. 좀 휴식을 취했다가 스파이크나 때리라고."

박 감독은 운비를 외면했다.

"감독님!"

"미안하지만 우리 훈련 시간이거든. 그만 가주겠나?"

박 감독은 단호했다. 그사이에 윤서가 운비를 끌었다. 하지만 운비의 발은 벤츠 앞에서 멈췄다.

"아버지."

"왜?"

"죄송하지만 누나랑 먼저 가세요."

"뭐라고?"

"저는 테스트 받고 갈 겁니다."

"운비야!"

"시작도 안 해보고 물러설 수는 없잖습니까?"

"꼭 야구를 해야겠니?"

"저 농담 아닙니다. 머리가 이상한 것도 아니고요."

"좋다, 그럼 너 하고 싶은 대로 해봐라."

"아빠!"

황금석이 쿨하게 허락하자 윤서가 태클을 걸었다.

"하고 싶다잖아. 여기서 기다리고 있으마. 대신 무리는 하지 말고."

"고맙습니다."

운비는 인사와 함께 돌아섰다.

박철호 감독, 그리고 야구부 선수들.

운비는 알고 있었다. 그들의 마음을 사로잡는 법. 몇 달 안 되지만 한솥밥을 먹은 사이가 아닌가? 그러나 아버지와 누나가 있으면 방해가 되었다. 아니, 어쩌면 운비가 맛이 간 줄 알고 충격을 받을 수도 있었다.

딱!

따악!

박 감독은 펑고를 계속하고 있었다. 운비는 구석진 펜스 앞에서 기다렸다. 한 번 펑고를 시작하면 300개, 500개는 기본인 박 감독이다. 코치도 없이 지치지도 않았다. 멀리 갈매기가 보인다. 바닷바람도 간간이 이마를 쓸며 지나갔다.

따악!

마지막 공은 우익수를 향해 날아갔다. 장형도가 점프를 하면서 공을 받아냈다.

"······?"

배트를 넘기던 박 감독의 시선이 운비와 맞닿았다.

"아직 안 갔나?"

"테스트 부탁합니다."

"허얼!"

"감독님은 투수가 필요하지 않습니까? 저 이래 봬도 제구력 하나는 예술입니다."

"예술?"

"감독님이 특별히 좋아하는 스트라이크존 3, 6, 7, 9번에 꽂아대는 게 제 장점이지요."

여기서 말하는 숫자는 스트라이크존을 아홉 등분한 것으로 7번은 우타자의 바깥쪽 낮은 지점이고, 3, 6, 9는 타자 몸 쪽의 세로 존이다.

"……?"

그 말에 박 감독의 눈빛이 변했다. 박 감독이 주야장천 승우에게 강조하던 것이다.

'제구력으로 살아남으려면 존 3, 6, 7, 9번을 장악해라!'

"연습해라. 연습하는 사람은 살아남는다. 재능은 싸구려다!"

"……?"

"제구력의 달인으로 불리던 감독님의 명언 아닌가요?"

"너?"

박 감독이 눈자위를 구겼다. 귀에 못이 박히도록 한 말. 그걸 낯선 배구 선수가 웅얼거리고 있는 것이다.

"부탁합니다!"

운비는 다시 한번 정중히 말했다.

"좋아, 대신 딱 한 번뿐이다."

감독의 허락이 떨어졌다.

"저거 뭐야?"

지켜보던 백수찬이 후배들에게 물었다.

"승우 친구라는데요?"

"어? 진짜? 그런 말 못 들었는데?"

야구부가 술렁거리기 시작했다. 그럴 만도 했다. 그들은 승우에 대해 모르는 게 없었다. 늘 분위기 메이커였기 때문이다.

"세형이가 좀 받아줘라!"

감독이 포수를 불러냈다. 같은 신입생 포수이자 승우의 절친이다. 시작이 좋았다. 선천적 붙임성 유전자로 인해 모든 부원과 친하지만 그중에서도 각별하던 세형이다. 그러나 그건 운비만의 생각이었다.

현재의 세형은 좋은 눈치가 아니었다. 겨우 끝난 훈련인데 난데없이 나타난 배구 선수. 그 때문에 휴식 시간을 깎아먹고 있으니 누가 좋아할 것인가? 더구나 세형은 운비 몸통에 승우가 들어 있는 줄은 꿈에도 모르고 있다.

"던져봐!"

홈 플레이트 뒤에서 박 감독이 콜을 보냈다.

'흐음.'

공을 받아 든 운비가 심호흡을 했다. 손에 낀 글러브 안에 든 공을 보았다. 하지만 당장 시합을 하는 것도 아니니 그리 중요하지는 않았다. 공을 꺼냈다. 108개의 실밥을 염주 쓸어내리듯 하나하나 더듬었다. 공이 널널하게 들어오는 운비의 손이 아주 마음에 들었다. 여러 가지 자세로 그립을 쥐어보았다.

투심 패스트 볼, 포심 패스트 볼, 커브, 싱커, 슬라이더…….

안정적이다. 빅 유닛의 하드웨어에 기다란 손가락. 어쩌면 투심이나 포심 패스트 볼도 140은 될 것 같았다. 아쉬운 건 투구 연습을 미리 해보지 못한 것. 배구 선수의 집에는 배구공밖에 없었으니 그걸로 투구 연습을 할 수는 없었다. 몇 번 몸을 푼 운비는 마침내 포수의 미트를 바라보며 투수판을 밟았다.

감독님, 정신 바짝 차리고 제대로 보세요.

철욱이 형 말고 쓸 만한 투수 한 명만 더 있으면 전국 4강도 노려볼 만하다고 하셨죠?

그 투수가 여기 왔습니다.

'큐빅.'

머릿속을 더듬었다. 그러자 두 개의 큐빅이 신묘한 빛으로 반짝거렸다. 게임기가 준 스킬 아이템은 환상이 아니었다. 거기에 더한 빅 유닛의 하드웨어. 배구의 공격수이니 스파이크를 후려치는 어깨 근육도 나쁘지 않을 터이다.

곽승우, 그리고 황운비.

우린 운명적인 콜라보야.

이제부터 잘해보는 거야.

이제부터가 진짜 시작이거든.

운비는 세형을 향해 사인을 보냈다.

검지를 두 번 튕겨주는 것.

이 사인은 세형이와 둘이 만들었다. 1번 존에서 하나쯤 빠지는 높은 공을 던지겠다는 의미이다. 그런데 이 녀석이 알아먹지를 못했다. 별수 없이 소리를 치고 말았다.

"1 다시 1 존 변화구!"

그래도 다르지 않았다. 세형이는 그저 미트를 두어 번 두드린 후 가운데에다 내밀 뿐이다. 잡소리 말고 던져. 녀석의 눈빛은 그렇게 말하고 있었다.

'하긴 네가 보기엔 내가 옆 학교의 낯선 배구 선수일 뿐일 테니.'

손을 모으고 와인드업 자세로 들어갔다. 그리고 운비의 일구가 날아갔다. 뒤이어 선수들의 웃음소리가 그라운드에 울려 퍼졌다.

"아하하핫!"

"캬캬캬캭!"

운비는 눈을 의심했다. 공이 빠진 것이다. 살짝 빠진 게 아니라 홈 플레이트에서 어림없이 빗나갔다.

"......!"

감독이 눈짓하자 두 번째 공이 주어졌다.

실수야.

너무 긴장한 거라고.

이번에는 직구로 정했다. 일단 감부터 잡아야 할 것 같았다.

5번 존!

한가운데 사인을 보냈다. 세형은 여전히 알아먹지 못했다.

'그래, 일단 공이 들어가면 알아먹겠지.'

어깨의 힘을 빼고 부드럽게 스트라이크존을 향해 자연스럽게 릴리스.

투구 동작을 그리며 제2구를 날렸다. 허리와 어깨, 등짝이 뻐근했지만 참았다. 사고의 후유증인 모양이다.

픽! 픽!

이번에는 요란한 소리가 났다. 한 번도 아니고 두 번이다.

"와카카칵!"

선수들이 배꼽을 잡고 뒹굴었다. 바운드 공이었다. 맥없이 날아간 공이 원 바운드가 되면서 포수의 마스크를 때린 것이다.

"더 할 테냐?"

참담한 가운데 박 감독이 물었다. 운비의 대답이 늦자 공이 하나 더 날아왔다.

"이번에도 개판이면 알아서 가주길 바란다. 우리, 청백전 해야 하거든."

박 감독이 쐐기를 박았다.

"걱정 마세요, 3구는 150킬로미터 대포알로 5번 존에 꽂아 넣을 테니까요!"

운비가 두 손을 불끈 쥐며 호언장담을 했다. 버릇이다. 실수를 해도 기가 죽지 않던 승우. 그 분위기 메이커의 에너지를 작렬했지만 아무도 호응해 주지 않았다.

마지막 공.

그걸 만져보았다. 뭐가 문제인 걸까? 몸은 결리지만 참을 만했다. 제구력의 신으로 불리던 승우이다. 그 기억과 스킬은 여전히 머리에 있었다. 거기에 더한 하드웨어와 게임기에게 받은 큐빅.

'큐빅?'

타조의 신성 시력!

문득 떠오른 생각에 홈을 쏘아보았다. 아무런 변화도 없었다. 까칠한 표정으로 노려보는 세형이와 박 감독이 보일 뿐.

30% 체력 회복력?

그건 아직 알 수 없었다. 일반인이라고 해도 공 두세 개에 피로감이 오는 건 아니니까.

'역시 사기였나?'

그렇다고 해도 실망하지 않았다. 야구 선수로 살면서 그런 건 꿈도 꾸지 않았다. 하지만 빅 유닛이 되고 싶던 하드웨어만큼은 현실이었다.

'그렇다면!'

운비는 다시 홈을 바라보았다. 세형이 신경질적으로 미트를 흔들었다. 제구력 컨디션이 좋은 날은 저 미트가 세숫대야만 하게 보인다. 타자에게 공이 수박만 하게 보이듯이.

'다른 건 몰라도 제구력은……'

투수판에서 물러나 팔을 잠시 풀었다. 그런 다음 로진을 손가락에 묻혔다. 표정은 더없이 진지하게 바뀐 후였다.

'간다!'

포수와의 사인이고 나발이고 다 생략한 운비가 3구를 날렸다. 온 힘을 쏟은 회심의 포심이었다.

펑!

소리와 함께 믿고 싶지 않은 현실이 일어나 버렸다. 높은 공이 되면서 포수 뒤에 서 있는 감독의 어깨를 치고 간 것이다.

"감독님!"

구경하던 선수들이 우르르 몰려왔다. 일부는 운비의 멱살을 잡았다. 모였다 하면 감독 흉을 보지만 그래도 가재는 게 편이었다.

"아아, 그냥 둬라."

주저앉은 박 감독이 어깨를 문지르며 일어섰다. 다행히 큰 부상은 아닌 모양이다.

"그냥 갈래, 아니면 야구 배트로 좀 얻어맞고 갈래?"

감독이 다가와 배트로 가슴팍을 툭툭 건드렸다. 운비는 할 말이 없었다.

"가겠습니다."

"잘 생각했다. 사람은 한길을 파야 하는 거야. 너, 배구 기대주라던데 엉뚱한 생각 말고 배구나 해라. 응? 야구, 아무나 하는 거 아니야."

감독의 배트가 운비의 어깨로 올라왔다. 그 배트가 마지막으로 가리킨 방향은 출구 쪽이었다.

꺼져!

그 말이다.

"하지만 다시 올 겁니다."

운비는 거기에 딱 한마디를 더 보태놓았다.

"감독님이 받아주실 때까지."

*   *   *

뭐가 문제일까?

집으로 돌아온 운비는 방에 처박혔다. 나오면서 집어 온 연습구 두 개를 바라보았다. 하나는 실밥이 터져 있다.

둘레 22~23센티미터, 무게는 141~156그램, 8자 모양의 흰색 소가죽 두 장에 방수 처리된 223.5센티미터의 빨간 실로 꿰맨

108개의 실밥. 공은 그대로였다. 바뀐 건 육체뿐.

거울 앞에 서서 옷을 벗었다. 육체를 바라보았다. 허우대는 멀쩡하다. 어깨가 다른 걸까? 순간적으로 후려치는 스파이크. 그 시스템에 최적화된 어깨라 공을 뿌리지 못하는 걸까? 다행히 사고에서도 치명적인 부상은 없었다. 게다가 배구 선수 생활을 하는 동안에도 십자인대 파열 등의 흔한 부상도 없던 육체. 하지만 직구의 빠르기도 그저 그런 편이었다.

말도 안 돼.

고개를 저었다.

적응 부족?

응?

그럴지도.

가능성이 있었다. 아무리 좋은 하드웨어라고 해도 적응이 필요했다. 운비의 몸이 배구 선수이지 야구 선수는 아닌 것이다.

쉐도우 피칭.

그게 떠올랐다. 발달된 근육이 다르면 그것부터 적응해야 할 것 같았다. 수건이 필요해 욕실 문을 열었다.

'윽!'

다시 재빨리 닫아버렸다. 안에 사람이 있었다. 누나가 샤워 중이었다. 옷도 입지 않은 우윳빛 전라였다.

"왜?"

상반신을 살짝 비튼 윤서가 물었다. 세형이 넋을 놓는 야동의 한 장면인 줄 알았다.

"예… 아니… 응… 수, 수건이 하나 필요해서……."

운비는 멋대로 더듬거렸다. 하얗게 변한 머릿속이었기에 말이
정돈되지 않았다.

"받아."

문이 조금 열리더니 수건을 쥔 손이 나왔다. 고개를 돌린 채
받으려다 떨어뜨리고 말았다. 그걸 주워 들려다 윤서의 가슴 볼
륨을 보고 말았다.

'크헙!'

기다시피 방으로 돌아왔다.

"후아!"

겨우 숨을 가다듬는데 운비의 방문이 열렸다. 윤서가 들어선
것이다.

"미, 미안해요."

"뭐가?"

"욕실 문… 안에 누가 있는지 몰랐어요."

"또 요냐?"

"……?"

"철이 든 거야, 뭐야? 언제는 내 몸만 보면 눈 버린다고 난리더
니 얼굴까지 빨개졌네? 내가 요즘 좀 섹시해졌나?"

"죄, 죄송… 그만 나가줘요."

"또?"

"나가줘. 됐지?"

"아니, 잠깐만!"

"……."

"핸드폰 어쩔 거야? 아빠가 사주라던데?"

"핸드폰?"

"사고 현장에서도 안 나왔거든. 없지?"

"응? 응."

그러고 보니 승우 핸드폰도 없었다. 트럭에서 튕겨 나갈 때 함께 튕겨 나가 박살이 난 것.

"같이 갈래, 아니면 누나가 만들어다 줘?"

"누, 누나가……."

"네 번호 그대로?"

"내 번호?"

"설마 번호도 잊어버린 거야?"

"아, 아니, 번호 바꿀래."

"모델은?"

"마, 마음대로."

승우의 전화번호를 적어주고 윤서를 밀어냈다.

"야, 누나 수영 강습 가는데 같이 안 갈래? 잊어버렸는지 모르지만 너 유연성 증강 때문에 수영 배운다고 약속했어."

윤서의 목소리가 문을 넘어왔다.

"미안하지만 나 수영 잘해."

"푸훗, 네가? 물에만 들어가면 바로 가라앉는 주제에?"

"진짜 잘한다니까. 그러니까 어서 가요."

"그래, 그럼 쉬고 있어라. 전화는 내일 개통해다 줄게."

"후아!"

다시 숨을 골랐다. 문에 귀를 대보니 기척이 없다. 누나가 있다는 게 좋은 것만은 아닌 것 같았다. 더구나 저렇게 예쁜 누나는 말이다. 하지만 수영을 잘한다는 건 거짓말이 아니다. 소야도에서 자란 승우이다. 여름철 밀물이 되면 집 앞 바닷물에서 친구들과 살던 승우이다.

"후우!"

심호흡을 하며 거울 앞에 섰다. 수건을 들고 와인드업 자세를 취해보았다. 발 자세가 약간 뒤틀렸다. 바로 잡았다. 거울을 향해 투구 자세를 취했다. 그러고 보니 공을 놓을 때의 손목도 자연스럽지 않았다. 관절도 빡빡하다. 좋은 투수의 팔은 채찍처럼 휘어진다. 손목이 부드러워야 공을 놓기 직전에 강한 회전을 걸 수 있다. 그래야 타자 앞에서 상하좌우의 무빙이 이루어지는 것이다.

이건 박 감독에게서 배웠다. 그런 팔을 갖기 위해 식초라도 먹고 싶었다. 박 감독은 투수 출신으로 한때는 프로야구 최고의 루키였다. 오래가지는 못했다. 고교 시절 에이스로서 혹사당한 게 원인이었다.

그에게 배운 쉐도우 피칭을 생각했다. 힘을 넣는다고 공이 빨라지는 건 아니다. 체중을 지탱하는 다리, 그 하체의 탄성을 이용해 던지는 피칭. 피칭을 처음 배울 때처럼 하나하나 짚어가며 쉐도우 피칭을 했다. 두 시간쯤 했을까? 겨우 적응이 되는 것 같았다.

글러브와 공을 챙겨 정원으로 나왔다. 널찍한 게 피칭 연습도 가능해 보였다. 담장 쪽의 목련나무에 가방을 매달았다. 안에 베개를 넣으니 소리도 크지 않았다.

어깨 힘을 빼고 1구를 던졌다. 빗나갔다. 2구를 던졌다. 또 빗나갔다. 3구가 날아갔다. 이번에는 겨우 타깃에 적중되었지만 느렸다. 100여 킬로미터에 불과한 공이다. 20여 번을 더 하자 겨우 익숙해졌다.

'좋아.'

이번에는 작심하고 속구를 던졌다. 새 어깨를 확인하고 싶었다.

패액!

손을 떠난 공이 가방을 때렸다.

"……!"

눈살이 찌푸려졌다. 이건 잘 나와야 110킬로였다. 다시 회심의 일구를 날렸다. 속도는 더 나지 않았다. 황당했다. 스파이크를 날리는 배구 선수. 후려치는 그 속도도 만만한 것이 아니다. 그런데 이렇게 다르단 말인가? 이렇게 밋밋한 직구? 그럼 이 인간의 하드웨어는 완전 두부살?

안 돼!

오기가 생겨 다시 공을 던졌다.

퍽!

가방을 맞고 튕겨나는 공은 다르지 않았다. 아무리 기를 써도 그 정도가 한계였다.

'미치겠네.'

머리를 쥐어뜯을 때 윤서가 나타났다.

"연습 중?"

그녀가 공을 집어 들었다.

"응."

"잘 안 돼?"

"……."

"밥 먹자고. 그런데 야구는 원래 오른손으로 하는 거야?"

그녀가 운비를 바라보았다.

"응?"

"너 양손을 다 쓰지만 원래는 왼손잡이잖아? 그런데 오른손으로 공을 던지길래……."

"……!"

윤서의 말은 천둥이 되어 운비 머릿속에서 울렸다.

"황운비, 아니, 내가 원래 왼손잡이였어?"

"운비아!"

"아, 알았어! 땡큐, 누나! 정말 고마워!"

운비 역시 천둥소리를 쏟아냈다. 진짜 누나(?)라면 안고 행가래라도 치고 싶은 심정이다.

왼손잡이!

그게 이유였다. 그걸 모르고 우투로 공을 뿌린 운비. 그건 마치 오른손잡이 승우가 왼손으로 공을 뿌리는 것과 같았다. 제대로 된 투구나 속도가 나올 리 없었다.

'그러니까…….'

다시 공을 들고 표적을 노려보았다.

'운비 네가 왼손잡이였단 말이지?'

시야에 표적이 들어왔다. 포수의 미트처럼 보였다. 왼손으로 투구 모션을 취해보았다. 부드럽다. 오른쪽과 비교하니 한결 자연스러웠다. 일단 하체에 모이는 힘부터 달랐다. 가볍게 공을 놓았다. 공은 가방의 한가운데를 맞추고 떨어졌다. 몇 번 같은 동작으로 투구 모션을 익혔다. 그런 다음 작심하고 공을 뿌렸다.

뻐억!

파열음과 함께 두 물체가 허공으로 튀어 올랐다. 공과 표적이
다. 강력한 속구에 표적을 매단 끈이 끊어지며 사이좋게 흩어진
것이다.

'맙소사!'

운비는 그 자리에 주저앉았다. 바람 소리였다. 손에서 바람 소
리가 들렸다. 이건 120~130킬로대의 투수들이 내는 소리가 아니
었다.

빅 유닛.

이제는 빅 유닛을 꿈꿀 수 있어.

게다가 왼손이다.

박 감독이 그렇게 원하던 쓸 만한 왼손 투수.

운비는 윤서 몸매처럼 늘씬한 손가락이 딸린 큼지막한 왼손에
서 눈을 떼지 못했다.

"아아!"

손이 떨렸다. 어깨가 떨렸다. 그리고 마지막으로 심장이 떨렸다.

"으아아악!"

운비는 오열했다. 미치도록 감격스러운 절규의 비명이다.

고맙다. 황운비. 왼손잡이여서. 오늘 박 감독님 앞에서 어리바
리하던 거 다 용서해 줄게.

운비는 왼손에서 눈을 떼지 못했다.

4. 때려죽여도 야구!

다음 날 아침, 운비는 화장실에 있었다. 근사한 비데에 앉으니 엉덩이까지 호강이다. 아니, 이건 운비의 육체이니 호강은 아니었다. 날마다 이런 데서 밀어내기를 했을 몸이니.

왼손잡이!

어젯밤에 확실히 알았다. 운비의 자료 사진과 녹화 파일을 뒤져 확인했다. 확실하게 왼손으로 후려치고 있었다. 그때마다 공이 상대방 코트 위에 떨어졌다. 고1이면서 성공률 50%를 상회하는 초강력 스파이크. 거기에 서브 득점까지 겸비했다. 그 또한 유연하고 강한 손목의 위력 덕분이었다.

인터넷 기사 등에는 화려한 닉네임도 있었다.

〈초고교급 철견 황운비!〉

〈한국 배구의 미래, 퍼펙트 스파이크로 진화!〉

팔과 어깨가 강력하다는 기사들.

살에 지진이 나도록 고무적이었다.

마지막 인증은 이 화장실에서 하기로 했다. 세상에는 '세' 손잡이가 있다.

오른손잡이, 왼손잡이, 앤드 양손잡이.

문제는 이 양손잡인데, 이들도 결국에는 오른손 아니면 왼손잡이에 속한다. 그 기준은 무엇일까?

"밑 닦이!"

이 또한 박 감독의 지론이다. 대변을 보고 어느 손으로 밑을 닦느냐. 그게 그 사람의 진정한 손잡이라는 것. 그러니까 비록 양손을 쓰는 스위치히터라도 밑을 닦을 때 오른손으로 닦는다면 오른손 힘이 더 자연스럽고 강하다고 봐야 한다는 것이다.

맞는 말이냐고?

운비는 모른다. 하지만 박 감독 밑에서 야구를 배웠으니 그의 이론에 맞추는 것도 나쁘지 않을 일이다. 마지막 밀어내기에 이어 항문을 조여 끊어내기로 마무리를 한 운비는 앞에 놓인 티슈를 바라보았다. 아무것도 의식하지 않고 손을 내밀었다. 왼손이 나갔다. 휴지를 잡고 뒤처리를 했다. 어색하지 않았다. 이번에는 검증에 들어갔다. 오른손 교체 투입이다. 뭔가 좀 어설펐다.

"나이스!"

자신도 모르게 소리를 질렀다. 화장실이 들썩거렸다.

너무 흥분했다.

현관문을 나서니 누나와 아버지가 보인다. 엄마가 운비의 뒤를 따라 나왔다.

"어디로 갈까?"

아버지가 물었다. 어제 실격을 당한 야구. 그걸 아는 아버지이기에 배구부가 있는 봉래고로 가자는 말을 돌려 한 것이다.

"소야고요."

그 말을 하고 뒷좌석 문을 열었다. 그러자 윤서가 막아섰다.

"넌 조수석이잖아?"

"……."

군소리 못 하고 조수석을 차지했다.

"또 간다고?"

아버지의 질문이 이어졌다.

"예."

"……."

"……."

"감독이 좋아할 거 같지 않은데?"

"그분 원래 무뚝뚝합니다. 속마음은 따뜻해요."

"……."

"그냥 제 느낌이……."

"그래, 한 번 가지고는 부족하겠지. 지금 결석이 중요한 때도 아니고."

"오늘은 잘할 수 있습니다."

"그래."

부릉!

시동이 걸렸다. 차는 부드럽게 도로로 올라섰다. 벤츠라 그런지 고물 만물 트럭과는 승차감부터 달랐다. 해변을 끼고 달리는 동안 내내 공을 만졌다. 검지와 중지로 체인지업의 그립도 쥐어보고 슬라이더도 잡아보았다. 두 손가락을 벌려 싱커도 잡고 포크도 쥐었다. 포크볼은 손가락이 짧은 승우가 배우고 싶던 구질이다.

끼익!

차가 소야고 후문에서 멈췄다. 차 문을 열기 무섭게 타격 음이 들려왔다.

따악!

공이 시원하게 날아가는 게 보인다. 우익수가 전력 질주 해 겨우 잡아냈다. 마지막에 뻗지 못한 공. 그렇다고 해도 배트의 중심에 맞았다는 것. 그 정도의 펀치력이라면 짐작이 어렵지 않았다.

'2학년 수찬이 형, 아니면 덕배 형.'

고개를 돌리자 수찬이 눈에 들어왔다. 아쉽다는 듯 배트로 땅을 두드리며 돌아서는 수찬. 그 뒤로 박 감독이 보였다.

"저 자식 또 왔는데요?"

옆에 있던 세형이 감독에게 말했다. 감독의 눈이 운비에게로 향했다. 운비는 꾸벅 인사를 했지만 돌아온 건 차디찬 외면이었다.

"한 번만 더 테스트를 부탁합니다."

운비가 말했다.

"……."

"어제 연습 많이 했습니다. 오늘은 정말 잘할 자신 있습니다."

"어이!"

그제야 감독이 시선을 맞춰주었다. 맞바람이 불면서 홀아비 냄새가 끼쳐 왔다. 물론 홀아비는 아니다. 당진에 혼자 내려와 홀아비 같은 생활을 하고 있을 뿐. 그 냄새는 아무도 좋아하지 않았지만 오늘만은 상관이 없는 운비였다.

"배구 좀 하니까 야구가 장난 같아? 투수가 한두 시간 연습으로 되는 건 줄 아냐고?"

"……."

"장난도 한 번이지 말이야."

"……."

"이봐요, 이 친구 아버님."

박 감독이 황금석을 바라보며 말을 이었다.

"거 남의 연습 방해하려고 작정한 건 아닐 테고… 배구 선수 아버님이면 아실 만한 분이 왜 이러십니까? 내가 저 친구하고 계속 놀아줘야 합니까? 우리도 그 사고로 선수 한 명이 희생되어 분위기 안 좋다고요."

"죄송합니다."

"데리고 가세요. 야, 투수 교체. 영길이 나가라."

감독은 이제 아버지까지 외면해 버렸다.

"오늘은 안 되겠다. 저 감독님, 성깔 있네. 냄새도 안 좋고."

코를 막은 윤서가 조심스레 의견을 냈다.

"두 분 먼저 가세요. 저는 테스트 받고 갈게요."

운비는 장기전으로 들어갔다. 외야 쪽의 소나무 밭으로 걸어가 기댄 것이다.

"운비야!"

"걱정 마시고요. 어차피 봉래고등학교도 엎어지면 코 닿을 데잖아요. 여기서 쫓겨나면 거기 가 있을게요."

"……"

"저 괜찮다니까요."

"그래, 그럼 아빠는 계약 문제로 바빠서 먼저 간다. 무슨 일 생기면 바로 전화하고."

"네."

밝게 대답하고 손까지 흔들자 아버지와 누나의 인상도 환해졌다. 두 사람은 배기통에서 나온 흰 연기를 남기고 멀어져 갔다.

따악!

다시 타격 음이 들렸다. 땅볼이다. 2루수가 알을 깠다.

"괜찮아, 괜찮아! 기죽을 거 없어!"

운비는 자신도 모르게 소리쳐 버렸다. 승우의 버릇이다. 하지만 운비의 몸이라는 게 문제였다. 2루수기 인구가 터져라 눈을 부라렸다. 슬쩍 외면하며 명화 손수건을 꺼냈다. '삼나무와 별이 있는 길' 명화에는 오늘도 야구공이 별 대신 찬란했다. 적어도 승우에게는 변하지 않는 진리였다. 아직도 그 별은 탱탱한 야구공으로 보였다.

스윙!

다음 타자는 삼진이었다. 운동장 밖에서 지켜보니 조금 한심해 보였다. 타자도, 투수도, 수비도 그만그만했다. 28연패가 우연은 아니라는 얘기이다.

그 마음을 엿보기라도 한 걸까? 수찬과 더불어 이따금 한 방을 날리는 3학년 용규 선배가 배트를 제대로 휘둘렀다.

"홈런!"

공이 우익수를 넘어가자 용규가 펄쩍 뛰었다. 공은 홈런 선으로 세워놓은 낮은 펜스를 넘어 운비에게로 굴러왔다. 용규는 에러로 나간 주자와 함께 홈 플레이트를 밟았다. 연습 게임이 끝났다.

"운동장 정리하고 좀 쉬어라."

박 감독이 점퍼를 여미며 돌아섰다.

"어이, 그 공 좀 던져주시지!"

우익수가 운비에게 소리쳤다. 운비는 코앞까지 굴러온 볼을 주워 들었다. 그리고 천둥처럼 소리를 질렀다.

"박철호 감독님!"

이동 펜스를 지나가던 감독이 돌아보았다. 외야의 나무에서 펜스까지는 약 120여 미터. 감독의 시선이 사라지기 전에 공을 뿌렸다. 어제와 달리 왼손이다.

부아악!

소리부터 마음에 들었다. 그건 분명 바람을 가르는 소리였다.

캉!

공은 그대로 홈 플레이트 뒤의 펜스를 때렸다.

"……"

'뭐야?'

감독은 눈을 의심했다. 공은 다이렉트로 날아왔다. 하지만 사람은 어제 그 배구 선수였다. 스트라이크 하나 못 꽂는 데다 스피드도 없던 어깨. 그런데 오늘은?

"이세형!"

감독의 입이 신중하게 열렸다.

"예?"

"공하고 배트 가져와라."

"예?"

"공하고 배트!"

다시 강조하자 감독 손에 공과 배트가 주어졌다. 감독은 펑고로 공을 날렸다. 공이 운비 앞에 정확하게 떨어졌다. 다시 던져보라는 뜻이다. 공을 집어 든 운비는 보란 듯이 기대에 부응해 주었다.

부욱!

운비의 팔이 한 번 더 바람을 갈랐다.

"감독님!"

세형이 다급하게 박 감독을 밀었다. 공은 감독 뒤의 펜스 폴대를 때렸다. 이번에도 다이렉트로 날아온 것이다. 바닥에 쓰러진 박 감독은 더 큰 충격에 휩싸였다. 손 때문이다. 아까는 보지 못한 송구. 이번에는 보았다. 왼손이었다. 오른손이 아니고.

왼손!

어제는 오른손으로 던진, 평균에도 미치지 못한 배구 선수. 그런데 오늘은 손을 바꾸어 박 감독을 충격 속으로 몰아넣었다.

운비가 마운드를 밟았다.

"던져봐라!"

박 감독의 허락이 떨어졌다.

세형이 다가와 공을 넘겨주었다.

"너, 내 공 좀 받아라."

운비가 태연하게 말했다.

"뭐?"

운비가 고1이라는 걸 알게 된 세형도 반말로 각을 세웠다.

"내 공 좀 받으라고."

운비는 찡긋 윙크로 화답했다.

"내가?"

"받아줘라. 야, 용규야, 포수 자리 세형이에게 넘겨라. 저 친구가 세형이 놈이 마음에 든단다."

박 감독이 홈 플레이트로 나오는 용규에게 소리쳤다.

"아, 씨발, 별로 받고 싶지 않은데."

세형이 뒷머리를 긁었다.

"받아. 오늘은 괜찮을 테니까."

"괜찮긴, 똥볼이나 던지면서 무슨."

"그러는 너는 내 사인을 왜 무시하는데?"

"사인?"

"11!"

"11? 그럼 네가 어제 소리친 게?"

"그래. 제1 존에서 공 하나 밖으로 빠지는 코스!"

"……!"

"벌써 잊어버렸냐?"

"……!"

"오늘은 잊지 말아라."

그 말과 함께 세형의 어깨를 밀었다. 녀석은 홈으로 가는 중에도 두 번이나 돌아보았다. 고개도 계속 갸웃거린다. 머리가 복잡해진 모양이다.

세형이 포수 위치에 자리를 잡고 미트를 내민다. 운비는 손에 든 승우의 글러브를 내려놓았다. 오른손잡이 글러브라 쓸 일이 없었다. 게다가 시범을 보이는 것이니 글러브가 없다고 문제될 것도 아니었다.

로진을 묻힌 운비는 서두르지 않았다. 볼에서 풍기는 소가죽 냄새를 천천히 맡았다.

마운드.

장신이 확실히 마음에 들었다. 세형이 유치원생처럼 보였다. 승우일 때는 한 번도 느껴보지 못한 시야이다.

"어이, 뜸 그만 들이고 던져!"

주장 철욱이 소리쳤다.

마침내 운비의 시선이 투수 미트를 거누었다. 다시 떠오른 두 개의 큐빅. 그러나 큐빅은 오늘도 별 효력이 없었다.

상관없어, 그런 환상 같은 건.

나는 빅 유닛의 육체만으로도 만족하거든.

척!

운비가 사인을 냈다. 한가운데 직구이다.

"배구하면서 어디서 본 건 있나 본데요?"

주장이 감독 옆에서 중얼거렸다. 감독은 대꾸도 없이 운비만을 노려보았다.

세형은 운비의 사인을 보지 않았다. 그러다 거푸 사인이 나오자 그제야 미트 위치를 조금 옮겼다. 그래, 그래야지. 꿀꺽 침을 삼킨 운비의 초구가 날아갔다.

빠악!

굉장한 소리가 운동장에 울려 퍼졌다. 공이 포수 머리 위를 지나 펜스 파이프를 강타한 것. 그 바람에 부근에 있던 선수 몇이 혼비백산하여 주저앉았다.

"……!"

감독과 운비의 눈자위가 동시에 일그러졌다. 운비의 입장에서 보면 공이 살짝 빠졌다. 제대로 잡았지만 손가락이 달랐다. 마디의 독특한 볼륨 때문이다.

마지막 마디에 봉긋하게 솟구친 볼륨감.

방규리의 손가락이 그랬다. 유전인 모양이다. 그게 방해가 될까 봐 실밥을 비껴 잡다 보니 볼이 궤도를 바꿔 버린 것이다.

감독의 입장에서는 속도 때문이었다. 벼락처럼 펜스까지 날아온 공. 조금 빠진 것 따위는 신경도 가지 않았다.

"뭐 해, 공 던져줘야지?"

감독이 세형에게 말했다. 그제야 정신이 돌아온 세형이 공을 던졌다. 운비는 두 번째 공을 잡았다.

'이번에는!'

부아악!

다시 공이 날아갔다.

뻑!

이번에도 엄청난 소리가 들렸다. 공은 제대로 날아왔지만 미트에 꽂히는 소리는 아니었다. 속도에 놀란 포수가 눈을 감아버린 것이다. 공은 포수의 보호 장비를 때려 버렸다.

"어, 어……."

세형은 잠시 정신을 차리지 못했다. 그 역시 그저 그런 수준의 포수였다. 소야고 최고 투수 철욱의 구속이 130 중후반이니 이런 강속구는 처음이었던 것이다.

결국 포수가 바뀌었다. 세형의 자리에 3학년 용규가 들어섰다. 딴에는 3학년이라고 승우를 무시하던 용규. 그러나 덩치가 더 크니 안정감부터 들었다. 세형이와는 달랑 한 끗 차이지만 의미가 달랐다.

커브.

운비는 그 구종을 머리에서 지웠다. 낙차만큼은 제법이던 비장의 무기. 북인고의 막강 클린업트리오들에게도 한 번은 통하던 낙차. 속도까지 붙으면 굉장할 것 같은 생각이 들었지만 지금은 스트라이크존에 꽂아 넣는 게 필요했다.

'치잇!'

손가락 끝마디의 도톰한 볼륨감 때문일까? 제구력이 아쉽기는 난생처음이다.

빠악!

그나마 3구는 제대로 꽂혔다. 포구한 용규 역시 어깨가 움찔 흔들렸다. 미트 속에 들어간 공은 약간 높은 스트라이크. 3학년 짬밥이라고 공을 놓치지는 않았다.

"억!"

포구한 용규의 입에서 짧은 비명이 새어 나왔다.

"어이!"

잠시 숨을 돌린 박 감독이 소리쳤다.

"사이드암 말고 오버핸드로 뿌려봐라! 이거 말이야!"

감독은 친절하게 자세까지 일러주었다. 오버핸드. 운비가 모를리 없다. 그러고 보니 운비의 몸은 빅 유닛. 어쩌면 승우가 익숙하던 사이드암보다는 오버핸드가 나을지도 모른다. 운비는 잠시 돌아서서 투구 폼을 취해보았다. 오랫동안 사이드암으로만 던진 까닭이다. 다시 운비가 마운드로 올라섰다. 그런데 타석에 감독이 들어와 있다.

"던져봐라. 다른 거 생각하지 말고 그냥 한가운데다 뿌려."

배트를 휘두르며 타이밍을 조절하는 감독. 운비는 마른침을 삼켰다. 그가 타석에 들어선다는 건 보통 일이 아닌 까닭이다.

오버핸드.

정통파 투수의 원형.

169센티미터의 변화구 전문 땅콩 투수에게는 그리 어울리지 않던 폼. 운비는 공을 쥔 채 와인드업에 돌입했다.

'가랏!'

공이 손을 떠났다.

빠악!

공은 그대로 용규의 미트로 빨려들어 갔다. 꽤 높은 공으로 볼이었다. 감독의 시선은 공의 궤적에 꽂혀 있었다.

"한 번 더!"

'잇!'

다시 직구가 날아갔다.

빠악!

공은 스트라이크존에 제대로 꽂혔다. 3번과 4번 존 사이였다.

"좋았어! 하나 더!"

감독이 요청하자 운비가 부응했다.

빠악!

감독의 방망이가 돌았다. 공은 운비를 지나 중견수 자리로 굴러갔다. 깨끗한 안타였다.

"다른 거 던질 줄 아나?"

감독이 물었다.

"예."

운비가 대답했다.

"그럼 가능한 거 던져봐."

가능한 거?

승우의 주특기는 낙차 큰 커브였다. 속도는 느리지만 낙차만큼은 감독도 인정할 정도였다.

'부탁한다.'

손가락을 굽혀 커브를 준비한 운비가 공에게 주문을 걸었다. 어느 정도 운비에게 관심을 가진 감독이다. 하지만 아직 입부 허락이 떨어진 건 아니었다.

"와아압!"

운비는 기합과 함께 공을 뿌렸다. 첫 변화구는 포수 앞에서 원바운드가 되었다. 역시 손가락 때문이다. 운비의 손가락 끝마디에 도톰한 볼륨감. 그것 때문에 실밥을 어색하게 긁은 것이다.

"한 번 더 하겠습니다."

운비가 말하자 용규가 공을 던져주었다. 운비는 손가락 위치를 제대로 잡았다. 한 번은 실수. 그러나 두 번은 이유가 될 수 없었다.

"와아아압!"

이번에는 더 큰 기합과 함께 공이 날아갔다.

따악!

감독의 배트가 작렬했다. 파울이다.

"한 번 더!"

감독의 주문이 이어졌다. 바로 기대에 부응해 주었다. 감을 잡은 손가락이 제대로 변화구를 꽂아 넣었다. 헛스윙이 나왔다. 운비는 주먹을 불끈 쥐었다. 스트라이크에 가까운 커브가 꽂힌 것이다.

"직구!"

추가 주문도 문제가 없었다.

빽!

운비의 직구는 박 감독 가슴 높이에 꽂혔다. 스트라이크존은 벗어났지만 140킬로미터는 찍을 것 같았다. 전력투구가 아니었음에도.

"너 진짜 야구 처음이냐?"

감독이 물었다.

"예? 예."

"너 진짜 배구 때려치우고 야구하고 싶냐?"

"예!"

"부모님 같이 오셨냐?"

"아까 먼저 가셨는데요."

"진짜 야구할 마음 있으면 다시 모시고 와라."

"고맙습니다, 감독님!"

운비는 주먹을 불끈 쥔 채 목이 터져라 외쳤다.

"그런데……."

운비를 바라보던 감독이 고개를 갸웃거리며 뒷말을 이었다.

"이럴 때는 꼭 곽승우 같단 말이지?"

＊　　　　＊　　　　＊

"운비야!"

저녁의 가족회의, 어머니가 먼저 소스라쳤다. 아버지와 윤서의 표정도 그리 다르지 않았다. 대충 그러다 넘어갈 것으로 생각한 부모님은 운비가 확정적인 선언을 하자 졸도 직전까지 달려갔다.

"죄송합니다. 하지만 전 야구를 해야 해요."

"운비야."

"죄송하지만 저 좀 도와주세요. 저 이제 배구는 못 해요."

"그러니까 그 이유라는 게?"

방규리의 시선이 윤서에게 넘어갔다. 운비가 한 말을 공유한 모양이다.

"……."

운비는 침묵으로 동의를 표했다.

"말도 안 돼. 네가 배구를 얼마나 좋아했는데. 그리고 엄마랑 한 약속 잊었어? 엄마 대신 국가 대표 달고 올림픽 메달 따준다며?"

"그 약속을 바꾸겠습니다."

"바꾼다고?"

"야구를 허락해 주시면 국가 대표는 물론 메이저리거가 되어 보답할게요."

"메이저리거?"

"부탁합니다."

운비는 단호했다.

"야구 감독에게는 반허락을 받았다고?"

관망하던 아버지가 물었다.

"예."

"허어, 이것 참……."

"……."

"그런데 궁금한 게 하나 있다."

"말씀하세요."

"야구를 하겠다? 워낙 갑작스러운 일이라 네 엄마와 누나까지 정신없기는 마찬가지다만 왜 하필이면 소야고냐? 내가 알아보니 거긴 지역 예선도 통과 못 하는 팀이던데."

"……."

"어쩌면 그것도 이유가 있을 것 같아서 그래."

"그러니까 더 거기서 하고 싶은 겁니다."

"응?"

"죽었다 살아났잖아요. 게다가 야구는 처음 하는 것이니 가장 어려운 팀에서 차근차근 시작하고 싶습니다. 좋은 팀에 가면 누가 저를 써주겠어요?"

"……."

황금석의 눈빛이 살짝 흔들렸다. 운비의 말이 먹힌 것이다. 사실 그건 황금석의 방에 걸린 휘호에서 인용한 것이다. 전도유망한 청소년 대표 배구 선수. 그런 상황에서 새로운 종목으로 바꾸겠다는 말이 쉽게 통할 리 없었다. 어떻게 하면 부모님을 설득할 수 있을까 고민하다가 휘호에서 힌트를 얻은 운비였다.

어려운 일부터 도전하라!

황금석은 탄탄한 중견 기업의 사장. 그러나 그 시작은 미약했다. 몰락한 집안에 태어나 일찌감치 조실부모했기 때문이다. 그러나 그는 어려운 일을 마다하지 않았고, 남들이 외면하는 일을 파고들었다. 그 결과 지금은 작지만 세계적인 기술을 가진 기업을 일군 나름 입지전적인 사람이다. 그랬기에 그는 운비의 말이 가슴에 닿았다. 철없는 아이로만 알고 있던 열일곱 소년. 그런 생각을 가지고 있다는 사실만으로도 그는 이미 운비의 편이 되고 있었다.

"하지만······."

미련은 어머니 쪽이 더 깊었다. 어쩌면 미련이 아니고 촉각이었다. 그녀는 운동선수 출신이다. 지금도 대학에서 배구 강의를 하고 있다. 그렇기에 운동에 대해 잘 알고 있었다. 운비가 배구에서 두각을 나타내고 있지만 그건 어제오늘 쌓은 결과가 아니었다.

어릴 때부터 배구공을 좋아하던 운비이다. 유치원 때부터 그랬다. 본격적으로 배구공을 만진 것이 초등학교 때부터였다. 말하자면 배구 인생을 살아온 시간이 10여 년이나 되어가는 운비였다. 그렇게 몸에 익은 배구와 배구에 특화된 몸. 그런데 야구로 전향하다니? 그건 완전히 다른 운동이다.

"저 잘할 자신 있어요."

그렇다고 뜻을 굽힐 운비가 아니었다. 육체를 빌렸다지만 그 몸의 주인은 야구밖에 모르던 승우. 머릿수로는 불리하지만 운비에게는 비장의 무기가 있었다. 바로 아들이라는 것. 자식이라는 것. 죽음의 문턱에서 돌아온 아들이 원하는 일. 게다가 이렇게 진지하게 나오니 가족들은 다른 도리가 없었다. 희망적인 건 운비가 아직 어리다는 것. 그렇다면 새 출발을 못 할 것도 없었다. 그렇잖아도 사례를 찾아본 방규리는 최근 축구에서 전향한 야구 선수가 투수로 각광받고 있다는 사실을 위안으로 삼았다.

가족의 동의를 구한 운비는 방으로 돌아와 한숨 돌렸다. 왼쪽 근육이 살짝 당겼다. 많이 던진 게 아님에도 달려드는 뻐근함. 배구의 '배' 자를 '야' 자로 바꾸는 것처럼 근육에도 단련과 적응이 필요했다.

한 고비를 넘긴 운비는 다음 고비를 향해 나갔다. 이번에는 학교였다.

*   *   *

"예?"

배구 감독 노승일과 봉래고 교장 선생님은 운비와 아버지의 통보에 기가 찬 표정을 지었다.

"소야고로 전학을 가겠다고요?"

노 감독의 주름살이 확 구겨졌다.

"죄송하게 되었습니다. 아이가 이제 배구는 더 못 하겠다고 하니……."

아버지가 전면에 나서서 운비 뜻을 전했다.

"그냥 한번 해본 말로 알았는데……."

감독은 난감한 표정을 지었다.

"죄송합니다."

운비도 고개를 숙였다.

"사고에 대한 충격 때문이냐?"

"그렇기도 하지만 꼭 그런 것만은 아닙니다."

"아니다……."

"……."

"야구 테스트는 받았냐?"

"예."

"그쪽 감독이 허락했어?"

"일단은……."

"미쳤구나."

"예?"

"야구 감독 말이다. 이번 사고로 그쪽 선수도 한 명 죽었다던데 애들 충격을 알 만한 사람이……."

"제가 원한 겁니다."

"그러니까 더 미쳤다는 거다."

"……?"

"비록 지역 예선도 통과 못 하는 신세라지만 그 사람도 지도자가 아니냐? 운동이라는 게 식사 메뉴 주문 바꾸듯 간단하게 바꿀 수 있는 게 아니라는 걸 모른단 말이냐?"

"박 감독님은 꺼리셨지만 제가 떼를 썼습니다."

"뭐라고 해도 마찬가지다. 잘 설득해서 돌려보냈어야지."

"감독님!"

"너도 그렇지. 사고 충격이야 이해한다만 종목 전향이라니 말이 되냐? 네가 우리 학교 배구부에서 차지하는 비중을 몰라서 그래? 아니, 넌 이 나라 배구의 미래야."

"야구에서도 미래가 되고 싶습니다."

"허어, 이거야 원……."

"부탁드립니다."

운비가 한 번 더 고개를 숙이자 감독의 시선이 교장에게 향했다. 운비를 스카우트한 건 두 사람의 작품이다. 그러나 허가권자는 교장이니 그 뜻을 묻는 것이다.

"운비야."

교장의 입은 천천히 열렸다.

"예."

"한 번 더 생각해 보면 안 될까? 안정이 필요하면 기다려 줄 수 있다. 어차피 다른 선수들도 공황장애 때문에 심리 치료를 받고 있어서 이번 대회는 불참할 예정이거든."

"죄송합니다."

"그래도 야구를 해야겠느냐?"

"예."

"하아, 이해하기가 쉽지 않구나. 이런 말 하긴 뭣하지만 아무래도 사고 충격 때문인 거 같은데… 그렇지 않고서야 배구밖에 모르던 네가 야구라니?"

"죄송합니다."

"황운비!"

별안간 노 감독의 목소리가 높아졌다.

"예, 감독님!"

"교장 선생님, 이 녀석 충격 때문에 이러는 건 아닌 것 같습니다. 충격 때문이면 운동 자체가 싫어야지 왜 느닷없이 야구를 하고 싶겠습니까?"

"⋯⋯."

"너, 평소에 나한테 불만 있었냐? 있다면 말해라. 어차피 그날 친선 경기 가는 것도 너는 탐탁해하지 않았다지?"

"⋯⋯."

"내가 다소 강압적인 면이 있다는 거 인정한다. 이 기회에 바꿔볼 생각이니 허튼 생각일랑 거두거라."

"그런 문제가 아닙니다."

"그럼 대체 왜 야구로 전향하겠다는 거야? 아버님이 여기 계시지만 너희 집이 돈이 아쉬워서 돈 때문에 가는 것도 아닐 테고."

"감독님!"

듣고 있던 운비가 감독 앞에 무릎을 꿇었다. 아무래도 쉽게 끝날 얘기가 아니었다. 그렇기에 운비는 자신이 할 수 있는 승부수를 던졌다. 어른들은 무릎 꿇는 행위를 심각하게 여긴다는 걸 아는 까닭이다.

"저는 야구를 해야 합니다. 허락해 주십시오."

"⋯⋯!"

단호한 행동에 교장과 노 감독의 눈이 휘둥그레졌다. 두 사람은 알았다. 운비의 행동이 단순히 충동적인 게 아니라는 사실을. 미래에는 몰라도 당장은 막을 수 없는 일이었다.

"허어!"

노 감독의 한숨이 교장실을 흔들었다.

"······!"

교장의 침묵도 한숨 못지않게 교장실을 휘저어댔다. 그래도 운비는 일어서지 않았다. 이제는 고개까지 푹 숙이고 있다.

"좋다!"

한참 후에야 노 감독의 목소리가 나왔다.

"그럼 이렇게 하자. 솔직히 나도 체육 지도자다. 네가 사고 때문에 힘든 건 알겠다만 그렇다고 넙죽 네 제의를 받아줄 수는 없다. 유능한 선수의 방황을 방치하는 것도 지도자의 본분에서 벗어나는 일이니까."

"······."

"결론인즉 네 야구 소질을 확인해야겠다."

"······."

"네가 운동에는 천부적인 소질이 있으니 야구로 전향해도 성공할 가능성이 있다면 네 뜻을 존중하겠다. 하지만 그 반대라면 엉뚱한 생각은 접기 바란다."

노 감독은 그렇게 말을 맺었다.

5. 매직 Zone-1

"헉헉!"

운비는 야구 훈련장 외야를 왕복으로 달렸다.

"허억허억!"

그 뒤에는 이세형이 있었다.

연습 경기 출전!

그게 운비의 운명을 쥐고 있었다. 마침 잡혀 있는 공비고와의 연습 경기. 그 경기에서 야구 선수로서 재능이 있다는 걸 증명해 보라는 게 과제였다.

말을 전해 들은 박철호 감독은 금방 이해했다. 운비는 저쪽 학교가 간판으로 키우는 대형 공격수. 그렇기에 노 감독의 의중을 알아들었다. 하지만 딱 거기까지였다.

"그런데 말이야."

운비의 말을 들은 박 감독은 거기서 브레이크를 걸었다.

"연습 경기라고 해서 네 마음대로 출전하는 건 아니야."

─자체 청백전을 보고 결정하마.

─너는 현재 우리 학교 선수도 아니거든.

그 뒤로 또 하나의 전제가 따라붙었다.

─공비고 감독의 허락도 필요하고.

우르릉!

운비의 머리에 지진이 일었다. 하지만 틀린 말이 아니었다. 아무리 기록적인 연패로 헤매는 팀이라고 해도 분위기가 있었다. 그러니 이 학교 학생도 아닌 운비를 넣는 건 쉽지 않았다. 공비고 감독의 허락도 같은 맥락이었다. 동네 야구가 아닌 바에야 개나 소나 끼워서 시합을 할 수는 없는 일이었다.

대신 좋은 일도 하나 생겼다. 출전 선수를 정할 청백전까지 연습할 기회를 주겠다는 것이다.

연습!

그건 박 감독이 재능보다 좋아하는 단어였다. 그래서 뛰었다. 그래서 이세형이 따라붙었다. 박 감독이 그를 파트너 배터리로 붙여준 것이다.

"아, 씨발!"

한참을 따라오던 세형이 욕설과 함께 멈췄다. 뛰던 운비가 돌아보았다.

"벌써 숨차냐?"

운비가 물었다.

"뭐가 벌써야? 너 때문에 이게 무슨 개고생이냐고."

"뭐가?"

"뭐가 뭐야? 형들 공 받아야 하는데 나만 쏙 빠져서⋯⋯."

"너 원래 그렇잖아?"

"뭐?"

"형들이 언제 너 상대했냐? 너 맨날 승우랑 연습했잖아?"

"뭐?"

"아침에 똥 안 쌌냐? 너 똥 못 싼 날이면 성질 지랄 맞아지지?"

"뭐?"

"아, 넌 누가 왔다 갔다 하면 똥 잘 못 싸지? 가자. 내가 화장실 앞에서 지켜줄게."

"⋯⋯."

"안 가?"

"너 뭐야? 그거 어떻게 알았어? 저번에는 사인도 알고 있고."

"내가 말 안 했나? 나 승우 절친이라고. 네가 너희 반 반장 장미애한테 꽂힌 것도 알고 있다."

"⋯⋯?"

"더 말해줘? 네 스마트폰 폴더에 숨겨둔 일본 AV 여자배우들 이름까지? 첫째, Kotomi asa⋯⋯."

"악!"

"그러니까 까불지 말고 뛰어. 너 프로는 몰라도 대학은 가야 한다며?"

"⋯⋯!"

"Slow and Steady, 아자! 아자!"

운비는 윙크와 함께 샤우팅을 날리며 경쾌하게 달렸다. 모든 운동이 그렇지만 야구에 있어서도 러닝은 중요했다. 박 감독의 지도자론도 그랬다.

재능은 싸구려다. 중요한 건 훈련이다!

다행히 운비의 몸은 러닝에도 최적이었다. 숨결은 고르고 폐활량은 넉넉했다. 확실히 어느 종목의 대표가 되는 건 우연이 아닌 모양이다.

다음은 스트레칭이다. 스트레칭을 하면 근육의 유연성이 좋아진다. 스트라이크존 조절이 한결 나아지는 것이다.

"아자, 아자자!"

러닝을 끝낸 운비가 운동장 끝에서 함성을 질렀다. 그제야 헐떡이며 다가온 세형이 울상을 하며 말했다.

"야, 네가 승우 친구라는 건 인정하겠는데, 그렇다고 승우는 아니잖아? 그거 승우가 하던 거니까 좀 자중하면 안 되겠냐? 게다가 너는 우리 야구부원도 아니거든."

"그래서 뭐?"

"내 말은 설레발 좀 그만 떨라는 거야. 그리고……."

"그건 원래 포수가 하는 거거든!"

남은 말은 세형과 승우가 동시에 해버렸다.

"아, 진짜……!"

세형은 발작하듯 짜증을 냈다.

"즐겁게 하자. 짜증 낸다고 국가 대표에 뽑힐 것도 아니고."

"너는 저기 형들도 안 보이냐?"

세형이 홈 쪽을 가리켰다. 분위기가 좋지 않았다. 상당수가 운비 쪽을 향해 눈빛 레이저를 날리고 있었다. 날뛰지 마라. 여긴 우리 학교거든. 딱 그런 눈빛이었다. 웃겼다. 솔직히 학교에 아무런 자부심도 없다는 거, 운비가 모를 리 없었다.

"쳇, 알았으니까 공이나 받아줘라."

운비는 가방에서 글러브를 꺼내 들었다. 청색의 미즈노 투수 글러브였다. 황금석이 구해온 신상이다.

"새로 샀냐?"

미트를 꺼내 든 세형이 물었다.

"그래, 왜?"

"순 구라쟁이. 야구했다면서 투수 글러브도 없단 말이야?"

"그게 중요하냐?"

"남 염장이나 지르고 있으니 하는 말이다, 왜?"

"염장?"

"아니냐? 배구 청소년 대표라는 게 뭐가 아쉬워서……. 너 때문에 우리 형들 똥집 다 뒤집혀 있거든."

"공이나 받아라. 나 이번 친선 게임에 꼭 나가야 해."

"참 지랄도 환상이다. 국가 대표까지 보장된 놈이 뭐가 아쉬워서……."

"너 혹시 승우랑 말하던 소원 중에 생각나는 거 없냐?"

"뭐?"

"대학 못 가고 프로 못 해도 공비고 3번하고 4번 자식은 삼진으로 잡고 싶다던 거?"

"그 싸가지에 잡탕밥 말아 먹은 새끼들?"

"나랑 그 소원부터 이루자."

"지랄, 야구 선수도 아닌 게 키만 커가지고……."

"마음은 있지?"

"씨발, 그게 환상이지. 공비고 3번, 4번은 북인고 3번, 4번보다 더 세거든. 이번에 청룡기 본선에서도 둘이 17안타나 몰아쳤고."

"황금사자기 때는 안 그랬냐?"

"걔네 학교, 올해 3관왕 노린다고 하거든."

"쫄았구나?"

"누가 쫄았대? 야구도 잘 모르는 게."

"공이나 받아라. 너는 공 받을 때가 제일 진지해."

"아, 씨발, 대체 승우 자식은 내 얘기를 어디까지 한 거야?"

세형은 짜증을 작렬시키며 미트를 내밀었다.

오버핸드!

운비는 그 투구 폼으로 몸을 풀었다. 10구씩 던지며 비거리를 늘렸다. 서서히 어깨가 풀렸다. 승우의 몸과 다른 운비의 몸. 일단 단단한 어깨와 허벅지는 최상급이었다. 점프와 스파이크의 위력을 위해 잘 단련되어 있었다. 팔과 손목, 허리의 유연성도 좋았다.

문제는 세밀함이었다. 그 세밀함의 차이가 제구에서 드러났다. 승우처럼 밸런스가 정확하지 못했다. 손가락도 그랬다. 그립을 쥐면 딱 맞춰지던 기분이 살짝 틀어졌다. 마치 발에 맞지 않는 새 신발처럼.

와인드업과 세트포지션 자세도 다를 리 없었다. 어딘가 빽빽하고 부자연스러움. 그게 아쉬운 운비였다.

하지만 탓하지 않았다. 그래도 빅 유닛이었다. 더구나 키만 껑충 큰 게 아니었다. 야구에 최적화된 몸은 아니지만 그건 연습을 통해 극복할 수 있었다. 승우의 별명이 무엇이었던가? 바로 연습 벌레, 야구 벌레였다. 별명답게 배구 근육을 야구 근육으로 바꾸려 노력 중인 운비였다.

투수.

사실 장신만 사는 세계는 아니었다. 승우도 그걸 위로로 삼았다. 예컨대 메이저리그의 트레버 바우어와 딜런 번디도 180대에 간신히 턱걸이했다. 몇 년 전에 오클랜드의 새로운 에이스로 부상한 소니 그레이도 180이었다.

하지만 투수는 역시 장신 놀음이었다. 장신 투수가 마운드에 서면 마치 불곰이 버티고 선 듯한 위압감이 들었다. 충남북 지역에도 장신 투수가 있었다. 바로 청추고 박기창이 그 주인공이다. 볼 스피드도 수준급이라 청소년 대표에 이름을 올린 그에게 소야고는 두 번이나 완봉 패를 당한 굴욕도 가지고 있었다.

"준비됐냐?"

운비가 물었다.

"던지기나 하셔. 폭투는 절대 사양!"

"걱정 마라. 나도 감독님한테 찍히는 건 절대 사절!"

"참고로 승우는 그런 거 신경 안 썼다."

나도 알지!

그 말은 운비의 목구멍으로 넘어갔다. 하지만 지금은 달랐다. 일단 박 감독 눈에 들어야 했다. 그래야 다시 야구를 할 수 있었다.

그래도 안 되면 다른 학교를 찾아간다.

그게 운비의 생각이다.

부아악!

빡!

공 날아가는 소리에 이어 굉음이 울렸다. 세형의 머리 위로 빗나간 직구가 그 뒤의 널빤지를 박살 내버린 것이다.

"씨발, 컨트롤 안 되면 무대뽀로 던지지 말라니까. 야구가 깡패냐?"

"소심하기는, 손목 좀 풀어본 거다."

세형의 소원에 맞춰 가볍게 던졌다. 직구는 큰 문제없이 세형의 미트 부근에 꽂았다. 문제는 변화구였다. 손가락의 느낌이 완벽하지 않았다. 된 것 같으면 빠지고, 조금 수정하면 원 바운드가 되거나 높아졌다.

양궁 같았다. 아무렇게나 당겨도 과녁에 맞을 것 같은 양궁. 그러나 보통 사람은 과녁 근처도 맞추기 어렵다. 화살을 놓는 릴리스 포인트에 따라 점수가 요동치는 게 양궁이다.

자기만의 감!

투구에는 정답이 없다.

박 감독의 결론은 투구 폼과 그립 쥐는 손가락이었다. 안정된 하체와 허리, 그리고 어깨와 손목 중의 하나가 조금이라도 어긋나면 공은 아홉 개의 스트라이크존 안에 들어가지 않는다. 거기서 기대되는 건 난조일 뿐이다.

패액!

릴리스 포인트의 감을 잡은 운비의 손에서 직구가 날아갔다.

팡!

공은 세형의 미트 위를 때리고 멋대로 튕겼다.

"씨발, 변화구면 변화구답게 던져야지, 이거 뭐야?"

세형이 짜증을 냈다.

"직구였거든."

"웃기고 자빠졌네. 직구가 스크루처럼 배배 꼬이냐?"

"직구 맞아."

"어이구, 무식한 배구. 직구와 변화구도 모르다니."

"직구 맞다!"

둘의 실랑이에 박 감독이 끼어들었다.

"감독님!"

세형이 말똥 밟은 표정으로 감독을 바라보았다. 그게 무슨 직구냐는 항변이다.

"다시 던져봐라."

감독이 공을 넘겨주었다.

'뭐야?'

좋다는 건지 나쁘다는 건지 감을 잡지 못한 운비. 그러나 이유를 물을 분위기가 아니기에 같은 공을 날려주었다.

팡!

공은 홈 플레이트 부근에서 꿈틀거리며 미트로 빨려들어 갔다. 잠깐이었지만 분명 그랬다.

"한 번 더!"

팡!

조금 빠졌지만 같은 공이 다시 꽂혔다. 감독은 고개를 끄덕거리더니 홈 쪽으로 돌아갔다.

"집합!"

몸풀기가 끝난 후 감독이 외쳤다. 청백전의 시작이다.

'청팀……'

강철욱을 중심으로 구성된다. 백팀은 포수를 맡은 용규 선배가 주축이다. 투수는 '나름' 원투 펀치로 불리는 강철욱과 구영길이 찢어진다. 그 아래로 차남재와 이병구가 붙는다. 승우가 있다면 이병구 자리가 승우의 몫이다.

그 정도는 그림이 그려지는 운비였다. 감독은 운비를 빼놓은 채 시합의 시작을 알렸다.

따악!

1회 초 백팀의 선공. 강철욱의 초구가 선두 타자의 방망이에 걸렸다. 철욱은 초반 징크스가 있는 투수이다. 공은 깨끗하게 중견수 앞에 떨어졌다. 하지만 그걸 잡으려던 중견수가 알을 까고 말았다.

"정신 똑바로 안 차리지?"

박 감독의 호통과 함께 1번 타자가 2루에 안착했다. 2번 타자는 평범한 2루수 땅볼이었다. 그러나 한 번 더듬는 통에 1루에서 세이프가 되었다. 시작하자마자 무사 1, 2루가 된 청팀이다. 3번으로 나선 양덕배는 중견수에게 잡히는 큼지막한 파울플라이로 물러났다. 다음에 나온 최강돈이 안타를 쳤지만 2루 주자가 홈에서 횡사를 당했다.

"아웃!"

감독이 소리쳤다. 뻣뻣이 서서 들어온 1번 타자는 감독에게 격렬한 눈총을 받았다.

오늘은 아무래도 청팀의 날이었다. 무사 1, 2루를 막아내더니 바로 반격에 나섰다. 투수 강철욱의 2루타가 시발이었다. 강철욱은 소야고의 대표적인 교타자. 투수이면서 타격에도 재능이 있어 지역 예선에서도 꾸준히 3할을 치는 선수였다.

2번과 3번이 물러났지만 투아웃 후에 포볼을 얻어 1, 2루를 만들었다. 이때 나온 수찬이 3루를 빠져나가는 2루타를 쳐냈다. 수비가 좋았다면 아웃될 공이었지만 어쨌든 안타. 청팀이 선취점을 뽑았다.

"아싸!"

운비가 팔을 돌리며 외쳤다. 점수를 내는 건 늘 신나는 일이다. 하지만 백팀은 '에이씨' 하며 운비의 오버에 짜증을 퍼부었다.

2회 말에서도 청팀은 한 점을 냈다. 포볼로 나간 주자에게 중견수 에러로 홈을 허용한 것. 점수는 나고 있지만 시원한 안타는 없는 형편이다.

4회 말, 스코어는 5 대 0을 찍었다. 여기서도 수찬의 타구가 원 히트 원 에러가 된 게 결정적이었다. 보통 청백전은 5회나 6회까지 하는 경우가 많았으니 청팀이 이긴 것이나 진배없는 상황이다.

"잠깐!"

5회 말, 청팀 공격에서 감독이 소리쳤다. 타자와 투수가 동시에 감독을 바라보았다.

"영길이 내려와라."

감독이 말했다. 병구가 올라갈 타임이다. 병구 역시 기다렸다는 듯이 모자를 눌러쓰고 마운드로 달렸다. 하지만 감독이 그의 발길을 세웠다.

"너 말고 거기!"

감독의 시선이 운비에게 옮겨 왔다. 공을 만지작거리던 운비가 고개를 들었다.

"저 말입니까?"

"공은 세형이가 받고."

"고맙습니다. 가자, 가자, 소야고!"

돌연한 지목에 운비는 버릇대로 샤우팅을 날렸다. 주변에서 따가운 눈총이 난사되었다. 그러거나 말거나 마운드로 달렸다.

"형, 수고했어요! 이제부터 내가 영봉으로 막을게요!"

마운드에서 나오는 구영길의 엉덩이를 글러브로 살짝 치며 한 번 더 파이팅을 뿜었다. 그 또한 승우의 습관이다.

천천히 로진백을 집어 들었다. 송진 냄새가 짠하다. 얼마만인가? 사실 날짜로 따지면 그리 오래되지 않았다. 그런데도 심장이 뛰었다. 맨 처음, 그러니까 고교에 진학해서 처음으로 마운드를 밟았을 때 이랬던가? 프로의 지명을 받기 위해서는 고1 때부터 두각을 나타내야 한다는 생각. 그로 하여 어깨에 힘이 들어가 공식 1구를 폭투로 헌납한 곽승우였다.

"어이, 개폼은 그만! 그냥 내려올래?"

운비의 감회는 감독의 딴죽으로 맥없이 무너져 내렸다.

"막 던질 참이었습니다!"

기죽지 않고 받아쳤다. 그런 다음 세형의 미트를 쏘아보았다. 타석에는 마도윤이 나왔다. 가뭄에 콩 나듯이 장타를 터뜨리는 3학년 도윤.

'도윤 형의 약점은······.'

약간 높은 직구를 제외한 거의 모든 코스.

운비가 기억을 더듬을 때다. 갑자기 세형의 미트 주변에 뭔가가 아른거리기 시작했다.

"······?"

시선을 더듬자 아른거림이 명쾌해졌다. 9개 섹터로 나눠진 스트라이크존이다. 방송에서 투수 공의 궤적을 보여줄 때 쓰는 그래픽과 비슷했다. 아홉 존의 색은 차가운 파랑과 화끈한 빨강, 노랑으로 선명하게 구분되었다. 마치 타자의 콜드 존과 핫 존을 알려주기라도 하는 듯.

뭐야?

헛것?

배구 이놈이 시력에 문제가 있었나?

눈을 감았다가 떴다. 그래도 이상한 그래픽은 여전했다. 무시하고 패스트 볼로 초구를 뿌렸다. 공은 타자 어깨 높이로 들어갔다. 나쁘지 않은 건 세형이 당황할 정도로 빨랐다는 사실.

"미안, 미안!"

손을 들어 유감을 표했다. 연습 때는 제법 되는 것 같더니 마운드에 서니 힘이 들어간다. 단순한 의욕 과잉이 아니다. 그만큼 중요한 순간이었다.

힘을 빼고 변화구로 2구를 택했다. 승우가 자신있어하는 커브. 구속은 마음에 들었지만 이번에도 스트라이크존을 꽤나 빗나갔다.

"우우우우, 나이스 피처!"

청팀에서 야유가 쏟아져 나왔다.

3구!

이번에는 오직 스트라이크를 잡기 위해 힘을 빼고 던졌다. 공은 배팅 볼처럼 정직한 궤적을 그렸다.

따악!

밋밋한 공이 들어가자 타자가 공을 쳐냈다.

"……"

운비의 시선이 공의 궤적을 좇아갔다. 젠장, 가슴이 무너졌다. 낮은 펜스를 살짝 넘어가는 홈런이다. 연습장이라 거리가 짧다지만 홈런은 쉬운 일이 아니다.

"홈런!"

도윤은 신이 나서 다이아몬드를 돌았다. 3루를 돌면서는 운비더러 보라는 듯 승자의 여유까지 부렸다. 야구, 아무나 하나? 딱 그런 모습이다.

"그만할래?"

맥 빠진 운비에게 박 감독이 물었다.

"천만에요."

운비는 입술을 깨물며 로진백을 집어 들었다.

다음으로 3번 진태가 나왔다. 오늘 두 번이나 외야로 공을 날린 진태. 컨디션이 나쁘지 않은 날이다.

그런데 진태가 들어서자 또 그 색깔이 떠올랐다. 이번에는 더욱 선명했다. 홈 플레이트 부근에 신성한 조명이라도 들이댄 듯 컬러풀하게 이글거리는 존.

레드, 블루, 옐로!

아홉 개 스트라이크존에 형성된 색채가 마법처럼 출렁거렸다. 운비 머리에 새겨진 진태의 약점은 몸 쪽 공과 바깥쪽 낮은 공. 그러나 가운데 공과 좌측 높은 공은 제법 맞추는 센스를 가지고 있다.

"……!"

색깔 분포를 확인한 운비가 고개를 흔들었다. 똑같았다. 스트라이크존에 서린 신성한 빛깔과 진태의 장단점이 완전히 일치하고 있었다.

'매직 존?'

운비는 얼어붙고 말았다. 타자의 핫 존과 콜드 존을 보여주는 것이다.

'고물 게임기의 이벤트……'

운비가 중얼거렸다. 그때 득템한 두 개의 스킬.

〈타조의 신성 시력〉

〈30% 체력 회복력〉

아련한 기억과 함께 또렷한 멘트가 머리를 휘젓고 지나갔다.

—1번 스킬은 타자용, 투수용으로 나뉩니다. 선호하는 포지션에 따라 선택하세요. 타자는 선구안, 투수는 스트라이크존 투시 능력을 갖게 됩니다.

—두 스킬은 플레이어의 의식 인벤토리에 저장됩니다. 이 스킬은 '시합'에서만 발현됩니다. 투수의 경우에는 마운드에서 주로 발현되지만 경기장 안에서는 부수적인 주변 효과를 누릴 수 있습니다.

1번 스킬 타조의 신성 시력, 경기 중에만 발현. 그러니까 투수는 마운드에서, 타자는 타석에서.

그게 그렇단 말이야?

집중하는 시야에 소녀가 아른거렸다. 매직 존 앞에서 안개처럼 나풀거리며 웃는다.

'엄마?'

운비는 잠시 마운드를 벗어났다. 마음을 다스리고 홈 플레이트를 돌아보니 마법의 존은 보이지 않았다. 환상이었나?

다시 마운드에 올랐다.

매직 존이 보인다.

벗어났다.

안 보였다.

마운드를 밟았다.

보였다.

이럴 수가!

"야, 배구! 빨리 안 던져?"

수비하던 덕배가 고함을 질렀지만 운비의 귀에는 들리지 않았다. 팔이 떨렸다. 심장 근육까지 쾅쾅 떨렸다.

쾅쾅쾅!

시합이다.

앞에는 심판과 포수가, 등 뒤에는 일곱 내, 외야수가 포진한 상황. 청백전이지만 어쨌든 시합이다. 신기한 이벤트의 조건을 처음으로 충족한 것.

'그래서……'

운비는 떨리는 마음으로 남은 말을 이었다.

'지난번에는 아무것도 안 보였구나. 그때는 포수만 덩그러니 앉았으니까.'

퍼즐이 딱딱 맞아떨어지자 아드레날린이 폭포처럼 솟았다. 엄마가 보내준 선물. 어쩐지 엄마가 저기 서서 힘을 주는 것 같았다. 그 벅참이 운비의 가슴속으로 물결치며 번져갔다.

"아자, 아자!"

운비는 하늘을 흔드는 포효로 울컥해지는 마음을 감췄다.

"어이!"

이번에는 감독까지 합세했다. 주접 그만 떨고 빨리 던지라는 얘기다.

그러죠.

솔로 한 방 맞았다고 소심하게 너무 타박하지 마세요.

제가 감독님 꿈을 이뤄 드릴 빅 유닛이거든요.

마음을 달래며 홈을 겨누었다.

잘될 거야. 그러니 편안하게 던져.

부아악!

운비의 초구가 날아갔다. 이번에도 살짝 높았다. 타자 가슴께로 솟은 것이다. 하지만 공이 빠르다 보니 진태의 방망이가 나왔다. 헬멧이 벗겨질 정도의 큰 스윙이다. 앞 타자가 홈런을 치니 랑데부 홈런이라도 노린 것인가?

'하아!'

가슴이 철렁했다.

"스트라이크!"

겨우 공을 받아낸 세형이 외쳤다. 진태는 아쉬움을 못 이기고 방망이로 땅을 후려쳤다. 2구 역시 홈 플레이트를 조금 벗어났다. 하지만 그 또한 진태의 스윙이 따라 나왔다. 운비를 만만하게 본 탓이다.

3구!

중요한 기로에 섰다. 운비가 알고 있는 진태의 약점, 거기에 더해 스킬이 보여주고 있는 진태의 콜드 존. 지금 진태는 서두르고 있었다. 주 무기인 변화구나 슬라이더가 필요한 때였다. 이렇게 덤비는 타자라면 스트라이크 비슷하게만 들어가도 삼진을 기대할 수 있었다.

삼진!

투수에게 그보다 멋진 일이 또 어디 있단 말인가?

보여줘야지!

박 감독의 마음을 확 잡아버려야지.

한 번 실패했다고 쫄면 좋은 투수가 될 수 없어. 투수는 맞으면서 성장하는 법.

부욱!

변화구 그립을 쥔 팔이 활처럼 바람을 갈랐다.

깡!

"……?"

기대하던 것과 다른 소리가 났다. 아주 좋지 않았다. 손가락에서 빠진 공이 진태의 헬멧을 때려 버린 것이다.

"아, 씨……!"

수비하던 덕배가 눈을 부라렸지만 감독은 1루를 가리켰다. 진태가 1루로 걸어나갔다. 손을 번쩍 들어 진태에게 미안함을 표시했다.

'직구로!'

세형이 사인을 보냈다. 그저 간단하게 직구, 커브, 슬라이더만 약속한 상황이다.

OK!

운비가 동의했다. 아직 승우가 구사하던 구종에 익숙하지 않은 몸. 일단 스트라이크를 쑤셔 넣는 게 우선이다. 와인드업을 하는 사이에 진태가 2루로 뛰었다. 실수였다. 주자가 있으면 신경을 써야 하는데 구종에 너무 몰두한 것이다.

"걱정 마세요. 이제부터 몽땅 삼진입니다!"

도루의 찜찜한 기분은 고함으로 뭉개 버렸다.

"놀고 있네."

2루에서 빈정거리는 진태의 말은 듣지 않았다.

따악!

다음 타자의 초구는 파울이었다.

두 번째 공은 배트가 헛돌았다. 구속이 올라가자 배트 속도가 따라오지 못한 것이다. 감독은 일 구 일 구 스피드건을 바라보았다. 바깥쪽 공을 합쳐 투 앤 원의 상황.

"와아앗!"

운비의 4구가 날아갔다.

뻐억!

미트 소리가 좋았다. 이번 공은 회전감이 좋았다. 손가락 마디의 볼륨이 우연히 실밥을 긁은 것이다. 공을 받아낸 세형은 한동안 포구 자세에서 움직이지 못했다. 실은 세형이 잡은 게 아니었다. 본능적으로 갖다 댄 미트에 공이 들어온 꼴이다.

아무튼 루킹 삼진!

"빙고!"

운비가 주먹으로 허공을 후려치며 포효했다.

"감독님……."

그제야 공을 꺼낸 세형이 감독을 바라보았다.

"왜?"

"저… 쟤 공 못 받겠어요."

"……."

"무서워요. 이건 어디로 튈지 모르겠으니……."

"허튼 폼 잡지 말고 계속 직구만 던지게 해라. 그냥 한가운데다."

감독은 낮은 소리로 세형의 입을 막았다.

이어서 출전한 타자는 초구 기습 번트를 노렸다. 3루수가 잡아 1루로 던졌지만 원 바운드가 되면서 공을 놓쳤다. 그나마 연결 플레이가 좋아 2루로 가던 주자를 잡으면서 투아웃에 3루가 되었다.

"야, 배구! 좀 잘해보라고!"

덕배는 계속 짜증을 발사했다.

'타자만 상대한다.'

주자는 무시해 버렸다. 원래 승우는 심장 하나만큼은 강철이었다. 남은 아웃카운트는 하나. 그걸 잡으면 주자는 둘이든 셋이든 상관없었다.

'가운데!'

세형의 사인은 변하지 않았다. 심호흡을 하고 초구를 꽂아 넣었다.

빽!

빡!

잇달아 둔탁한 소리가 들렸다. 하나는 꽂혔지만 또 하나는 겨우 배트에 스치는 파울이 나왔다. 볼에 이어 원 바운드 공이 이어지면서 볼카운트는 투 앤 투. 그나마 세형의 블로킹 덕에 3루의 덕배가 들어오지 못했다.

"피처 베이비, 어이, 배구, 그것밖에 못 던지냐?"

진태가 운비를 자극했다. 힐금 3루를 바라본 운비의 손에서 공이 떠났다. 긴장도 가시고 손에도 살짝 땀이 난 상황. 그래서인지 중심 이동과 팔의 스냅이 아주 괜찮았다.

뻐억!

공은 3번과 5번 존 사이에 천둥처럼 꽂혔다. 이번에도 손가락 마디의 볼륨감이 작용한 속구. 공이 살아 있는 느낌과 함께 스피드건에 145킬로미터를 찍었다. 타자가 믿기지 않는 듯 운비를 바라보았다.

"스트라이크아웃!"

세형이 얼얼한 손바닥에 정신을 뺏기자 운비가 알아서 콜을 했다. 3루에서 깝죽거리던 덕배도 볼 꽂히는 소리에 놀라 입을 다물었다.

두 번째 루킹 삼진.

이번에는 흠잡을 데 없이 통쾌 찬란한 삼진이었다.

"아자!"

운비의 포효가 터졌다. 결과 때문에 기쁜 건 아니었다. 처음으로 마음에 드는 공이었다. 상체와 하체의 밸런스에 이어 어깨와 손목 스핀의 느낌까지 자연스럽게 연결된 듯한…….

"어이, 배구!"

마운드에서 나오는 운비를 감독이 불렀다.

"예."

"동네 야구였다."

첫 번째 말은 절정의 핀잔.

"다음 회에는 잘할 수 있습니다."

"기백은 프로였다."

"감사합니다."

"모든 게 개판."

"……."

"하지만 마지막 공은 좋았다. 우연이 아니라면 그 폼을 머리에 그리며 던져봐라."

'마지막 폼?'

운비가 곱씹는 사이에 감독은 자리로 돌아갔다.

이어진 백팀의 반격. 원아웃에 출루한 주자가 3루 앞 땅볼로 2루로 진루했다. 다음 타자는 내야플라이로 물러났지만 그다음 타자가 득점타를 쳐내며 1점을 찍었다. 분위기가 살짝 올랐지만 포수 파울 플라이가 나오면서 공수가 교대되었다.

한 번 더 운비에게 기회가 왔다. 회를 지나 올라선 마운드는 조금 더 익숙했다. 타자가 들어서기 전에 서너 개의 공을 뿌려보았다. 감독이 말하던 그 마지막 폼이다. 백팀이 공격하는 동안 폼을 복기한 덕분이다.

몇 가지 문제를 알았다. 첫째는 공을 놓는 높이였다. 키가 큰 운비였기에 릴리스 포인트가 조금 낮아야 했는데 너무 빨리 공을 놓았다. 상, 하체의 밸런스도 그랬다. 릴리스 포인트를 조금 낮추고 킥킹 높이와 시간을 조절하자 영점 조절이 한결 나아졌다.

'좋았어.'

로진백을 놓으며 혼자 웃었다. 어쩐지 잘될 것 같았다.

"아자, 아자!"

고함으로 연습장을 흔든 운비가 세형의 사인을 받았다.

'마지막 폼 그대로.'

와인드업을 하고 초구를 뿌렸다.

빠악!

세형은 거의 미트를 움직이지 않고 공을 받았다. 그래도 스피드가 제법 나와 7번 타자가 헛스윙을 했다.

빠악!

두 번째 공에는 방망이가 나왔지만 또 헛스윙. 그 또한 스트라이크존에 걸쳤다고 볼 수 있는 패스트 볼이었다.

'하나 빼!'

세형이 바깥쪽 공을 원했다. 운비는 고개를 저었다.

바깥쪽!

싫어!

다시 운비가 고개를 젓자 세형은 인상을 구기며 미트를 가운데로 옮겼다. 삼진에 대한 영웅심이 아니었다. 이제 겨우 스트라이크존 영점이 잡힌 상황. 그 감을 놓치고 싶지 않았다. 게다가 공 스피드도 자신이 있으니 하위 타자 정도는 상대할 수 있을 것 같았다.

빠악!

3구는 거의 한가운데였다. 공도 보지 않고 스윙을 한 타자의 방망이가 안타 대신 투수 앞으로 굴러왔다.

"스트럭 아웃!"

두 손을 번쩍 치켜든 운비가 직접 콜을 했다. 전 회보다는 한결 나았다. 운비의 심장이 후끈 달아올랐다.

따악!

8번 타자의 방망이는 세 번 다 헛돌았다. 스트라이크는 하나였지만 비슷한 공에 방망이를 휘둘러 준 것. 삼구 삼진으로 간단하게 투아웃이 되었다. 하위 타선이긴 하지만 5회와는 다른 모습의 운비였다. 거기서 감독이 엉뚱한 선수를 타석에 세웠다.

"기호 빠지고 철욱이가 쳐봐라."

감독이 콜한 선수는 소야고의 에이스로 불리는 3학년 강철욱이었다. 오늘도 안타를 두 개나 친 철욱. 감독이 라인업을 짤 때는 3번이나 5번에 놓지만 청백전은 보통 5, 6회에 끝나므로 한 번이라도 더 나오기 위해 1번에 포진한 강철욱이다.

머리에 9번 타자를 그리고 있던 운비는 강철욱이 호명되자 정신 줄을 팽팽하게 감아놓았다.

3, 6, 8, 9 콜드 존.

1, 2, 4, 5 핫 존.

7 미들 존.

철욱이 들어서자 스트라이크존 부분에 타조의 신성 시력 매직 존이 구현되었다. 차분하게 투수를 쏘아보는 철욱의 눈빛까지도 선명했다. 그래도 소야고 최고의 교타자다웠다. 다른 타자와 달리 타석이 꽉 차 보였다.

22타수 9안타.

무려 4할을 상회하는 타율.

운비는 기억하고 있었다. 철욱과의 전적. 팀 내 연습 경기에서 나온 기록이다. 세 번 삼진을 잡은 적도 있지만 전적으로 완패였다. 게다가 같은 투수였기에 승우의 구질과 노림수를 잘 알고 있었다. 북인고와 공비고 투수들도 함부로 보지 않는 유일한 소야고 선수 강철욱. 센스쟁이답게 방망이도 짧게 잡았다.

"내가 빅 유닛이었으면 형은 루킹 삼진이야."

툭하면 입에서 나오던 괜한 핑계. 그러나 그 핑계의 조건이 현실로 이루어진 지금은 어떨까?

궁금했다. 미치도록 궁금했다.

사인을 받은 운비가 와인드업에 들어갔다.

'가랏!'

초구가 손끝을 떠났다.

뻐억!

이어 들린 미트 소리는 신통치 않았다. 2번 존에서 밖으로 두세 개는 빠지는 공이었다. 또 힘이 들어간 것이다.

말 좀 들어라.

좋은 하드웨어라고 재는 거냐?

운비가 중얼거렸다. 승우라면 그렇지 않았다. 맞든 말든 생각한 것은 꽂아 넣었다. 그런데 이 허우대의 육체는 여차하면 반항이다. 배구 연습 화면에서는 감독 주문대로 코트 구석구석에다 강 스파이크를 꽂아대던 인간이.

승우의 입장에서 한 번 더 주지시켰다. 깝치지 마. 그래봤자 이제 내가 네 주인이란 말이야.

'다시 한번!'

잘 들어가던 폼을 머리에 그렸다. 그 폼대로 2구가 날아갔다. 제구를 의식한 공은 스트라이크존의 한가운데로 쏠렸다.

따악!

철욱의 방망이가 돌았다. 타구는 쭉 뻗어나갔지만…….

'파울?'

뻗어가는 공의 궤적이 한눈에 들어왔다. 그리고 신기하게도 끝이 휘며 파울 선을 벗어났다. 운비가 아니라 승우의 공이었다면 2루타가 되었을 타격. 140킬로미터대의 스피드 덕분에 배트가 밀리며 파울이 되었다.

"……."

운비는 잠시 황망히 서 있었다. 타구 때문이다. 그 방향이 직감적으로 감지된 것. 이 또한 전에는 없던 일이다.

'타조의 신성 시력?'

생각이 거기로 옮겨갔다. 스트라이크존에 형성된 매직 존. 거기에 더한 타구의 방향 감지. 마치 타조의 막강 시력 25의 후광 효과라도 보는 듯 게임을 보는 시야가 좋아진 것이다.

'좋았어!'

뭐가 됐든 나쁜 건 아니었다. 게다가 철욱의 방망이가 밀리는 상황. 아직 전력투구를 하지 못함에도 불구하고 고무적인 현상이었다.

"강철욱! 강철욱!"

"홈런 타자 강철욱!"

대기석 뒤에서 응원의 함성이 터졌다.

웃기지 마!

나는 허수아비가 아니거든.

부욱!

운비의 3구가 날아갔다.

따악!

철욱의 배트가 나왔지만 공은 파울이 되어 홈 플레이트 뒤로 날아갔다. 운비의 공은 이제 조금씩 위력을 더하고 있었다.

척!

세형의 미트는 여전히 가운데를 가리켰다. 꽂아라. 무조건 여기다 꽂아. 미트는 강요하고 있었다.

손가락 마디를 비볐다. 독특한 볼륨감이 느껴졌다. 그 볼륨감을 실밥에 걸쳤다. 이렇게 던지면 회전감이 올라간다는 걸 깨달은 운비. 마지막 위닝샷으로 쓸 생각이다.

부욱!

운비의 4구가 날아갔다. 철욱의 방망이도 작심한 듯 돌았다.

뻑!

방망이는 허공을 휘저었고, 공은 바람을 휘저으며 미트에 꽂혔다. 머리가 살아 있는 145킬로미터의 강속구였다.

삼진이다.

수 싸움에서도 완벽하게 이긴 운비였다.

"아자!"

운비는 주먹을 불끈 쥐며 남모를 포효를 뱉었다.

6. 잠재력 폭발

"……!"

철욱은 한동안 움직이지 않았다. 전국 최하위권이지만 그래도 이 학교에서는 알아주는 교타자. 그런 차에 족보도 없는 야구 초보 꺽다리에게 삼진을 먹었으니 황당하지 않을 수 없었다.

그러나 그의 잘못은 아니었다. 고교 야구에는 좌투수가 많지 않았다. 소야고도 마찬가지. 남재가 좌완이긴 하지만 배팅 볼 투수에 불과한 수준. 그렇기에 상당수 감독들은 우투수 공략법부터 가르치고 있었다. 말하자면 공이 눈에 익지 않은 것이다.

하지만 그런 이유만은 아니었다. 특히 마지막 공, 포심인데 무브먼트가 느껴졌다. 어쩐지 살짝 부유하는 것도 같았다.

'설마…….'

철욱은 고개를 저었다. 야구 초짜 배구 선수가 라이징 패스트 볼을 알 리 없기 때문이다.

"그만!"

거기서 박 감독의 사인이 나왔다. 수비 중인 선수들이 운동장에서 물러났다. 감독이 손짓으로 운비를 불렀다.

"던질 줄 아는 공이 뭐 뭐냐?"

"대충 흉내는 다 냅니다."

"좋아, 용규가 와서 공 받아라."

세형이 물러나고 주전포수 용규가 차지한 안방.

"던질 줄 아는 거 다 던져봐라. 스트라이크에 신경 쓰지 말고."

박 감독은 얼굴에 마스크를 눌러썼다.

"고맙습니다!"

운비는 운동장이 들썩거리도록 외쳤다.

초구는 커브였다. 승우의 손처럼 예리하지는 않아도 각이 제법 나왔다. 흠이라면 스트라이크존에서 멋대로 빠진다는 것.

"하나 더!"

박 감독의 주문이 이어지자 그에 따랐다.

"다음!"

3구로 슬라이더를 던졌다. 슬라이더는 홈 플레이트 앞에서 가라앉았다. 포크가 이어지고 체인지업도 날아갔다. 마지막은 커터. 한두 가지 구종은 손가락 덕분에 승우의 손으로 던질 때보다 편안했다.

"됐고, 아까 철욱이한테 던진 마지막 공 한번 던져봐라."

박 감독의 요청에 부응해 주었다. 손마디 볼륨을 이용한 포심이 날아갔다.

쾅!

공을 받아낸 용규의 낯빛이 썩은 우유색으로 변했다. 공 끝이 춤을 추듯 흔들린 것이다.

"됐다. 여기까지!"

공을 지켜본 박 감독이 손을 들었다. 운비는 마운드를 내려왔다.

"야구, 어디서 배웠냐?"

"……."

"하나도 안 배웠어?"

"승, 승우한테 조금씩요."

"곽승우?"

"예."

"너 정말 야구하고 싶냐?"

박 감독이 물었다.

"네!"

"잘나가는 배구는 왜 때려치우려는 건데?"

"제 원래 꿈이 야구였거든요."

"그럼 왜 배구를 시작했는데?"

"……."

"이놈이 뻥카를 치네."

"아, 아닙니다. 그건… 엄마가 배구 선수라 하도 권하시길래… 하지만 배구는 야구보다 관중도 없고… 메이저리그도 없고……."

재빨리 둘러댔다.

"집에서 반대 안 하던?"

"……."

"솔직히 말해라."

"반대하시죠."

"그래도 야구한다고?"

"예!"

"하다 힘들면 또 배구하고?"

"아닙니다. 감독님이 받아주시면 마운드에서 죽겠습니다."

"죽어?"

"예!"

"그럼 됐다. 그렇잖아도 투수 한 녀석 자리가 비어서 마음 아프던 판에."

"……."

"일단 너희 부모님과 면담한 다음에 결정하겠다."

"고맙습니다!"

운비는 큰 소리로 선수를 쳤다.

"짜식, 파이팅 하나는… 얌마, 의리 없이 너희만 먹지 말고 얘도 컵라면 돌려라."

"그것도 고맙습니다!"

한 번 더 빽 소리를 지른 운비가 세형 쪽으로 달렸다. 그러다 문득 걸음을 멈추고 홈 플레이트를 돌아보았다. 매직 존이 보이지 않았다. 초미세 시력도 제자리로 돌아왔다. 경기가 끝난 것이다.

'흐음.'

피식 웃은 운비는 세형의 옆자리를 차지하고 앉아 컵라면을 챙졌다. 뚜껑을 따고 스프를 꺼낸 다음 물을 부었다.

"세형아, 이거 당겨라!"

이제 세형에게 젓가락까지 들이미는 운비.

"뭐야?"

"잡으라고. 넓게 찢어지는 사람이 한 입 더 먹기다."

"우워어!"

세형이 질린 표정으로 움찔거렸다.

"가만, 그거 승우랑 너랑 맨날 하던 장난질이잖아?"

저쪽 끝에 있던 수찬이 세형을 바라보았다.

"이, 이 자식이 승우 절친이었대요."

"절친?"

"모르는 게 없다니까요. 내 똥 싸는 습관까지……."

"그럼 그것도 아냐? 너 잘 보는 일본 야동."

"코토미?"

운비가 슬쩍 끼어들었다.

"됐어. 코토미가 언제 적 애긴데. 그 여자, 얼굴만 영계지 나이 알고 보니 노땅이라서 다른 여자로 바꾸었거든. 성형도 졸라 했대."

"오, 그래? 그럼 아이리 사토네?"

그 말까지 나오자 선수단은 일동 얼음이 되어버렸다. 1학년이지만 찰떡 붙임성에 분위기 메이커이던 승우. 행동만 놓고 보면 운비가 딱 승우였던 것이다.

"저 자식, 진짜 승우 절친이었나 보네?"

수찬이 트림을 하며 말했다.

"맞습니다. 저 승우 절친이에요. 그러니 앞으로 잘 부탁합니다, 수찬이 형. 그리고 여러 선배님과 친구들!"

승우는 벌떡 일어나 선수단에게 꾸벅 인사를 했다.

"고맙습니다!"

훈련이 끝났다. 그래도 운비는 연습장에 남았다. 어둑한 마운드에서 혼자 공을 뿌렸다. 운비의 손가락, 운비의 어깨, 운비의 허리, 운비의 하체, 그 모든 것과 빨리 친해져야 했다. 제구력 하나는 빠지지 않던 승우. 지금 빅 유닛의 몸에 필요한 건 제구력이었다. 구속은 어느 정도 나오고 있었으므로.

뻑!

공이 날아갔다.

스트라이크존과 멀었다.

뻑!

또 날아갔다.

조금 가까워졌다.

뻑!

이번에는 제대로 들어간 것 같았다.

"아자!"

운비는 혼자 포효했다. 퇴근하던 감독이 그걸 보았다. 소야고에는 코치가 없었다. 원래는 타격 코치가 있었지만 그만둔 지 오래되었다. 해체설까지 나오는 야구부이기에 오려는 사람도 없었다. 그러다 보니 박 감독이 혼자 팀을 꾸려갔다. 그나마 발이 넓어 이따금 특타나 특강 코치를 데려와 땜빵을 하는 처지였다. 박 감독은 나무에 기대 운비를 지켜보았다.

뻑!

운비의 공이 계속 날아갔다. 주변의 공이 다 없어지고서 겨우 멈췄다. 이동식 펜스 쪽으로 다가가 공을 주웠다. 바구니에 담은 다음에야 운동장을 나왔다. 물론 두 개를 슬쩍했다. 정원에서 연습할 생각이다.

박 감독의 시선이 오래도록 운비를 따라왔다.

집으로 돌아오는 길, 운비는 공 만지기를 멈추지 않았다. 그립의 감은 익숙하지 않지만 손은 정말 마음에 들었다. 아무리 봐도 운비가 가지고 싶어 하던 딱 그 손이었다.

또 연습을 했다.

오직 연습뿐이었다. 저녁이면 정원 뒤에서 공을 뿌렸고, 아침이 오면 누구보다 먼저 소야고 연습장으로 나갔다. 그건 승우의 습관과 같았다. 선수들과 하나둘 친해지면서 연습 게임에도 끼어들었고 타석에도 종종 들어섰다. 배트에 맞추는 재미도 좋았다. 승우 때와는 달리 장타도 가능했다. 근력 때문이다.

Slow and Steady!

서두르지 말고 꾸준히.

곽민규가 알려준 좌우명을 잊지 않았다. 힘들어도 참았다. 이미 죽었을 몸이다. 승우도 운비도 같았다. 하지만 둘 다 살았다.

하나는 의식으로, 또 하나는 육체로.

그 둘의 콜라보를 이뤄 강력한 빅 유닛이 되는 것. 그걸 이루려는 것이다.

거듭되는 연습 속에서 마침내 공비고와의 친선 게임 날이 밝아왔다.

"오늘 친선 게임 있다며?"

일찌감치 방에 들어선 윤서가 물었다.

"응!"

"너도 나가는 거야?"

"응? 그, 그래야지."

"먹어."

윤서가 뭔가를 내놓았다. 누르스름한 가루이다.

"뭔데?"

"생각 안 나? 네 체력 관리용 특별식이잖아."

"그러니까 뭔데?"

"입에 털어 넣기나 해. 2미터를 넘기고 싶다며?"

2미터!

그 말이 운비의 귀를 솔깃하게 만들었다. 진정한 빅 유닛이 되려면 2미터를 넘는 게 옳았다. 보아하니 단백질 같아 털어 넣고 물을 마셨다. 고소했다.

"뭐야?"

운비가 다시 물었다.

"밀웜. 진짜 생각 안 나는 거야, 장난치는 거야?"

"밀웜?"

"얘가 진짜……."

윤서는 주먹을 겨눠 보이고 나갔다.

'밀웜?'

스마트폰으로 검색해 보았다. 그러자 이상한 벌레가 출현했다.

"윽!"

밀웜은 벌레였다. 고슴도치들이 영양식으로 즐겨 먹는, 아니, 식용으로도 문제가 없다지만 꿈틀꿈틀 기어 다니는 비주얼을 보니 속이 확 치받았다.

"우엑!"

속이 뒤집어졌지만 참았다. 2미터가 되는 일이다. 어차피 승우의 별명 중에는 벌레도 있었다. 연습 벌레, 야구 벌레. 벌레가 벌레를 못 먹을 일도 없었다.

소야고 운동장에 도착했다. 여전히 일착이다.

팡!

직구의 기본, 포심이 홈 쪽의 그물로 날아갔다.

팡!

투심도 날아갔다.

펑!

이번에는 커브였다. 타자가 있는 것과는 다르지만 각이 제법 나왔다.

'Fast and Strong!'

실전에서는 빠르고 강력하게.

패스트 볼이 어느 정도 먹히자 슬라이더를 구사해 보았다. 몇 개는 원 바운드가 되거나 손에서 빠졌지만 몇 개는 봐줄 만한 궤적이 나왔다.

운비는 체인지업과 커터에도 관심이 많았다. 커터는 양키즈의 리베라가 주 무기로 삼는 공. 그는 커터만으로도 리그를 지배했다. 다른 이름은 컷패스트 볼. 체인지업 역시 패스트 볼에 속한다.

'체인지업……'

가만히 그립을 쥐어보았다. 이 구종은 손가락 길이와 릴리스 포인트가 중요했다. 손목을 살짝 틀어야 한다. 천천히 투구 모션을 취했다. 그런 다음 홈을 향해 공을 뿌렸다.

빡!

소리는 운비의 뒤통수에서 울렸다. 출근한 박 감독이 후려친 것이다.

"이놈이 기지도 못하면서 날려고 그러네?"

"감독님!"

"연습하려거든 패스트 볼부터. 알았냐?"

"예."

"대답 봐라. 괜한 욕심내면 어깨 나간다. 알았냐?"

"예!"

"네가 일착이냐?"

"예!"

"그럼 도둑놈이네?"

"예?"

"우리 학교 학생도 아닌 놈이 아무도 없는데 들어왔으면 무단 침입이잖아? 그게 도둑놈이 아니면 뭐냐? 게다가 남의 사유재산 까지 멋대로 사용해?"

"……."

"이거 다 네가 던진 공이냐?"

"예!"

"공 숫자만큼 연습장 돌아라."

"예?"

"뭐가 예야? 싫으면 너네 학교로 돌아가든지."

"돌겠습니다. 그런데 감독님."

"뭐냐?"

"저 오늘 친선 게임에 꼭 좀 내보내 주십시오."

"이놈이 이젠 아주 감독까지 해먹으려는 모양이네?"

"그게 아니고……."

"주제넘은 소리 그만하고 운동장이나 돌아."

박 감독의 손이 외야를 가리켰다.

"알겠습니다! 잘 부탁합니다!"

꾸벅 허리를 숙인 운비는 우렁찬 구령과 함께 연습장을 돌았다. 기분이 나쁘지 않았다. 박 감독의 태도 때문이다. 연습장을 돌라는 것, 관심이 없다면 그런 말을 할 사람이 아니기 때문이다.

나중에 알았다. 그게 바로 운비의 몸을 풀어주려는 박 감독의 복선이었다는 걸.

연습은 투수조와 타자조로 나뉘어 진행되었다. 친선 게임을 위한 컨디션 조절 차원이다.

팡!

투수조 쪽에서 공이 미트에 꽂히는 소리가 들렸다. 사실 별로 신통치 않았다. 그나마 철욱의 직구가 어쩌다 140에 턱걸이할 정도이고 다른 투수는 죄다 120에서 허덕거리고 있었다. 컨디션은 철욱과 영길이 괜찮아 보였다. 포수 미트에 공이 반듯하게 들어갔다.

운비는 연습장 펜스를 향해 공을 던졌다. 세형이 다른 투수의 공을 받고 있는 까닭이다.

'포심!'

네트를 향해 포심을 던졌다. 마음속으로 존을 생각했다. 저기가 미트야. 저기가 공 하나 빼라는 곳이야. 운비의 마인드 컨트롤은 쉬지 않았다.

공비고 선수단이 올 시간이 가까워지자 연습이 끝났다.

"야, 이세형!"

운비가 마스크를 벗고 있는 세형을 불렀다.

"뭐?"

"감독님이 나 오늘 경기에 투입하겠냐, 안 하겠냐?"

"놀고 있네. 너 아직 우리 학교 선수 아니잖아?"

"묻는 말에나 대답해라."

"그거야 감독님 마음이지."

"너 꿀점 치는 거, 그거 좀 해봐라. 포수 글러브 하늘에 던져서 입이 내 쪽으로 오면 등판, 안 오면 안 등판."

"씨발, 너 도대체 나에 대해 모르는 게 뭐야?"

"빨리!"

"야, 배구!"

"부탁한다."

운비가 세형을 바라보았다. 그건 쉽사리 거절할 수 없는 눈빛이었다.

"아, 진짜… 내가 너네 학교로 전학을 가든지 해야지."

세형이 글러브를 집어 던졌다. 하늘에서 몇 번 회전한 글러브가 바닥에 떨어졌다. 글러브의 입이 세형이 쪽을 향해 있다.

"됐냐?"

"……."

"괜히 남의 학교 시합에 얼쩡거리지 말고 너네 학교로 가라."

세형이 글러브의 먼지를 털 때 사람들이 모여들기 시작했다. 황금석의 벤츠도 보인다. 거기서 내린 사람은 황금석 부부, 봉래고 교장과 윤서였다. 배구부 감독과 주장, 선수 몇도 구경을 왔다. 인파 사이에서 윤서가 손을 들어 보였다.

"야, 배구, 너네 누나지?"

세형이 넋을 놓은 채 물었다.

"그래."

"으아, 나이 차이만 없으면 딱 내 스타일인데."

"코토미는 어쩌고?"

"이제는 아이리 사토라니까!"

"야, 이세형."

"왜?"

"지금까지 네 꿀점 적중률이 100%지?"

"응?"

"너 우리 누나 나체 상상했지?"

"우어억!"

"그거 용서해 줄게. 대신 미트 다시 던져라. 그 입이 내 쪽으로 올 때까지."

"뭐야?"

"나 꼭 등판해야 할 사정이 있거든."

운비의 목소리는 한 치의 흔들림도 없었다.

끼익!

오래지 않아 블랙 컬러의 버스가 주차장에 멈췄다.

막강 공비고!

버스에 새겨진 구호부터 위압적이다. 문이 열리면서 선수단이 내리기 시작했다. 선수들 각이 제대로 잡혔다. 몇 사람이 운비 눈을 파고들어 왔다. 공포의 핵 타선으로 불리는 이대호와 박병학, 특급 에이스 원투펀치 류길상과 기대성 등이 그들이다.

이들 4인방이 버티고 있기에 소야고와는 분위기부터 다른 팀이었다. 최근 몇 년 성적도 막강했다. 작년 전국 대회 우승과 4강을 한 차례씩 찍었고, 마지막 전국체전에서 금메달을 거머쥔 팀. 투타의 조화를 바탕으로 올해도 이미 한 차례 우승하고, 창단 최초로 3관왕을 노리는 강팀이다.

'까짓것.'

겁나지 않아.

10할을 치는 것도 아니잖아?

목 하나 커진 만큼 배짱도 두둑해진 운비였다.

"어서 오십시요!"

박 감독이 나서며 공비고 우동균 감독을 맞았다.

"어이구, 연습 많이 하셨나 보네? 애들 눈빛이 펄떡펄떡 살아 있어요."

우 감독은 넉살부터 떨었다.

"왜 이러십니까? 오늘은 우리 애들 기 좀 안 죽게 살살 좀 부탁합니다."

"뭐 준비됐으면 시작할까요?"

"몇 회까지 할까요?"

"한 7회 정도면 되지 않을까요?"

"그러시죠."

"심판은 약속대로 제가 아는 후배님들을 모셔왔습니다. 괜찮겠죠?"

"아유, 그럼요."

두 감독은 화기애애한 분위기 속에서 대화를 마쳤다.

"집합!"

1루 쪽으로 걸어온 박 감독이 선수들을 모았다. 운비도 슬쩍 끼었다. 다들 유니폼인데 운비만 운동복 차림으로 튀었다. 박 감독은 살짝 거슬리는 눈빛을 보냈지만 쫓아내거나 하지는 않았다.

"철욱이가 선발이다. 용규랑 배터리 이루고."

"예!"

두 선수가 대답했다. 나머지 베스트 나인도 모두 호명했다. 주로 2, 3학년 위주이고 1학년 중에는 병일이가 우익수로 들어갔다.

"플레이볼!"

심판의 콜에 의해 게임이 시작되었다.

따악!

초구부터 공비고의 불방망이가 터졌다. 1번 타자가 친 공이 3루를 스친 것. 마도윤이 엉거주춤하는 사이에 선상을 타고 흘러 2루타가 되었다. 박 감독의 눈가에 아쉬움이 스쳐 갔다. 철욱의 초반 징크스가 또 나온 것이다. 뒤를 이은 2번 타자의 진루타로 원아웃에 3루.

'다음은?'

운비의 눈에 힘이 들어갔다. 공비고의 3번 이대호와 4번 박병학으로 이어지는 찬스이기 때문이다.

그런데 대기 타석에서 방망이를 조율하는 선수는 이대호가 아니었다. 하긴 황금사자기에 이어 청룡기까지 대활약을 펼치며 프로야구와 메이저 스카우터의 눈도장을 받았다고 소문이 파다한 두 선수가 소야고와의 게임에 나오지 않는 것은 당연해 보였다.

"씨발, 우리를 개무시하고 후보를 넣었네?"

3학년 투수 차남재가 글러브를 움켜쥐며 콧김을 뿜었다.

이대호 대신 들어선 타자는 1학년 권기윤이었다. 봄철 주말 리그에서 한번 본 선수. 중학교 때 제법 날렸다는 그는 소야고와의 시합 때만 들어와 7타수 3안타를 쓸어 담았다. 이대호의 그늘에 가려져 있어 그렇지 결코 무시할 수 없는 선수였다.

따악!

이번에도 권기윤의 승리였다. 철욱의 직구를 받아쳐 가볍게 타점을 만들었다.

'그럼 4번 박병학 자리에도 그 1학년이?'

연습장이라 따로 더그아웃이 없는 운동장. 상대편 대기 타석에는 박병학도 보이지 않았다.

부욱부욱!

대기 타석에서 방망이를 휘두르고 들어선 건 김태업이었다. 그역시 공비고의 1학년 거포. 소야고와의 게임에서 홈런도 기록했고 전국 대회 본선에서도 홈런 하나를 기록한 차년 슬러거였다.

다행히 철욱의 컨트롤이 슬슬 자리를 잡아가고 있었다. 하지만 그게 또 문제가 되었다. 투 스트라이크 이후에 넣은 공이 정직하게 가운데로 몰리면서 굉장한 타격 음이 운동장에 울려 퍼지고 말았다.

빠악!

공이 힘차게 쭉쭉 뻗어나갔다. 홈런이다.

"아, 씨발! 거기서 공을 빼야지 왜 가운데다 꽂아?"

남재가 땅을 쳤지만 공은 이미 펜스 뒤로 넘어간 후였다. 가볍게 3 대 0. 그나마 뒤이은 타자들이 땅볼과 중견수 플라이로 아웃되면서 1회를 마쳤다.

1회 말 소야고의 반격.

신통치 않았다. 투수 역시 공비고의 원투 펀치 류길상과 기대성은 나오지 않았다. 선발로 나온 투수는 변화구를 주종으로 삼는 1학년 투수. 구속은 빠르지 않았지만 변화 각이 커서 타자들이 맥을 못 추었다. 그나마 1, 2번의 연속 삼진 후에 터진 철웅의 우중간 안타가 위안이 되었다. 맥은 거기서 끊겼다. 4번으로 나온 수찬이 승부구로 던진 슬라이더에 말려 삼진을 먹은 것이다.

2회에도 공비고는 한 점을 더 올렸다. 투아웃 이후에 나온 포볼이 빌미였다. 이어진 타자가 2루타를 치면서 가볍게 한 점 추가. 스코어는 4 대 0까지 벌어졌다.

게임은 처절하게 공비고의 페이스였다. 그들에게 소야고는 적수가 아니었다. 5회 말이 되자 점수는 7 대 0까지 벌어졌다. 작전 수행 능력이 뛰어난 공비고 선수들. 나가기만 하면 진루타가 되고 도루를 하며 소야고의 내, 외야를 흔들었다. 정식 게임이라면 콜드게임 패를 우려할 상황까지 몰렸다.

이때까지 소야고 선수들은 3안타의 빈타에 불과했다. 그나마 철욱의 2안타를 빼면 최강돈의 빗맞은 안타가 전부였다. 공비고는 몸이라도 푸는 듯 전국 초상위권 전력을 과시했다.

6회 초.

구경 나온 학생과 동네 사람들이 슬슬 빠지기 시작했다. 두 회 정도 안정적이던 철욱의 피칭이 흔들리면서 포볼과 안타로 원아웃 2, 3루를 만들어준 것.

"타임!"

거기서 박 감독이 타임을 불렀다. 박 감독의 시선이 구영길과 차남재를 지나 운비 앞에서 멈추더니 공비고 우 감독에게 걸어갔다.

"어이, 배구!"

상의를 끝낸 박 감독이 운비를 불렀다.

"예!"

"아까 운동장 제대로 돌았지?"

"예!"

"옷 갈아입고 마운드로 올라가라. 거기 누가 유니폼 하나 빌려줘라."

"예?"

"다른 거 말고 직구, 맞아도 좋으니까 무조건 가운데다 꽂아라. 알았어?"

"예, 알겠습니다!"

운비의 목소리가 운동장을 울렸다.

"세형이가 공 받는다."

감독의 지시가 세형이에게 이어졌다. 함께 연습했기 때문이다. 잠시 후, 운비가 마운드로 걸어 나왔다.

"……!"

그걸 본 소야고 선수들은 웃지도 울지도 못했다. 운비가 입은 건 이병구의 유니폼이었다. 소야고 선수 중에서 가장 큰 병구지만 그 옷조차 운비에게는 끼었다.

"쿡쿡쿡!"

봉래고에서 온 배구부 주장과 선수들도 입을 막고 웃었다. 작은 옷을 당겨 입다 보니 똥구멍까지 살짝 먹고 있는 것이다. 운비의 부모님과 윤서의 마음도 편하지 않았다. 하지만 운비만은 물 만난 물고기였다.

"아자아자! 이제부터 역전입니다!"

"3구 삼진!"

운비는 만세를 부르며 목이 터져라 소리를 질렀다.

"피처 파이팅!"

짝짝짝!

박수와 환호를 보낸 건 공비고 쪽이었다. 응원을 빙자한 야유였다.

모두의 시선이 운비에게 쏠렸다. 위풍당당한 체격 때문이다. 하드웨어만 보면 압도적이다. 박 감독이 내, 외야에게 깊은 수비를 주문하는 걸 보며 운비는 가만히 로진백을 집어 들었다. 하얗게 날리는 가루가 보기 좋았다.

승우가 가장 좋아하는 자리, 서기만 하면 설레던 자리. 상대는 그 이름만으로도 압박이 되는 공비고. 하지만 빅 유닛의 꿈을 이룬 지금은 그리 두렵지 않았다. 그저 미사일 같은 공을 뿌리고 싶은 욕심만 가득할 뿐.

선수 교체가 마무리되었다. 투수이던 철욱이 외야로 가고 외야의 병일이 물러났다. 철욱을 그냥 둔 건 타격 때문이었다.

'엄마⋯⋯.'

3루 주자를 레이저 눈빛으로 쏘아보고 홈으로 시선을 옮겼다. 준비를 마친 세형이 미트를 내밀었다. 딱 한가운데였다. 그 끝에 아른거리는 소녀가 보였다. 가만히 손을 흔들며 사라진다. 그러자 매직 존이 선명하게 형성되었다. 한가운데를 중심으로 핫 존, 위아래와 좌우 외곽이 아킬레스건으로 콜드 존인 선수였다.

상대를 모르면 인코너부터!

박 감독의 원칙은 내려놓았다. 이 순간은 오직 감독의 명령에 따라야 할 상황이다. 지상 과제로 떨어진 가운데 직구.

황운비, 쫄지 마라.

승우는 죽어도 원하는 존에 꽂아버리거든.

비록 홈런을 맞아도 말이야.

그립은 포심으로 쥐었다. 모두가 지켜보는 가운데 1구가 날아갔다.

―Fast and Strong!

운비의 주문이 기합 대신 마음에 울려 퍼졌다.

뻑!

소리와 함께 구경꾼들이 일제히 고개를 빼 들었다. 벌린 입이 다물어지지 않았다. 소야고 선수들도 그랬다. 운비의 1구는 참사였다. 타자 가슴보다 높았다. 물론 세형이 잡지 못했다. 다행히 세형의 마스크를 직격하고 떨어졌다. 공이 멀리 가지 않은 게 다행이었다.

"야!"

놀란 세형이 마스크를 벗어 던지며 일어섰다.

"쏘리!"

공을 받아 든 운비가 손을 들어 보였다. 그러나 우 감독과 공비고 선수들은 웃지 않았다. 스피드 때문이다. 선발로 나온 철욱의 공에 비해 엄청나게 빨라 보인 것. 더구나 세트포지션 상태였다.

빠악!

2구는 무대뽀로 한가운데 꽂았다. 공비고 타자는 공 하나를 참았다. 상대를 모르는 까닭이다. 볼카운트 원 앤 원. 사인이고 나발이고 없는 운비가 빠른 투구 모션에 들어갔다.

"우와아앗!"

3구가 날아갔다. 변함없이 포심이다. 스트라이크존에서 공 두 개쯤 빠졌지만 타자가 헛스윙을 해주었다. 원 앤 투. 타자가 고개를 갸웃거렸다. 구속에 놀란 것이다.

변화구가 아쉬운 판이다. 슬라이더도 욕심에 부채질을 했다. 하지만 감독의 눈빛은 변하지 않았다. 세형의 미트도 여전히 한가운데였다.

'만인이 원한다면!'

부욱!

운비의 4구가 날아갔다.

따악!

타자의 방망이가 돌아갔다. 운비는 공의 궤적을 보았다. 밑을 건드린 공이라 내야플라이가 되고 있었다. 2루수와 1루수가 동시에 뛰었다.

"1루!"

운비가 외쳤다. 두 내야수는 콜을 받지 않았다. 결국 1루수가 처리했지만 충돌할 뻔한 상황이 되고 말았다.

"고맙습니다! 다음에는 삼진 잡을게요!"

투아웃을 만든 운비가 소리쳤다. 여전히 아무도 듣지 않았다.

다음 타자는 방망이를 짧게 잡고 나왔다. 우 감독의 지시가 나온 모양이다. 타자 앞에 다시 매직 존이 형성되었다. 바깥쪽 존 전체에 파란 콜드 존이 보였다. 바깥이 약한 선수였다. 하지만 세형의 미트는 여전히 가운데.

'까짓것!'

초구가 날아갔다.

따악!

타자의 방망이가 나왔다. 공이 스치며 파울이 되었다. 우 감독은 뭔가를 계속 기록하고 있었다.

"우와앗!"

운비의 2구가 손가락을 떠났다. 한가운데서 공 세 개쯤 높았지만 배트가 돌았다.

"스트라이크!"

심판이 주먹을 쥐며 외쳤다. 그 액션이 운비의 긴장을 풀어주었다.

3구…….

운비는 세형을 쏘아보았다. 미트 주위에 형성된 매직 존. 아웃 코스 커브를 던진다면 삼진을 기대할 수 있는 상황. 박 감독 쪽도 바라보았다. 그가 고개를 저었다. 뺄짓 말고 시키는 대로 가라는 사인이다. 승우보다 구속이 빠르다지만 주구장창 직구. 좋은 선택은 아니지만 별수 없었다.

회전…….

운비는 결정구를 정했다. 손마디의 볼륨으로 그립을 잡았다. 같은 직구지만 회전을 이용하려는 것이다. 그렇다면 조금 전의 공과 다른 효과를 볼 수 있었다.

"와잇!"

운비의 4구가 날아갔다.

'엇!'

공을 놓은 운비는 아차 싶었다. 실밥이 살짝 비끼면서 타자가 좋아하는 존으로 향한 것이다. 방망이가 기다렸다는 듯이 바람을 갈랐다.

스윙!

다행히 타자의 방망이가 헛돌았다. 긴장한 세형이 미트에 맞은 공을 놓치고 말았다. 스트라이크 낫 아웃 상태. 그사이에 타자가 1루로 뛰었다.

"옆에! 옆에!"

운비가 외쳤다. 당황한 세형이 더듬거리다 겨우 공을 찾았다. 그사이에 코앞까지 달려온 3루 주자를 가까스로 태그하고 1루에 공을 뿌려 이닝을 종결했다.

"와아아!"

소야고 후보 선수들이 일제히 환호했다.

"그것도 제대로 못 잡냐?"

그라운드를 나오며 운비가 말했다.

"씨발! 공이 멋대로 들어오니까 그렇지!"

세형이 버럭 소리쳤다.

"핑계는……."

"그래, 배구, 니 똥 굵다."

놓친 공에 놀랐는지 세형은 한마디도 지지 않았다.

6회 말, 투수의 공을 눈에 익힌 형도가 원아웃 후에 우익수를 넘기는 2루타를 뽑아냈다. 소야고 분위기가 살짝 살아났다. 처음으로 맞은 스코어링포지션. 하지만 후속타 불발로 점수를 내지 못했다. 나머지 두 타자가 전부 내야 땅볼과 파울플라이로 물러났다.

7회 초.

6회로 끝일까 가슴을 졸였지만 다시 등판의 기회가 왔다.

"이번에도 가운데만!"

박 감독은 같은 주문을 더 엄숙하게 해왔다.

"잘 부탁한다."

운비는 세형의 엉덩이를 쳐주고 마운드에 올랐다. 그런 다음 샤우팅으로 사기를 올렸다.

"가자, 가자, 소야고!"

때마침 파이팅을 외치려던 세형은 운비에게 선수를 뺏기고 그대로 마스크를 눌러썼다.

'1번 타자.'

방망이를 휘두르며 들어서는 타자를 보았다. 그 타석에도 매직 존이 형성되었다. 붉은색이 간간이 보이는 타자와 달리 붉은 덩어리가 많아 보였다. 교타자라는 증거이다. 가만히 구경꾼을 바라보았다.

"운비 파이팅!"

윤서가 목이 터져라 소리치며 손을 흔들었다. 부모님은 표정이 굳어 있다. 노 감독도 그랬고 봉래고 교장도 그랬다. 저들은 바라고 있을 것 같았다. 운비가 개망신을 당하고 강판당하기를. 그래서 다시 배구 코트로 돌아오기를.

'죄송하지만 그렇게는 못 합니다!'

운비의 초구가 날아갔다.

뻑!

"스뚜악!"

바깥 3번 존 쪽에 꽉 차는 포심. 한가운데 던진 공이 조금 빠졌지만 박진감 있는 심판의 콜이 그걸 잊게 만들었다. 우 감독은 눈을 움직이지 않았다. 이제는 와인드업 자세. 아까보다 더 묵직한 공이 들어온 것이다.

2구!

역시 한가운데로 뿌렸다. 타자가 순식간에 번트 모션을 취했다. 공이 운비 앞으로 굴러왔다.

"배구야, 잡아!"

세형이 악을 썼다. 두어 발 뛰어나온 운비가 공을 잡아 재빨리 1루에 송구했다. 타자는 간발의 차이로 아웃되었다. 운비의 큰 키를 보고 번트 수비가 약할 거라고 판단한 1번 타자. 시도는 좋았지만 운비의 순발력이 나쁘지 않았다.

"원아웃!"

아웃 콜은 운비의 몫이었다. 소리가 얼마나 컸는지 유격수와 2루수가 놀랄 정도였다.

2번 타자는 초구에 배트를 돌렸다. 직구만 던져대니 작심하고 들어온 것이다. 방망이가 밀린 공은 포수 파울플라이가 되었다. 투아웃이 되자 우 감독이 타임을 걸었다.

"저 비밀병기, 어디서 났습니까? 중학교에서 못 보던 애 같은데……."

"예, 옆 학교 배구 선수라는……."

박 감독이 대답했다.

"아닌 거 같은데?"

"야구를 좋아한다고……."

"타자 좀 교체할게요."

우 감독이 손을 들자 한 선수가 헬멧을 쓰고 나섰다.

"우!"

소야고 대기석에서 신음이 터져 나왔다. 1학년들에게 자리를 내주고 관전하던 진짜 3번 타자 이대호였다.

부욱, 부욱!

2학년 때부터 청소년 대표를 맡은 이대호. 그가 배트를 휘두르자 소리부터 달랐다.

"홈런! 홈런!"

공비고의 함성을 등에 업은 이대호가 묵직하게 우타석에 들어섰다. 그는 방망이를 수평으로 들어 운비를 겨누었다.

'던져봐라, 초땡아!'

자신감의 폭발이다.

이대호!

박병학과 함께 공포의 타선을 이루는 공비고 타격의 핵. 전국무대에서도 선구안과 기교를 인정받은 거물이다. 황금사자기에서는 각각 타점상과 타격상을 받았고, 청룡기 본선에서는 둘이 합쳐 17안타를 생산한 가공할 타선. 프로야구 지명은 따놓은 당상이고 간간이 메이저리그 진출설까지 흘러나오는 타자가 그였다.

승우가 두 번 만나 두 번 다 안타를 헌납한 강타자가 타석에 선 것이다. 2타수 2안타. 거기에 하나는 홈런. 피안타율 10할의 치욕적인 기록이다. 더 치욕적인 건 승우 정도는 투수로 보지도 않는 이대호의 개똥 매너였다.

고의 사구?

운비가 박 감독 쪽을 보았다. 주자 없이 투아웃. 정석대로라면 당연히 걸러야 하는 상황이다. 그건 운비가 아니라 철욱이 투수라도 마찬가지였다. 하지만 감독은 아무런 변화도 없었다. 맞짱을 뜨라는 것이다.

'맞짱······.'

두근두근.

운비의 심장이 뛰었다. 어떻게든 잡아보고 싶던 타자. 그러나 첫 대결에서는 무참한 역사를 열었다. 초구에 실투를 해서 맞은 우중간 투런 홈런. 두려운 한편 분하고 또 분했다. 그다음 대결에서는 코너워크로 승부하다 투 앤 투에서 안타를 얻어맞았다. 그리고 오늘 이렇게 운비의 몸으로 다시 만난 이대호였다.

'몸 바깥쪽을 중심으로 약점이 있는 타자.'

머리에 있는 타자 정보를 보며 홈 플레이트를 보았다. 매직 존이 섰다. 기분 탓인지 다른 선수들보다 더욱 선명하게 보이는 것 같았다. 매직 존은 한가운데와 바깥쪽 상단으로 핫 존이 형성되었다. 콜드 존도 많았다. 제아무리 강타자이지만 고교생이다.

이제는 의심할 바 없는 매직 존. 그러나 아직 그 존에 자유자재로 꽂을 수 없는 제구력이 한스러운 운비였다.

'아니지.'

세형의 미트를 보며 운비가 웃었다. 투수는 하루아침에 이루어지지 않는다. 특히 투구 폼이 그랬다. 특정 유명 선수의 그립이나 폼을 따라 한다고 같은 공을 던질 수는 없었다. 투수는 자신의 신체 구조에 맞는 메커니즘을 익혀야 했다. 아무 때나 던져도 그 폼이 나올 수 있도록, 아무 때나 던져도 포수가 원하는 코스에 찔러 넣을 수 있도록.

홈 플레이트 쪽으로 바람이 불었다. 희미하게 소녀가 아른거리는 것 같았다. 엄마는 아직 저기 있었다. 운비와 함께 이 그라운드에.

엄마, 나 할 수 있지?

엄마 아들이니까.

홈을 향해 중얼거리며 그립을 쥐었다. 변함없이 포심이다.

'오늘은……'

무조건 직구야.

하지만 다 같은 직구는 아니야.

운비의 초구가 날아갔다.

빠악!

스트라이크존에서 높은 포심. 배트가 나왔지만 헛스윙이었다. 헛방을 날린 이대호가 비웃음을 날려 왔다. 가소로운 놈. 전처럼 그렇게 말하는 것 같았다.

'상관없어.'

운비의 2구가 날아갔다. 이번에는 콜드 존에 꽂기 위해 속도를 죽인 직구였다.

딱!

파울이 나왔다. 뒤로 넘어간 공이 그물을 흔들며 떨어졌다.

"피처 파이팅!"

그제야 응원이 시작되었다. 시작은 형도와 병일, 경모 등이었다. 2학년들도 드문드문 가세했다.

"운비야, 잘해! 삼진!"

윤서도 손나팔 소리로 힘을 보태주었다.

투낫씽!

박 감독은 바라보지 않았다. 점수로서의 승부는 이미 기운 상황. 감독이 노리는 게 무엇인지 아는 운비이다. 그는 지금 운비를 시험하고 있었다.

투수로서의 배짱과 가능성!

박 감독의 희망을 향해 3구가 날아갔다. 이번 것은 손마디의 회전을 실은 포심이었다.

따악!

이대호의 배트도 지지 않았다. 고교 특급타자. 그 명성답게 타격 소리도 맑았다.

'엄마······.'

공의 궤적을 읽은 운비가 가만히 중얼거렸다.

'내가 이겼어.'

자신도 모르게 주먹이 쥐어졌다. 공은 유격수 머리 위에서 얌전하게 낙하하고 있었다. 유격수 플라이로 대어를 잡은 것이다.

"와아!"

소야고 대기석에서 폭풍 함성이 일었다. 에이스 철욱이 마운드를 지켜도 간단하지 않을 상황. 그걸 막아낸 운비였다.

"아자! 아자! 아자!"

운비가 야수들을 향해 포효를 내뿜었다.

"씨발, 아자! 아자!"

세형이가 벌떡 일어나 화답했다. 외야에서 달려온 철욱이 운비의 어깨를 쳐주었다. 다른 수비수도 그랬다. 넘사벽이던 공비고의 핵심 타자. 그 무거운 이름을 뛰어넘은 것이다.

"딱 한 점만 내자!"

7회 말 마지막 공격을 앞두고 박 감독이 선수들을 독려했다.

"옙!"

선수들 목소리가 전 회와 달리 높았다.

높아진 사기가 게임에서 증명되었다. 8번 타자가 몸에 맞는 공으로 출루한 것이다. 9번 역시 두 번째 나온 투수의 공을 제대로 맞췄다. 좌익수 플라이가 됐지만 삼진보다는 백배 나았다.

1번 타자의 차례에서는 운이 좋았다. 빗맞은 공을 3루수가 더

듣은 것. 덕분에 타자가 세이프 되며 1사 1, 2루가 되었다. 두 번째 맞는 스코어링포지션. 여기서 2번 타자가 2루수 깊은 땅볼을 치는 사이에 2루 주자가 3루까지 들어갔다.

2사 1, 3루.

천금 같은 득점 찬스가 돌아왔다. 거기에 타자는 소야고의 대표 교타자 강철욱. 철욱이 헬멧을 눌러쓰고 타석에 들어섰다.

"홈런! 홈런! 강철욱!"

운비는 두 팔을 뻗으며 함성을 질렀다. 그때 박 감독의 손이 운비의 어깨를 짚었다.

"공은 쳐봤냐?"

"예?"

"타격해 봤냐고."

"연습은……."

"그럼 준비해라. 너도 한번 쳐봐야지?"

"……?"

그사이 철욱의 볼카운트는 쓰리 원까지 치달았다. 한 점도 주지 않으려는 투수가 코너워크를 의식하면서 공이 조금씩 빠져 버린 것.

"투수 베이비, 우우!"

소야고 선수들의 야유 덕분인지 철욱은 결국 포볼로 걸어 나갔다.

"나가라. 투구 때처럼 자신 있는 거 하나만 노려."

박 감독이 운비의 등을 밀었다.

휘이이잉!

타석에 서니 외야에서 외야로 몰려가는 바람이 느껴졌다. 그
바람이 헬멧 안까지 들어와 머리카락을 나붓이 들어 올렸다. 운
동장이 일순 침묵에 휩싸였다. 누상을 채운 소야고 주자들도 그
랬다. 타석에 선 건 운비. 체격만 보면 메이저급이지만 타격은 연
습으로 몇 번 해본 게 전부인 상황이다.

구경꾼들 속의 윤서도 그런 눈빛이었다. 사고 이후로 밤낮없이
투구 연습만 하던 운비이다. 공을 치는 건 보지 못했으니 가슴을
졸일 뿐이다.

그런데 타석의 운비도 생경한 걸 느꼈다. 투수의 눈빛이 선명
하게 보이기 때문이었다. 그리고 그가 초구를 던지자 신기하게
도 그 구종까지 알 것 같았다. 투수판과 홈 플레이트의 거리는
18.44미터. 타자는 보통 공이 절반 정도 날아온 시점에서 결정을
내려야 한다. 그런데 전과 달랐다. 투수가 공을 뿌리는 순간, 그립
이 보인 것이다.

'포심.'

소야고 선수들과 연습 타격을 할 때는 없던 일이다.

'타조의 신성 시력……'

어마무시한 시력 25의 주변 효과일까?

퍽!

"스트라이크!"

포심이 맞았다. 운동장을 흔드는 심판의 콜은 의미가 없었다.

착각인가?

다시 한번 투수를 주목하는 운비. 투수가 세트포지션에서 다
시 공을 뿌렸다.

'포심… 스트라이크.'

펙!

"스트라이크!"

운비가 읽은 공의 구종은 이번에도 정확했다. 구종뿐만 아니라 궤적도 어느 정도 들어왔다.

"타임!"

거기서 박 감독이 다가왔다.

"쫄았냐?"

"아닙니다."

"그런데 왜 몸이 얼었어?"

"공 좀 보느라……."

"투 스트라이크인 건 알고 있지?"

"예? 예."

"긴장 풀고… 스트라이크 비슷하면 쳐라. 가능하다면."

감독은 운비의 등짝을 두드리고 물러섰다. 운비는 방망이를 두 번 휘둘러 본 후 다시 타석에 들어섰다.

"우우!"

공비고 쪽에서 야유가 나왔다.

"피처, 베이비!"

"물 피처, 돌 피처!"

소야고 쪽에서도 야유로 맞섰다. 지금 이 순간, 운비는 이미 소야고 팀이었다. 타격 자세를 갖추고 투수를 바라보았다. 그의 입가에 비웃음이 흐르고 있다. 왜 아닐까? 공 두 개가 들어가도록 꼼짝도 못 한 운비다. 자기 밥이라고 생각한 것이다. 3구가 날아왔다.

'슬라이더.'

픽!

"볼!"

이번에도 운비의 눈이 옳았다. 대처하지 않은 건 궤적 자체가 볼로 보였기 때문이다. 그러나 투수의 입장은 달랐다. 공 세 개까지도 반응하지 못하는 타자. 이건 돌덩이와 다를 바 없었다.

부악!

제4구가 날아왔다. 릴리스 포인트 지점에서 운비는 보았다.

'가운데 커브.'

타조의 신성 시력, 그것 때문으로 보였다. 투수일 때는 매직 존을 보지만 타석에 나오면 신성 시력으로 상대 투수의 구질을 파악할 수 있는 것이다. 커브라면 땡큐였다. 승우가 가장 좋아하던 공이다. 던지는 것도 치는 것도.

후웅!

운비의 어깨가 돌았다. 공을 알고 받아치는 것이니 그리 어렵지 않았다. 게다가 투수 역시 상대의 에이스는 아닌 선수.

따악!

타격 음과 함께 공이 쭉 뻗어나갔다.

"와아!"

소야고 선수들이 벌떡 일어섰다. 구경꾼들도 공의 궤적을 좇아 고개를 돌렸다. 공은 좌익수 쪽으로 향하고 있었다. 운비의 체구를 보고 깊은 수비를 펼치던 좌익수가 앞으로 뛰었다. 글러브를 내밀었지만 딱 한 뼘이 모자랐다. 공은 낮은 외야 펜스를 향해 굴렀다. 정상적인 수비였다면 플라이가 되었을 일. 운비에게 행운이 따른 것이다.

3루 주자가 들어왔다.

2루 주자 역시 뒤를 이었다.

1루의 철욱도 슬라이딩으로 홈을 밟았다. 주자들은 약속이나한 듯 운비를 바라보았다. 운비는 2루를 돌고 있었다.

"뛰어! 뛰어!"

철욱이 먼저 소리쳤다. 세형이도 질세라 악을 썼다.

"배구야, 달려!"

운비는 달리는 탄력으로 3루를 돌았다. 공도 중계되고 있었다. 외야의 공을 받은 유격수가 홈을 향해 공을 뿌렸다. 운비는 죽을힘을 다해 홈으로 몸을 던졌다.

"……!"

심판은 잠시 콜을 하지 못했다. 홈 부근에 퍼진 먼지 때문이다. 그 먼지가 가라앉자 결과가 나왔다. 운비의 긴 팔이 포수의미트 아래로 홈 플레이트를 짚고 있었다.

"홈인!"

"와아아!"

심판이 양팔 날개를 펴자 소야고 선수들이 쏟아져 나왔다. 스코어는 7 대 4. 연습 경기라지만 공비고에게 2점 이상을 뽑은 적이 없는 소야고 선수들에게는 실로 역사적인 순간이었다.

선수들은 일제히 운비의 머리와 등을 두드리며 감격을 나누었다. 특히 세형의 인디언밥 세례는 멈추지를 않았다.

"운비야, 잘했어!"

윤서 역시 방방 뛰며 기쁨을 감추지 못했다.

"그만하고 다음 타자 들어가라."

지켜보던 감독이 선수들 주의를 환기시켰다. 분위기를 타고 다음 타자가 안타를 쳐냈지만 세형의 타석에서 공비고의 호수비가 나왔다. 7 대 4. 소야고의 분전은 거기까지였다.

게임이 끝나자 선수들이 도열해 악수를 나누었다. 시작 때와 달리 운비도 한 자리를 차지했다.

"박 감독님!"

우 감독이 입을 열었다.

"예."

"저 친구 이름이 뭐죠?"

"황운비라고……."

"소야고 선수로 뛰는 겁니까?"

"뭐 아직……."

"몇 학년이죠?"

"1학년입니다."

"아, 소야고, 빈집에 소 들어왔네. 잘 다듬으면 굉장할 거 같은데요?"

"뭐, 신체 조건은 괜찮은 것 같습니다만."

"이거 불길하네. 타격도 자질이 있는 것 같고……."

우 감독은 고개를 저으며 버스에 올랐다.

"황운비!"

구경꾼들 사이에 있던 배구부 주장이 운비를 불렀다. 배구부 선배와 친구들도 여럿 있었다.

"완전 쩔었다. 야구는 또 언제 그렇게 배웠냐?"

"……."

"진짜 야구할 거냐?"

"예."

"아, 이거 뭐라고 할 수도 없고. 아무튼 열심히 해라. 하다가 오고 싶으면 언제든 돌아오고. 우린 언제나 환영이야."

"고맙습니다."

"짜식, 덕분에 올해 고교 전관왕 노려보나 했더니……."

"야구에서 전관왕 하겠습니다."

"기왕 배신 때리고 가는 거라면 꼭 그래야지."

주장은 아쉬운 미소로 운비를 껴안았다. 가슴에서 전해오는 느낌이 좋았다. 배구하는 운비와 사이가 좋던 사람 같았다.

운명의 시간, 운비가 박 감독을 바라보았다. 감독은 황금석 부부에게 시선의 무게를 옮겨놓았다. 무거운 분위기 사이에서 윤서가 운비의 손을 잡아주었다.

"엄마!"

운비가 규리를 바라보았다.

"운비야."

"부탁해요. 저 야구하게 허락해 주세요."

"운비야."

"야구로 엄마 꿈 다 이뤄 드릴게요."

"……."

"엄마!"

"그래, 어쩌겠니? 네가 좋다는데… 게다가 엄마도 처음 알았는데 우리 아들, 야구는 또 언제 그렇게 배웠어?"

"……."

"박철호 감독님."

규리의 시선이 감독에게 옮겨갔다.

"우리 아들, 잘 부탁합니다."

규리가 인사를 하자 황금석도 함께 고개를 숙였다. 운비도 그
곁에 서서 같은 모습을 연출했다. 박 감독의 눈은 이제 노 감독
과 봉래고 교장에게로 향했다.

"허어!"

교장은 땅이 꺼져라 한숨을 쉬며 돌아섰다.

"박 감독님."

굳게 닫혀 있던 노 감독의 입이 그제야 열렸다.

"예."

"이 친구, 배구의 희망이었습니다. 잘 키우면 한국 배구의 전설
이 될 재목이었죠. 하지만 제가 인복이 없군요."

"……."

"야구에서도 그런 재목이 될 수 있도록 키워주시길 부탁합니
다."

"……."

"야, 황운비."

노 감독이 운비를 불렀다.

"예, 감독님."

"니 멋대로 해라. 하지만 야구에서 찌질한 선수로 그치면 나한
테 죽을 줄 알아라."

"걱정 마십시오!"

운비는 목이 터져라 대답했다.

"그런데 엄마, 아빠."

옆에 있던 윤서가 고개를 갸웃거리며 끼어들었다.

"응?"

황금석이 윤서를 바라보았다.

"운비 얘, 대체 누구 피야? 리얼 배구 유전자인 줄 알았더니 아까 보니까 완전 야구 유전자잖아? 나 쟤가 안타 쳤을 때 심장 마비되는 줄 알았어."

"누나, 나 투수걸랑요."

"투수든 뭐든… 난 운비가 야구 선수 되는 거 대찬성. 배구보다 낫던걸?"

윤서는 방방 뛰며 운비를 끌어안았다. 규리도 다가와 운비의 어깨를 두드려 주었다. 마침내 운비는 다시 소야고 야구부로 컴백하게 되었다.

7. 메이저 레전드의 코칭

갈빗집으로 자리를 옮겼다. 황금석이 아들의 신입 인사를 겸
해 쏘는 자리였다. 규리와 윤서, 몇몇 학부형도 자리를 함께했다.

"황운비!"

주장이 일어나 운비를 불렀다.

"예, 형!"

"형?"

"예."

"아, 짜식, 저 붙임성은 이미 초고교급이라니까."

수찬이 고개를 저었다.

"실력도 초고교급이 되겠습니다."

"아무튼 주장으로서 입부를 환영한다. 그리고 아까 그 안타,
진짜 탄산 막강 사이다였다."

"투구는요?"

"투구도 좋았지만 연방 직구만 찔러댄 거라……."

"너, 나한테 태클 거는 거냐? 그거 다 내가 시킨 거거든."

옆에 있던 박 감독이 조크로 끼어들었다.

"아, 아닙니다, 감독님."

"그럼 빨리 본론으로 가라. 부모님하고 미인 누님도 계시니까 너무 심하게 하지 말고."

"알겠습니다. 환영식 일구 장전!"

수찬이 부원들을 바라보았다. 동시에 운비는 두 손으로 머리를 감쌌다. 그들이 할 만행을 알고 있기 때문이다.

"콜라 폭탄 발사!"

수혁의 말과 함께 부원들이 일제히 콜라를 들이부었다. 소위 소야고의 신입생 환영식 전통이다. 톡 쏘는 콜라 맛으로 온몸을 샤워한 후 톡 쏘는 실력을 가지라는 의미이다.

"아, 진짜!"

운비가 몸을 털며 노려본 건 세형이다. 녀석이 목덜미 옷깃을 열고 등짝으로 흘려 넣은 것이다.

"야, 이건 약과야. 나 지금 손바닥 존나 얼얼하거든."

세형이 오히려 핏대를 올렸다.

"오늘 운비 공, 그렇게 묵직했냐?"

용규가 물었다.

"아, 형이 받았어야 되는 건데. 배구 저 자식, 음주 투구인지 공도 막 비틀거린다니까요. 연습 때하곤 완전 달랐어요."

"진짜?"

"어휴, 어디서 보지도 못한 게 승우 친구라고 나타나 가지고……."

"그래서? 넌 내가 싫으냐? 다른 학교로 갈까?"

운비가 슬쩍 염장을 질렀다.

"야, 사람 손바닥 다 망가뜨리고 가긴 어딜 가? 승우는 우리 학교밖에 없다고 했거든."

"결국 환영이라는 말이구나? 고맙다."

"아, 진짜… 능청스럽기는……."

세형은 운비의 긍정을 당해내지 못했다.

고기가 술술 들어갔다. 경기에서 선전한 덕분인지 선배들의 경계심도 시원하게 무너졌다. 이게 스포츠의 매력이었다. 같은 편이 되어 하나의 드라마를 만들고 나면 혈육처럼 가까워진다.

"감독님, 배구가 컨트롤 제대로 잡고 변화구만 한두 개 장착하면 우리도 본선 한번 나가볼 수 있지 않을까요? 이대호도 발라버렸는데……."

도윤이 돼지갈비를 뜯으며 물었다.

"가능하지."

감독이 대답했다.

"우와!"

"너희가 정신 바짝 차리면."

"……!"

"야구 혼자 하냐? 투수가 안타 안 주면 뭐 해? 수비가 에러로 헌납하고 타자들이 점수 못 내면 지는 거지."

"……."

"그리고 이제부터 운비를 배구라고 부르는 놈은 매번 운동장 50바퀴다. 알았나?"

"예!"

"그럼 마음껏 먹어라. 오늘 식사는 운비 부모님께서 입부 기념으로 내시는 거다."

"잘 먹겠습니다!"

식당에 함성이 울려 퍼졌다. 운비는 세형이를 챙겼다. 원래 먹는 거라면 사족을 못 쓰는 세형이다. 게다가 오늘 고생도 많이 했다. 특히 운비가 홈으로 뛸 때 보여준 열광적인 응원은 감동 그 자체였다.

"형들, 많이 드세요!"

구운 고기를 들고 다니며 다른 선배들도 챙겼다. 이 또한 승우의 성격이었다. 모난 데 없이 둥글던 마인드. 그걸 본 박 감독이 또 한 번 중얼거렸다.

"저럴 때도 딱 곽승우란 말이지."

전학을 했다.

황운비는 박 감독에게 부탁해 승우가 있던 반으로 옮겼다. 1학년 4반이다. 연습과 시합 때문에 많은 친구가 있는 건 아니지만 그래도 정든 곳이기 때문이다.

그사이 신문사와 방송사의 기자회견 요청이 있었다. 배구 유망주의 야구 전향이 뉴스가 되는 모양이다. 그냥 거절했다. 야구가 좋아서라고 말하면 배구 선수 운비에게 실례가 될 것 같았다.

그래도 집으로 찾아온 기자가 있었다. SBC 방송의 스포츠 전문 기자 차혁래였다. 전에 초고교급 배구 선수 운비의 특집 기사를 쓴 사람이다.

"야구라……."

그는 쓴웃음과 함께 독설을 남겼다.

"배구해라. 네가 야구로 성공하면 내 손에 장을 지진다."

지지거나 말거나.

운비는 대꾸하지 않았다. 배구 선수 운비는 그렇게 지워져 버렸다.

이날부터 운비의 본격 야구부 생활이 시작되었다. 변한 건 감독님이 정해준 합숙소를 쓰지 않게 되었다는 것. 합숙소는 외지에서 온 일부 부원이 생활하는 곳이다. 운비는 그곳에 있기를 원했지만 황금석이 허락하지 않았다.

합숙은 필요할 때만!

규리까지 가세하기에 운비는 더 이상 고집부리지 않았다. 야구부의 자잘한 뒤처리는 전부 운비에게 떨어졌다. 벤치 정리와 연습 볼 정리 등이다. 귀찮은 일이지만 즐거운 마음으로 해냈다.

휘휘이휘이!

전신 거울 앞에서 따끈따끈한 유니폼을 입었다. 황운비. 등번호 8번. 승우의 번호를 그대로 이어받았다. 팔딱팔딱하게 8번. 볼을 두 개 쌓아놓은 모양이라 야구를 두 배로 잘하고 싶어서 8. 8의 의미는 그랬다.

'죽이는데?'

유니폼 입은 모습이 좋았다. 그냥 거울 앞에 서는 것과 완전히 달랐다. 절로 입에서 Enter sandman 노래가 나왔다. 뉴욕 양키

스의 수호신 마리아노 리베라가 등장할 때 나오는 음악. 타자들을 차례차례 돌려세우는 걸 생각하니 심장이 뜨끈해졌다.

그러다 기척이 있어 돌아보았다. 아버지 황금석이 거기 있었다.

"운비야."

"예?"

아무 일도 아닌 척 시치미를 잡렬하며 돌아보는 운비.

"유니폼 멋지구나."

"고맙습니다."

"투수 글러브 말이야. 괜찮으냐?"

"이거요?"

운비가 푸른 미즈노 글러브를 들어 보였다.

"그날 그냥 대충 산 거라서……."

"괜찮은데요?"

"마음에 안 들면 언제든지 말해라. 더 좋은 걸로 바꿔줄 테니."

"이 정도면 충분해요. 메이저 가서도 쓸 수 있을 것 같습니다."

"짜식……."

아버지는 운비의 어깨를 두드리고 나갔다. 가방을 꾸린 운비는 게임기를 꺼냈다. 원래의 운비가 쓰던 물건은 죄다 박스에 처박고 그 자리를 장악한 게임기이다. 아, 세형이에게 넘긴 것도 있다. 이름하여 야동 파일. 덕분에 세형이에게 점수 좀 딴 운비였다.

'엄마…….'

게임기를 쓰다듬으니 파리한 소녀가 생각났다. 게임기가 가져다준 기적. 승우와 운비를 콜라보로 묶어놓은 기적. 나아가 운비에게 생긴 신이한 현상. 마운드에 서면 보이는 매직 존과 타석에서 볼 수 있는 상대 투수의 구종. 언젠가는 사라져 버릴지도 모르는 일이지만 정말 신기한 일이 아닐 수 없었다. 이 모든 것은 엄마의 가호이다. 운비는 게임기에 키스를 날리고 고이 모셔두었다.

'윽!'

코를 막고 밀웜 가루를 삼켰다. 그길로 집을 나와 연습장으로 달렸다. 투수조와 함께 러닝을 했다. 어제는 외로웠지만 이제는 당당한 일원이 되었다. 열두 바퀴를 돌자 박 감독이 휴식 시간을 주었다.

"감독님!"

운비가 손을 들었다.

"뭐냐?"

"조금 더 돌면 안 될까요?"

운비는 승우와 둘이 한 몸. 그러니 두 배로 달려야 직성이 풀렸다.

"쟤 뭐라니?"

겨우 숨을 돌리던 투수와 포수들이 볼멘소리를 쏟아냈다.

"더?"

"저는 초짜라서……."

"들었냐? 선배라는 놈들이……."

박 감독의 눈총이 선배들에게 날아갔다.

"열 바퀴나 돌았는데요?"

"가자!"

병구가 울상을 하자 철욱이 먼저 나섰다. 결국 그들도 열 바퀴를 더 돌고 말았다.

"하아! 하아!"

운비는 느티나무에 기대 숨을 골랐다. 쉴 시간이 없었다. 한시라도 빨리 투수로서의 몸을 만들고 싶었다. 더구나 이제 정식 부원이 된 마당, 박 감독의 코칭도 기대가 되었다.

"황운비!"

잠시 후에 감독이 운비를 불렀다. 운비는 기대에 찬 눈빛으로 달려갔다.

"휴식 끝났으면 스트레칭하고, 그다음에는 타이어를 매달고 달린다."

"그다음에는요?"

"러닝!"

"그다음에는요?"

"타이어 매달고 달리기, 그리고 스트레칭 반복."

"예?"

"머리가 나쁘진 않은 거 같은데 못 알아들었나?"

"그럼 피칭은 언제……?"

"내가 지시할 때까지 피칭은 하지 않는다."

"예?"

"지시 끝! 훈련 시작!"

"예!"

얼떨결에 대답했다. 타이어를 끄는 건 박 감독의 방식이다. 큰 불만은 없었다. 그런데 피칭 연습을 하지 말라니? 자세 교정에 기대를 걸고 있던 운비로서는 실망이 아닐 수 없었다.

'선배들과의 위계질서 때문에 그러시는 건가?'

생각이 많았지만 별수 없었다. 운비는 승우가 끌던 타이어를 골라잡았다.

"야, 배구!"

세형이 다가왔다.

"왜? 같이 끌래?"

"됐고, 그 덩치에 꼴랑 그거 가지고 되겠냐? 저기 수찬이 형 거 정도는 끌어야지."

세형이 가리킨 것은 대형트럭의 폐타이어였다. 그때 세형의 손목에 낯익은 팔찌가 보였다.

"장미애 거네? 뽀렸냐?"

"뭐라냐? 뽀리다니?"

"아니면? 걔가 너 좋아할 리는 없고……."

"내가 뭐 어때서? 우리 사귀기로 했거든."

"진짜?"

"우리 야구부가 전국 4강에 들면……."

세형의 목소리가 기어들어 갔다. 나름 순진한 맛이 있어 거짓말을 잘 못하는 녀석이다.

"그럼 그렇지. 애걸해서 얻었구나?"

"그게 아니고 수호부로 삼으라고 준 거거든. 행운을 빈다고 말이야."

"진짜?"

"그래. 내 절친 승우의 영혼이 밀어줬다. 알기나 해?"

"승우?"

"원래 승우가 내가 장미애 꼬시는 거 도와준다고 했는데… 장
례식장에서 장미애에게 고백했더니 순순히 풀어서 끼워주더라.
그러니 승우의 영혼이 도와준 게 아니면 뭐겠어? 나 승우랑 그런
사이거든?"

"잘났다."

"승우 자식, 알고 보니 다은이도 저 좋아했다는데 고백도 못
하고 죽었으니… 븅신."

세형이 코맹맹이 소리를 냈다.

"다은이?"

"너 4반으로 전학 왔다고?"

"웅."

"거기서 행여나 다은이한테 찝쩍거리지 마라. 걔는 승우가 보
석처럼 아끼던 애니까."

"……."

"알았으면 얼른 뛰시지? 감독님이 레이저 쏘고 계신데?"

세형이 슬쩍 눈짓을 했다. 돌아보니 박 감독의 시선이 따가웠
다.

"아무튼 축하한다. 그리고 걱정 마라. 내가 너 꼭 4강 보내서
장미애랑 이루어지게 해줄 테니까."

운비는 타이어를 달고 질주를 시작했다.

"지랄, 네가 감독님이냐?"

세형의 핏대를 뒤로하고 달렸다. 이세형의 수호부, 하나도 부럽
지 않았다. 운비에게는 진짜 수호령이 있었다. 매직 존을 지키는
엄마의 어린 영혼. 그보다 더 멋진 수호령이 있을까? 지금도 엄마

는 매직 존에서 운비를 보고 있을 게 틀림없었다. 언제든 시합이 열리기만 하면, 그리하여 운비가 그 마운드에 서기만 하면 엄마를 만날 수 있는 것이다.

송다은!

한참 잊고 있던 이름이다. 4반의 아이돌. 늘씬한 키에 성적도 최상위권. 반 남학생들이 다 선망하는 그녀의 꿈은 디자이너였다. 그러나 살가운 말 한마디 나누지 못했다. 연습 때문에 수업에 빠지는 날이 많은 까닭이었다.

사실 승우도 세형이와 같은 생각을 했다. 전국 4강이나 우승을 한 후에 그 트로피를 들고 다은이에게 폼 나게 고백하는 것. 하지만 소야고의 현주소로는 어림도 없는 일이었다.

하루, 이틀……

두 번의 일요일 훈련을 쉰 것을 제외하면 러닝만 보름을 했다. 피칭 머신의 작동 소리와 타격음을 배경음악 삼아 달렸다.

따악, 따악!

타격조가 친 타구 소리가 운비의 러닝 보폭을 따라왔다.

박 감독은 여전히 피칭을 허락하지 않았다. 이유가 뭘까? 아무래도 직접 물어봐야겠다고 생각한 초여름 날 오후, 일대 사건이 일어나게 되었다. 어마무시한 사람이 소야고 훈련장을 방문한 것이다.

"으아악!"

그 사람을 제일 먼저 본 건 이세형이다. 포구한 공을 병구에게 던져주려던 세형은 공을 쥔 채 기절하고 말았다.

"야, 이 새끼, 약 먹었어? 왜 이래?"

세형을 흔들던 병구 역시 그 사람을 보더니 거품을 물고 넘어갔다.

"류연진 선수잖아?"

철욱의 눈도 휘둥그레졌다. 운비 역시 다르지 않았다.

류연진!

한하 호크스에서 활동하다 메이저로 건너가 3선발을 꿰차고 정상급 투수로 활동 중인 선수. 그가 올스타 브레이크 시기에 국내에 들어왔다가 소야고에 등장한 것이다.

"어, 연진이. 예정보다 일찍 왔네?"

낡은 의자에서 메모를 하던 박 감독이 다가왔다.

"예, 일정이 빠듯해서 좀 서둘렀습니다."

"미안. 좋은 일로 나온 것도 아닌데 이런 부탁까지 해서."

"아닙니다. 이런 거라도 도와야죠."

류연진이 고개를 저었다. 그는 할머니 기일이라 입국해 있었다. 할머니는 작년 이즈음에 사망했다. 류연진은 할머니 품에서 자랐다. 그렇기에 첫 기일을 빠지고 싶지 않아 일시 입국한 차였다.

"야, 너희들, 전부 이리 와서 인사드려라. 이 친구 누군지 알지?"

"안녕하세요?"

말이 떨어지기 무섭게 선수들이 합창을 했다.

"애들 다 튼실한데요?"

류연진이 육중한 수찬의 어깨를 두드리며 말했다.

"다 쓸 만하지. 아직 내가 재능을 꽃피워 주지 못해서 그렇지."

박 감독이 웃었다. 모든 것을 지도자 탓으로 돌리는 박 감독. 그래서 승우도 박 감독을 좋아했었다.

"뭐, 이맘때 한번 분위기 타면 무섭잖아요? 곧 좋은 성적 올리실 겁니다."

"그랬으면 좋겠네. 사표 내더라도 고3 애들 장래까지는 책임지고 나가야 할 텐데……."

"말씀하신 애는?"

류연진이 고개를 들었다. 그 시선이 조금 더 올라갔다. 머리통 하나는 더 높은 운비. 그제야 운비의 얼굴이 제대로 보였다.

"얩니까?"

류연진의 시선이 운비에게서 멈췄다.

"그래. 하드웨어는 괜찮지?"

"완전 빅 유닛 감이잖아요?"

"아직 백지야. 그래서……."

"흐음, 선배님 성격에 저한테 부탁하실 정도면 재능이 보통 아니라는 얘긴데……."

"시간 좀 되겠어?"

"시간은 되지만 선배님이 계신데……."

"나야 나이롱 투수잖아? 레전드급인 연진이하고 비교 대상이 아니지."

"무슨 말씀을… 어깨 수술 받기 전에는 최고셨잖아요? 저한테 체인지업 알려준 것도 선배님이고."

"그래봤자 선수 생활 불과 2년… 아무튼 부탁해. 백지는 첫 새김이 중요해서 말이야."

"정 그러시면 제가 번데기 앞에서 주름 좀 잡겠습니다."

"얼마든지!"

박 감독의 말에 류연진이 겉옷을 벗었다. 듣던 대로 활달한 성격이다.

"따라와라."

그의 선택은 운비였다. 우상 중 하나인 류연진의 지명을 받은 운비는 뭐라 말도 못 하고 감독만 바라보았다.

"피칭하고 싶다며? 따라가 봐."

그 말이 운비의 등을 밀었다.

피칭.

그럼요. 얼마나 하고 싶었는데요.

운비는 류연진을 따라 3루 쪽 외야로 걸어갔다.

"투수하고 싶다고?"

"예."

대답하는 목소리가 떨렸다.

"빅 유닛?"

"예."

"좋지. 메이저에도 코리안 빅 유닛 투수는 없으니."

"열심히 하겠습니다."

"배구 유망주였다고?"

"예."

"일단 폼 좀 보자. 네 마음대로 한번 던져봐라."

포수 글러브를 받아 든 류연진이 미트를 내밀었다.

두근두근, 콩닥콩닥.

심장이 몹시 엇갈려 뛰었다. 좌완 류연진, 박찬호, 김병현 등과 더불어 얼마나 선망의 대상이었던가? 그런 선수를 만나다니. 그 앞에서 투구를 하게 되다니……. 이건 매직 존 못지않게 설레는 일이었다.

포심.

운비의 선택은 간단했다. 투수의 기본은 죽으나 사나 포심. 손가락을 공의 실밥 네 부분에 걸쳤다.

와인드업!

스트라이드!

하이코킹!

백스트록!

릴리즈!

임펙트 포인트!

마지막으로 팔로우 쓰로잉!

한 단계, 단계마다 마인드 컨트롤을 건 운비는 기도하는 심정으로 첫 공을 뿌렸다.

파앙!

"다시!"

류연진이 미트를 흔들었다.

파앙!

2구는 좀 더 속도를 붙였지만 역시 포심.

"한 번 더!"

거기서 운비는 그립을 옮겼다. 손마디의 볼륨으로 실밥을 누른 것이다.

"와앗!"

입술을 깨물며 3구를 날렸다. 셋 중에 가장 빠른 속구였다.

팡!

"……!"

공을 받아낸 류연진이 고개를 갸우뚱거렸다.

"방금 이 공, 한 번 더 던질 수 있나?"

"예!"

운비는 기꺼이 부응해 주었다.

"하나 더!"

그 또한 수행했다.

"너 손 좀 보자."

류연진이 손짓했다. 다가선 운비가 왼손을 보여주었다.

"오, 손 대박이다! 손마디도 독특하네. 이 볼륨으로 실밥을 챈 거냐?"

"예."

"박 감독님이 지도?"

"아닙니다. 제가 그냥……."

"혼자 독학?"

"그건 아니고… 제 친한 친구가 이 학교 투수였습니다. 그래서 틈틈이 배웠습니다."

"너 라이징 패스트 볼이라고 들어봤냐?"

"들어는 봤습니다."

"던져본 적은?"

"……."

"방금 네가 던진 공이 바로 그 공이다. 아직 제대로 솟는 건 아니지만."

"예?"

"대박이네. 저절로 터득한 라이징 패스트 볼이라… 물론 네 허벅지하고 팔 길이, 손가락, 손마디의 볼륨을 보니 이해는 된다만… 완전 타고난 투수다."

"고맙습니다."

"너 그 공 잘 살려라. 제구되고 손에만 익으면 굉장하겠다."

"……."

"그립 한번 잡아봐라. 방금 전 그 공으로."

"이렇게……."

"공중에 가볍게 던져봐라."

류연진이 허공을 가리켰다. 운비는 느린 영상을 보듯 고요히 공을 뿌렸다.

"실밥 위치를 조금 더 볼륨 안에 가둬봐라."

"이렇게요."

다시 공이 날아갔다. 이번에는 회전이 조금 더 되는 것 같았다.

"너 메이저리그에서 요즘 새로 주목하는 게 뭔 줄 아냐?"

"구속? 제구력?"

"뭐 그것도 중요하지만 RPM, 즉 공의 분당 회전수다."

'RPM?'

"메이저리그 투수들은 평균 2,200 정도 던지지."

"우와!"

"잘나가는 선수들은 2,500도 찍는다더라. 그 정도면 타자들을 압도할 수 있지."

"……."

"너는 하드웨어가 좋으니까 노력 여하에 따라 그보다 더 찍을 수도 있겠다. 기왕이면 꿈의 RPM 3,000 한번 찍어봐라."

"정말요?"

"우선 그립은 이 위치를 잡고."

류연진이 실밥 위치를 상세히 확인시켜 주었다.

"다음으로 축이 되는 오른발을 디딜 때 브레이크를 밟듯이 절도 있게 콱!"

류연진은 운동장 흙이 파일 정도로 발바닥을 찍었다.

콱!

그걸 강조하듯이.

"……."

"그래야 하체의 파워를 모조리 상체에 전달할 수 있거든. 구속도 오르고 회전도 더 걸릴 거다."

"콱!"

운비도 발을 내디뎌 보았다.

"일단 그 두 가지만 교정해서 피칭해 봐."

류연진이 다시 미트를 내밀었다.

실밥의 위치, 그리고 오른발 브레이크.

운비는 이미지 피칭을 몇 번 해보았다. 그런 다음 류연진의 미트를 바라보았다. 마른침을 삼킨 운비의 포심이 궤적을 그리며 날아갔다.

쾅!

"좋았어! 원 모어!"

쾅!

"오른발 브레이크를 더 콱!"

쾅!

소리가 조금씩 커졌다. 운비는 무엇에 홀린 듯 미트 안으로 공을 퍼부었다. 류연진의 개인 지도라니. 정말이지, 꿈만 같은 시간이다.

"릴리즈 포인트는 좀 더 높이고 길게! 공을 땅바닥에 팽개친다고 생각하면서!"

파앙!

"드래그도 좀 더 길게! 네 키라면 한참 더 끌어도 돼!"

쾅!

"자, 그거 다 합쳐서 연속 동작으로 한 방 꽂아봐라!"

다 합쳐서.

주문에 맞는 공이 날아갔다.

콰앙!

손목과 어깨, 허리와 다리가 리드미컬하게 움직였다는 느낌과 함께 포구 소리가 운동장을 울렸다. 선수들이 돌아보았다. 운비도 놀랐다. 류연진을 만나기 전과 후가 확실히 다른 공이었다.

"한 번 더!"

콰앙!

이번에도 천둥이 벼락을 쳤다.

'후아!'

운비는 피가 펄펄 끓는 것만 같았다.

"됐고, 다른 공 있으면 던져봐라. 자신 있는 공으로."

팡파앙팡파팡!

운비의 투구가 이어졌다. 아는 변화구를 몇 개씩 뿌렸다. 커브와 슬라이더, 그리고 싱커였다. 긴장한 탓에 두 개는 원 바운드가되었고 일부는 제대로 꽂혔다.

"전부냐?"

"예."

"체인지업은 아직 모르나?"

"알기는 하는데 흉내만 냅니다."

"내가 시범을 보일 테니까 한번 던져봐라. 네 손가락하고 잘 어울릴 것 같아서 그래."

공을 잡은 류현진이 시범 투구 동작을 선보였다. 그런 다음 진짜 공을 뿌렸다. 체인지업은 총알처럼 날아가다 절망처럼 낙하했다.

"와우!"

운비 입에서 감탄이 나왔다. 과연 메이저리거였다.

체인지업.

메이저에서 류현진이 주 무기로 쓰는 공 중 하나이다. 특급 투수가 되려면 패스트 볼에 이어 체인지업이나 커터가 좋아야 했다. 어깨를 들썩인 운비가 류현진의 투구 폼을 따라 공을 뿌렸다.

후웅!

공은 원 바운드가 되었다.

"다시!"

류연진이 미트를 주먹으로 치며 격려했다. 손가락에 침을 뱉은 운비는 유니폼에 슬쩍 닦고는 공을 잡았다. 실밥이 아닌 곳을 쥐니 밋밋하지만 힘껏 움켜쥐고 2구를 뿌렸다.

펑!

좀 낮았지만 공은 미트 속으로 낙하했다.

"어때?"

박 감독이 다가왔다.

"재능이 뛰어난데요? 머리도 좋고 감각도 있습니다. 머잖아 메이저로 올 수 있을지도……."

"이 친구, 기지도 못하는 애 앞에서……."

"저도 좋아서 그럽니다. 솔직히 한국 투수들, 이만한 자원 없잖아요? 애, 팔, 손가락 볼륨이 특이하고 딜리버리가 좋아서 잘하면 괴물로 클 것 같습니다."

"생초보 앞에서 점점……."

"이 친구는 생초보가 오히려 강점이라는 거, 선배님도 아실 거 아닙니까?"

"내추럴 무브먼트 말인가?"

"포심도 얘가 던지면 무빙볼이 될 수 있겠습니다."

"그 방면에서야 승완이가 환상이잖아?"

"배구했다고 했죠? 초중고에서 정식으로 야구를 배우지 않고 농구나 축구에서 옮겨온 투수들에게 그런 현상이 가끔 나타난다고 들었는데 저도 처음 보았습니다."

류연진의 말에는 주저가 없었다.

운비가 던지면 포심도 무빙볼?

그 말이 운비의 기분을 들뜨게 만들었다. 운비가 꿈꾸는 일 중 하나이기 때문이다.

"괜찮아 보여?"

"에이, 진짜 왜 이러십니까? 어차피 싹수 노랬으면 저한테 부탁하지도 않았을 거면서."

"투구 폼은?"

"센스가 있으니까 한두 가지 잡아주니 확 달라지네요. 다만 아직 릴리스 포인트가 불안정합니다. 키가 크고 팔이 기니까 포인트를 높이면서 최대한 앞으로 당겨 공을 반 박자 늦게 놓으면 들쭉날쭉한 제구력도 잡히고 장신의 장점도 십분 살릴 수 있을 것 같습니다."

"다른 건?"

"배구를 해서 그런지 얼리 코킹에서 손목 각도가 불량합니다. 손등과 팔등이 수평을 유지하도록 하고 하체 중심이 상체로 옮겨갈 때 골반과 허리를 좀 더 비틀면 스피드가 더 업될 것 같습니다."

"또?"

"그 정도만 교정해도……."

"들었냐?"

박 감독이 운비를 바라보았다.

"예!"

"세형이가 네 연습 투구 동영상 찍었을 테니까 받아가지고 머리에 돌직구처럼 박아둬라."

"예!"

"더 해줄 말 없나?"

박 감독의 시선이 류연진에게 옮겨갔다. 나중에 안 일이지만 이건 극적인 계기를 안겨주려는 박 감독의 배려였다. 자신의 공(功)을 류연진에게 넘겨준 것. 그 역시 운비의 가능성을 높이 평가하고 있던 까닭이다.

"제가 하는 운동법 몇 가지 알려주겠습니다. 자질도 중요하지만 정확하고 안정된 폼을 만들려면 무수한 노력이 필요하니까요."

"다른 놈들도 같이 좀 부탁하네. 얘만 편애한다고 교장 선생님께 투서할지도 모르거든."

"오, 요즘 애들은 무섭군요. 감독 정도는 그냥 졸로 보나 보죠?"

"감독도 감독 나름 아닌가? 무려 28연패 감독이다 보니……."

"짜식들, 저희들 감독님이 왕년에 내 우상인 줄도 모르고. 너, 일단 내가 알려준 거 참고하면서 연습해 봐라. 난 다른 애들 좀 봐주고 올 테니."

류연진이 운비의 어깨를 쳐주고 돌아섰다.

손마디 독특하네!

그 말이 운비의 귀에서 맴돌았다. 손마디 끝의 볼륨. 처음에는 조금 거추장스럽기도 했는데 류연진까지 인정하니 기분이 달라졌다.

―오른발 브레이크 콱!

―릴리스 포인트가 어정쩡.

―포인트를 최대한 앞으로 당기면서 높은 곳에서 공을 놔라.

―손목 각도가 좋지 않다.

—하체 중심을 상체로 옮길 때 골반과 허리를 더 비틀어라.

류연진이 던진 미션은 대략 다섯 가지이다.

'릴리스 포인트.'

와인드업 자세에서 백스트록을 하며 릴리스 포인트를 앞으로 밀었다. 그러면서 조금 늦게.

팅!

공은 원 바운드가 되었다.

거기에 더해 손목의 각도, 손등과 팔등의 수평 유지.

팅!

다시 엉뚱한 곳으로 날아가는 공.

골반과 허리를 더 비틀며 오른발 브레이크 콱.

부욱!

이번에는 제대로 날아갔다.

"휴우."

야구 어렵다. 괜한 한숨이 나왔다.

"쉽지 않지?"

다시 류연진이 돌아왔다.

"예."

"다 그런 거다. 마음대로 되면 다 야구로 대성하지. 안 되니까 노력하는 사람이 특급 선수가 되는 거야."

"선배님도 그러셨어요?"

"내 신조가 뭔 줄 아냐?"

"뭔데요?"

"스티브 잡스는 집중, 집중, 집중이라던데 나는 인내, 인내, 인내다!"

"와아!"

"나도 너만 할 때는 개판 오 분 전이었다. 야구 때려치우려고 한 게 한두 번이 아니야."

"정말요?"

"아까 감독님이 한 말 생각나냐? 너보고 백지라고 한 말."

"예."

"제구력과 안정된 폼은 연습도 중요하지만 처음 배울 때 자세가 중요하지. 잘못된 폼을 나중에 교정하려면 개고생 치러야 하거든."

"예."

"아까 보니까 네 투구 폼하고 구질이 매력 있더라. 회전과 무브먼트도 그렇고… 이것도 한번 쥐어봐라."

류연진이 보여준 그립은 스플리터였다.

"스플리터죠?"

"오, 아네?"

"……."

"이게 나 같은 경우는 손가락이 길지 않아서 편한 구종이 아니거든. 너는 손가락이 길고 안정되어 보이니까 장착할 만하겠다. 일단 포심하고 투심에 집중한 후에 기회가 되면 스플리터도 익히고 커터도 익혀봐라. 서클 체인지업도 좋고 포크볼도 괜찮을 것 같다. 어느 것 하나라도 몸에 익으면 굉장한 무기가 될 거야."

"고맙습니다."

"보아하니 자질도 있는 것 같고, 잘해서 메이저 와라. 너라고 메이저 못 올 거 없지."

"와아!"

"연습하다가 궁금한 거 있으면 적어놨다가 겨울에 입국하거든 물어봐. 얼마든지 가르쳐 줄 테니까."

"고맙습니다. 열심히 하겠습니다."

"자, 투수조, 이리 집합!"

말을 끝낸 류연진이 투수들을 불러 모았다. 옹기종기 모여든 투수조는 류연진의 일거수일투족에 귀를 쫑긋 세웠다.

"좋은 투수가 되려면 우선 감독님 말씀을 잘 따를 것. 왜냐하면 너희들 감독님이 바로 내 멘토이셨기 때문이다."

"허허, 괜한 립 서비스는 그만하고, 그 녀석들, 하나도 순진하지 않거든. 여자도 나보다 잘 알고, 술도 나보다 잘 마시고, 내가 실력 없는 감독이라는 것도 알고 있다네."

뒤에 있던 박 감독이 손사래를 치며 웃었다.

"알겠습니다."

박 감독에게 화답한 류연진이 조언을 이어갔다.

"너희들 중 웨이트하는 친구?"

류연진이 묻자 철욱과 남재가 손을 들었다.

"아령하고 튜빙 밴드도 열심히 하나?"

"그건 잘……."

철욱이 고개를 저었다.

"좋아, 대개 웨이트는 열심히 하지. 왜냐? 폼 나니까. 그런데 웨이트만 하면 큰 근육만 발달해서 제구력에 별 도움이 되지 않는

다. 제구력은 큰 근육이 아니라 섬세한 근육들이 하는 거거든."

"오오!"

투수들 눈빛이 달라졌다. 사실 저 말은 박 감독이 누누이 하던 말이다. 그런데 류연진이 하니 새롭게 들리는 것이다.

"그래서 큰 근육 운동을 하면 반드시 아령 같은 작은 기구로 여러 회, 여러 세트를 반복해 작은 근육까지 고루 발달시켜야 한다. 나아가 튜빙 밴드는 투수의 역량과 더불어 부상까지 방지해 주니 아주 중요하다."

"……"

"쉴 때 누워서 공중에 공 던지고 받기, 침대에서라면 천장에 닿기 직전까지 하다가 단조로우면 요염하게 누워 아령으로 팔 운동, 스트레스를 받을 때 뭔가를 패대기치는 것도 나쁘지 않고, 튜빙 밴드는 화장실에 고정시켜 두고 싸는 동안 잡아당기는 것도 좋은 방법이다."

"그, 그러다 똥꼬 압력 조절 실패로 응아가 폭발하면……."

듣고 있던 병구가 썰렁 개그를 작렬하자 류연진이 피식 웃었다.

"그리고 드래그라인!"

"드래그라인이요?"

다시 병구가 끼어들었다.

"뒷발 있지? 축을 이룬 발. 바로 들지 말고 끌어라. 메이저 투수들은 사람에 따라 60㎝ 정도 끈다. 바로 다리를 드는 것보다 제구가 한결 안정된다."

"우와!"

"좋은 투수는 상, 하체가 밸런스를 이뤄야 한다. 그게 아니면 아무리 천재적인 투수라고 해도 초반 반짝하다가 끝나는 수가 많아."

"……."

"마지막으로 가장 중요한 건 내가 너희들에게 말한 모든 조언은 사실 너희들 감독님에게서 배운 거라는 것!"

"예?"

거기서 선수들의 눈이 동시에 확장되었다.

"너희 감독님이라고 하는 말이 아니라 진짜 훌륭한 분이라는 거다. 나도 슬럼프 올 때면 너희 감독님과 통화했거든. 그러니 멀리서 비결을 찾지 말고 감독님 말씀 잘 따르길 바란다. 알았나?"

"옙!"

운비를 포함해 투수조 여섯 명이 합창을 했다.

"하핫, 그런 말은 뭣 하러… 아무튼 너희들, 잘 들었지?"

"옙!"

"그럼 선배님께 인사하고 연습 개시. 선배님은 내일 아침 다시 미국으로 가서 선수단에 합류하실 몸이다."

박 감독이 특강 종료를 선언했다.

"우와! 메이저리그!"

부러움과 존경의 감탄사가 새어 나왔다. 그 감탄사는 결국 사인과 기념 촬영으로 이어졌다. 배트와 글러브에 사인. 단체로 사진도 몇 방 찍고, 운비는 류연진과 단둘이 찍는 행운도 누렸다. 그건 세형이도 마찬가지였다.

"안녕히 가세요, 선배님!"

떠나는 류연진을 모두가 배웅해 주었다. 메이저리그로 돌아가는 레전드 선배. 정말 부럽기 짝이 없는 일이었다.

철썩!

넋 나간 운비의 등짝을 후려친 건 박 감독이었다.

"메이저리거 보니까 마음이 콩밭으로 갔냐?"

"아, 아닙니다."

"알았으면 피칭 연습!"

"피칭이요? 러닝 아니고요?"

"오늘부터는 피칭 중심이야. 중간중간 수비 연습과 타격 연습도 하겠지만."

박 감독의 목소리는 단호했다. 운비에게는 반갑기 그지없는 말이었다.

쾅!

손가락 마디로 실밥을 긁으며 포심을 뿌렸다.

콰악!

스파이크가 터져라 브레이크를 밟았다. 그제야 엄마 생각이 났다.

—여름에 귀인이 나타날 거야.

벼락처럼 그 말이 뇌리를 치고 갔다.

엄마!

운비가 돌아보았다. 메이저리거 류연진의 돌연한 등장. 엄마가 보낸 귀인일까? 엄마가?

8. Only 포심!

동영상을 보았다. 세형이 찍은 류연진의 지도 장면이다. 자면서도 공 던지는 꿈을 꾸었다. 그립과 오른발의 브레이크는 차츰 익숙해졌다.

촤아아!

번트 수비와 주자 견제 연습을 마칠 무렵 장맛비가 다시 이어졌다. 운비는 비를 맞으며 집으로 향했다. 이제는 더 이상 벤츠를 기다리지 않았다. 도로를 지나는 행상 트럭이 보였다. 아빠 곽민규 생각이 났다. 지금은 어느 섬에 있을까? 그 트럭의 잡화는 여전히 알록달록 셀 수도 없이 많을까? 전화기를 꺼냈다. 번호 정도는 외우고 있었다. 번호를 누르다 그만두었다.

승우 아빠 곽민규.

여전히 운비의 머리에 진짜 아빠로 남아 있다. 하지만 그에게 운비는 승우의 절친인 배구 선수일 뿐이었다. 더구나 전화번호도 승우의 것으로 회복한 판. 이런 날 승우 번호의 전화를 받으면 초강력 발암 음주의 시동이 될지도 모른다.

'아직은…….'

가만히 전화기를 내렸다. 뭔가 가시적인 사건이 생기면 그때 찾아뵐 생각이다. 고백을 할 생각이다. 실은 내가 승우예요. 사고가 나서 죽었지만 엄마의 도움을 받아 배구 선수의 몸으로 살아났어요.

아빠의 표정은 어떨까?

울까?

'으음.'

그 능청과는 조금 안 어울리기도 하다. 아무튼 궁금했다.

그러자면 빅 유닛을 제대로 가동해야 한다. 아직은 절반 정도밖에 내 몸으로 만들지 못한 이 허우대.

그래서 뛰었다. 승우일 때 비를 맞은 적이 많았다. 마의 169를 물에 불려서라도 넘어서기 위한 애달픈 노력. 결코 이루어지지 않았지만 오늘 다시 그 간절함을 느끼고 싶었다.

뛰면서 생각했다.

─오른발의 브레이크.

─최대한 높은 릴리스 포인트로 장신의 장점을 살려라.

─손목과 손등, 팔등은 수평.

─골반과 허리를 찰고무처럼 비틀어라.

─드래그라인을 길게 가져가라.

달리면서도 이미지 피칭을 했다. 손목의 평행을 기억했다. 간간이 멈춰 골반과 허리를 스크루처럼 꼬았다. 축을 이룬 다리도 길게 끌었다. 미친놈. 차 안에서 내다보는 사람들의 눈빛이 그랬다. 상관없었다. 운비는 그저 하루빨리 마운드의 지배자가 되고 싶은 마음뿐이었다.

이 층 방에 올라선 운비는 책상 위에 놓인 승우의 글러브에 귀가 인사를 했다.

'나 왔다.'

글러브를 들고 냄새를 맡았다. 피로가 조금 가셨다. 그대로 전신 거울 앞에 서서 투구 연습에 들어갔다. 거울을 보며 와인드업, 릴리스 포인트, 손목의 수평, 허리와 골반 트위스트. 숨을 고른후 신장 측정기에 올랐다.

땡 소리와 함께 측정 결과가 디지털 화면에 떴다.

'응?'

운비의 눈이 휘둥그레졌다. 처음에 확인할 때는 195이던 키가 196으로 나왔다.

'비 맞아서 1센티미터 컸나?'

아니면 꾸물꾸물 밀월의 고단백 영양 효과?

한 번 더 올랐다. 결과는 똑같이 나왔다. 나이스! 저절로 주먹이 불끈 쥐어졌다. 운비가 노리는 신장은 2미터. 물론 1센티미터라도 오버하면 더욱 땡큐. 불가능한 일은 아닐 것 같아 저절로 배가 불러왔다.

비가 그치자 침대 수련을 마친 운비는 정원 뒤로 나갔다. 침대에서도 류연진의 지도에 충실히 따랐다. 누운 채 몇백 번이고 공을 던졌다. 처음에는 걸핏하면 천장을 맞췄지만 이제는 원하는 높이까지 조절이 가능해졌다.

뻥! 뻥!

비가 그치자 운비가 정원에서 소음을 만들기 시작했다. 손을 떠난 포심이 벽에 세운 충격 완화물에 시원하게 꽂혔다. 지루하면 간간이 슬라이더도 던졌다. 욕심이 나는 공은 체인지업과 스플리터였다. 류연진의 지도 후에 급호감이 생긴 구질들. 특히 스플리터가 그랬다. 승우였을 때는 짜리몽땅한 손가락이라 엄두도 못 내던 구질이다.

"엽!"

묵직한 기합과 함께 스플리터가 날아갔다. 잠들기 전, 한 번 더 신장을 쟀다. 196은 변하지 않았다.

'좋았어. 오늘부터 내 공식 신장은 196이야.'

운비는 디지털 판의 숫자를 쓰다듬으며 아주, 매우, 썩 흡족하게 웃었다.

뻥!

뻐억!

미트에 공 꽂히는 소리가 청량해졌다. 여름이 깊어가면서 제구가 조금씩 자리를 잡기 시작했다.

"11!"

세형이 소리치면,

뻥!

운비가 그 코스에 공을 꽂아댔다. 적어도 셋 중 하나는 들어갔다.

"66!"

6번 존에서 공 하나 더 빠지는 코스 주문.

뻑!

비슷하게 찔렀다.

"황운비 너, 승우 절친 인증이다! 승우 자식, 제구력 하나는 지존급이었거든!"

세형이 소리쳤다.

"야, 비켜봐라."

주전 포수 용규가 들어섰다. 그와도 사인을 맞춰 공을 찔러댔다. 배구에 최적화된 근육들이 야구로 리세팅되기 시작했다.

뻐억!

5번 존 한가운데를 시원하게 찌르며 투구 연습을 끝냈다.

"아씨, 손바닥이 고추장 바른 듯이 얼얼하네."

용규가 화끈거리는 손바닥을 흔들며 씩씩거렸다.

제구가 나아지자 새로운 별명이 생겼다. 투수가 바라던 그 별명, 바로 K였다. 타자들과 벌인 타격 내기에서 운비는 여섯 타자 연속 삼진의 기록을 세웠다. 스피드 내기에서도 최고 구속 148킬로미터를 찍으며 박 감독을 행복하게 만들었다. 어깨에 땀만 나면 140 중반은 나오는 운비였다.

초여름.

바야흐로 봉황기의 시절이 다가왔다. 지역 예선 없이 참가할 수 있는 대회이기에 소야고도 출전할 수 있었다.

"내일 공비고와 친선 게임이 잡혔다. 선발 라인업은 오늘 청백 전 성적으로 정하겠다."

청백전!

어쩌면 봉황기로 가는 시발점이다. 운비의 어깨가 부풀어 올랐다. 투수는 적어도 세 명이 필요했다. 현재 투수 자원이 여섯이니 잘하면 봉황기부터 마운드를 밟을 수 있었다. 3학년인 철욱만 넘어선다면 어렵지 않은 일이었다.

팀 구성은 선수들에게 일임되었다. 주장 강철욱이 동전으로 팀을 가렸다. 둘씩 짝을 지어 동전을 던진 후 앞면과 뒷면 선수로 팀을 나눈 것. 다행히 세형은 운비와 한 팀이 되었다.

"으아악, 잘됐다."

세형이 좋아했다.

"가자가자, 무적 소야!"

"와아!"

파이팅과 함께 경기가 시작되었다.

청팀의 선공. 홍팀의 선발은 철욱이 맡았다.

류연진.

레전드의 지도로 좋아진 건 운비만이 아니었다. 철욱도 투구에 눈을 떴다. 직구 구속도 2, 3킬로미터 빨라져 좋을 때는 140까지 찍어댔다. 슬라이더의 각도 날카롭게 변했다. 2학년 영길의 커브도 낙차가 커졌다. 그건 곧 타자들에게 애로가 되었다.

1회 초, 운비의 청팀은 맥없이 삼자범퇴를 당했다. 특히 2번과 3번 타자가 연속 삼진을 먹었다. 다만 1번 타자에게 8구까지 끌려간 게 철욱의 흠이었다. 1회 초의 징크스를 내려놓지 못한 것이다.

1회 말, 운비가 그 빚을 갚았다. 의욕 과잉으로 첫 공이 빠지며 몸에 맞는 공을 허용했지만 이후 세 타자를 내리 뜬공과 삼진으로 돌려세웠다. 특히 4번으로 나온 덕배는 삼구 삼진이었다. 공 세 개는 전부 패스트 볼. 강, 약, 회전의 완급과 구질 조절로 이끌어낸 결과였다.

2회 초에도 득점 기회가 왔다. 운비의 타석이다. 철욱과 타석에서 만난 운비.

'커브.'

1구는 그냥 지켜보았다.

'포심.'

2구도 확인으로 끝냈다.

'투심.'

3구에서 방망이가 나갔다. 공은 중견수를 오버했다. 2루타. 제구가 나아진 이후 타격도 제법 좋아진 운비였다. 철욱이 쓴 입맛을 다셨다. 투수는 투수에게 맞으면 기분이 나쁜 법이다. 하지만 후속 타자들의 빈타로 운비는 홈을 밟지 못했다.

득점은 3회 초에 나왔다. 포볼로 나간 1번 타자가 진루타로 2루에 안착하자 수찬의 히트가 작렬한 것이다. 이즈음 덕배와 수찬의 성장은 고무적이었다.

박 감독의 작품이었다. 류연진이 다녀간 후 투수조에 활력이 돌자 부상으로 컨디션 조절차 2군에 와 있던 한하의 김대균을 초대해 왔다. 단 네 시간의 특타 시범과 타격 자세 교정이었지만 효과를 보았다. 타자들까지 타격에 재미를 붙이자 팀 분위기가 가파르게 올라갔다.

에이스!

그들에게는 운비가 희망이 되고 있었다. 선수들은 비로소 믿을 수 있는 투수가 있다는 자부심을 품게 된 것이다.

4회 초, 홍팀 투수 철욱이 물러나고 병구에게 기회를 주었다. 들어오자마자 몸에 맞는 볼을 내준 병구. 포볼과 안타로 한 점을 헌납하더니 1사 1, 3루에서 선상에 떨어지는 2루타를 얻어맞았다. 청팀과 홍팀의 주장이 파울과 안타로 엇갈렸지만 박 감독이 안타를 선언했다. 주자 일소가 되면서 스코어는 3 대 1로 뒤집혔다.

4회 말, 운비의 등판 차례가 왔다.

"아자! 아자!"

"걱정 마세요! 전부 삼진시켜 드릴 테니까요!"

마운드를 밟은 운비는 파이팅부터 외쳤다. 메모하던 박 감독이 피식 웃었다. 이제는 미소에 여유가 배어 있다. 운비의 장담은 적중했다. 1번 타자를 맞아 포심으로만 스트라이크존 대각선에다 공을 꽂아댄 운비. 연속 볼 판정을 받자 속도를 죽여 포심을 뿌렸다. 하나는 스트라이크가 되고 또 하나는 파울이 되었다. 마지막 결정구는 체인지업을 시도했다.

연습 때 150킬로미터로 피칭 머신을 세팅한 타자들, 운비와도 숱하게 프리배팅을 했지만 실전은 달랐다. 특히 홈 플레이트 근처에서 팔딱거리는 볼 끝이 그랬다.

타자는 패스트 볼로 알고 스윙, 그러나 공은 생각보다 큰 차이가 났다. 간단하게 원아웃을 챙겼다. 감독은 운비의 투구 폼을 주목했다. 철욱에 비해 30도는 더 비튼 몸. 그 몸통에 가려진 팔.

그러다 느닷없이 뿌려대는 쾌속 속구. 포심만 던진다고 해도 고교생 타자들이 쉽게 공략할 수 있는 공이 아니었다.

다음 타자도 다르지 않았다. 운비가 어느 정도 제구가 된다는 걸 아는 소야고 타자들. 적극 타격으로 나왔지만 파울에 이어 파울팁 아웃으로 물러났다. 세 번째 타자는 루킹 삼진을 먹었다. 포심에 이어 체인지업, 마지막으로 약간 높게 던진 유인구에 배트가 돌아버린 것이다.

연습 게임이지만 후련한 출발이었다.

5회 말.

첫 타자를 파울플라이 아웃으로 잡은 운비는 두 번째 타자를 2루까지 진루시키고 말았다. 한가운데로 쏠린 공을 공략당한 것이다.

홍팀의 득점 찬스.

거기서 철욱이 나왔다. 스코어링포지션에서 만난 홍팀의 교타자 강철욱. 새 공을 받아 들었다. 가죽이 미끄러웠다. 운비는 두 손으로 정성껏 공을 문질렀다. 그런 다음 로진백의 송진 가루로 마무리를 하고 세형을 바라보았다.

―걸러?

―No!

세형의 사인에 고개를 저었다. 메이저에도 10할 타자는 없었다. 홈런을 맞을지언정 피할 생각은 없었다. 운비는 주자가 있는 게 좋았다. 긴장감이 심장을 뜨겁게 했다. 운비의 똥고집이 예전 승우와 판박이라는 걸 아는 세형은 결국 미트를 한가운데로 옮겼다.

'매직 존.'

운비의 눈에 매직 존이 또렷하게 들어왔다. 전 회부터 슬슬 매직 존을 활용하던 운비. 오늘 철욱을 상대로 완전하게 매직 존을 시험하고 싶었다.

그런데 철욱의 핫 존이 처음보다 조금 넓어져 있었다. 그동안 약점을 조금 극복했다는 의미이다.

"철욱 선배!"

공을 쥔 운비가 목청을 높였다. 철욱이 고개를 들었다.

"죄송합니다! 우리 팀을 위해 선배님을 삼진으로 잡겠습니다!"

"……!"

느닷없는 예고에 철욱이 웃었다.

"황운비, 투수는 투구로 말한다! 진짜 게임이면 넌 강판이야!"

"에헷, 알고 있습니다. 이건 연습이잖아요?"

"연습을 시합처럼, 시합을 연습처럼!"

"옙, 닥치고 던지겠습니다!"

운비는 바로 세형을 향해 시선을 돌렸다.

3, 6, 7, 8, 9 콜드 존.

1, 2, 4, 5 핫 존.

'인 코스 아니면 스트라이크에서 한두 개 높은 공!'

운비가 사인을 보냈다. 세형이 미트를 옮겼다.

만질만질한 소가죽에 운비의 손가락이 닿았다. 여전히 봉긋한 손마디 끝. 이제는 보물이 된 이 볼륨감.

독특한 볼륨감이 공의 라스트 무브먼트를 더해주었다. 타자들 사이에서는 운비의 패스트 볼이 '마구'라는 농담까지 나오고 있었다.

'이번에는…….'

운비가 다른 사인을 냈다.

"……!"

세형의 눈이 얼어붙는 게 보인다. 다시 한번 사인으로 강조했다. 세형은 미트를 주먹으로 팡팡 치며 전의를 다졌다. 던지라는 뜻이다.

천천히 셋 업에서 골반과 허리를 최대한 비튼 운비는 제대로 몸이 돌았다고 생각될 때 팽팽한 시위를 놓듯 탄력적으로 공을 날렸다. 손가락은 검지와 중지를 최대로 벌린 상태였다.

스윙!

철욱의 방망이가 헛돌았다. 2번 존을 향해 날아가던 패스트 볼의 궤적이 갑자기 떨어져 버린 것. 변화구인 줄 알았는데 스플리터였다. 공은 홈 플레이트를 맞고 튀며 볼이 되었다. 세형이 진땀을 흘리며 잡아냈다.

스플리터가 가지는 단점이다. 아무 투수나 던지지도 못하지만 아무 포수나 쉽게 받아내지도 못하는 공. 그나마 블로킹과 포구가 좋은 세형이기에 흘리지 않은 것이다.

"……!"

철욱의 시선은 홈 플레이트에 남아 있었다. 프리배팅 때 쳐보기는 했지만 여기서 던지리라고는 생각지 못한 철욱이다. 박 감독 역시 그랬다. 하지만 감독은 아무 내색도 하지 않았다.

다시 운비의 사인이 나왔다. 이번에도 스플리터였다. 방금 것이 실패했으니 어떻게든 성공하고 싶은 것. 공은 타자들이 좋아하는 5번 존을 향해 날아왔다.

'실투?'

라고 생각하며 방망이가 나갔지만 철욱이 몰아친 건 바람뿐이었다.

"……!"

철욱의 간담이 서늘해지는 순간, 회전하던 공이 3번 콜드 존 앞에서 짧게 떨어졌다. 조금 전 공과는 회전이 다른 공. 철욱은 삼진을 먹고 말았다. 달랑 공 네 개였다.

투아웃!

30타수 9안타!

운비는 상대 전적을 수정했다. 철욱에 대한 피안타율을 낮췄다. 그렇다고 해도 아직은 낯 뜨거운 전적이다.

연습 경기는 운비가 속한 청팀의 승리로 끝났다.

"오늘 결과를 토대로 내일 공비고전에 뛸 선발진을 짰다. 확인하고 이의 있으면 개인적으로 면담하도록."

감독의 명단을 내밀었다. 운비 이름이 있었다. 강철욱과 더불어 투수조에 이름을 올린 것이다.

'아자!'

이 포효는 소리 내지 않았다. 다른 투수들 때문이다. 그라운드 안과 밖 정도는 구분할 줄 아는 운비였다. 선수들이 명단을 놓고 웅성거릴 때 감독이 운비를 불렀다.

"감독님!"

"좋냐?"

"예, 죽도록 던지겠습니다!"

목이 터져라 대답하는 운비.

"이럴 때도 영락없는 승우란 말이지."

"……."

"실은 부탁이 하나 있다. 네겐 강제가 될지도 모르지만."

"말씀만 하세요."

"아까 철욱이에게 던진 거 스플리터?"

"예."

"체인지업도 연습하고 있지?"

"예."

"둘 다 잊어라."

"예?"

"내일은 오직 포심만 던진다."

박 감독의 표정이 갑자기 변했다. 진지 모드의 결정판이다.

"네?"

"포심만!"

운비의 양어깨를 잡은 박 감독은 마치 세례라도 주는 듯 엄숙
해졌다.

오직 포심?

전국 최고 수준의 팀을 상대로 온리 포심?

오 마이 갓!

펑!

퍼펑!

이른 아침, 운비의 손을 떠난 포심이 정원 벽에 매단 표적을 명

중시켰다. 포심, 오직 포심이었다. 20여 구를 던지고 구종을 바꾸었다. 기분 전환용이다. 커브는 잘 먹혔다. 슬라이더도 제법 긁혔다. 체인지업과 스플리터도 쑥쑥 꽂혔다.

'후우!'

표적을 보며 숨을 골랐다. 원래 이렇다. 다른 날은 제구가 이 정도는 아니건만 하지 말라고 하니 잘도 들어갔다.

'온리 포심.'

투구 동작을 취하고 한 방을 날렸다.

펑!

두 번째 공을 날렸다.

퍼펑!

손마디를 벼락처럼 채며 세 번째 공을 날렸다. 표적 치는 소리가 저마다 달랐다. 마지막은 전력투구 쾌속 돌직구. 운비의 손을 떠난 공이 표적물을 박살 내고 말았다.

"또야?"

지켜보던 윤서가 다가왔다. 표적물이 박살 난 게 벌써 네 번째였다.

딸깍!

샤워를 마치고 파워를 On으로 밀었지만 게임기는 켜지지 않았다. Off로 갔다가 다시 한번 On. 그래도 여전히 먹통인 Epoch Electronic Baseball 게임기.

삐빗 삐빗 하는 낡은 작동음이 그리웠지만 게임기는 노란 몸체와 초록의 그라운드만 선명할 뿐이다.

'엄마……'

수호령을 생각했다. 승우의 엄마 김수아의 얼굴이 어린 소녀와 겹쳤다. 운비의 손은 수비 측 컨트롤러의 여섯 버튼을 더듬었다. 체인지업, 패스트 볼, 커브와 슬라이더. 하지만 오늘 운비에게 허용된 건 오직 포심 하나였다.

류연진의 코칭 장면 파일을 열었다. 벌써 몇 번이나 보았는지 모른다. 신앙보다 강한 추종이다. 류연진의 폼을 따라 하고 또 따라 했다.

맞아.

하나이되 하나가 아니지.

운비가 웃었다. 완급을 조절하면 하나가 세 개가 될 수도 있었다. 손마디로 긁어 RPM을 조절하면 여섯 개가 될 수도 있었다.

생각하기 나름이니까.

탁탁탁!

긍정을 흘리며 학교까지 달렸다. 학교까지 달리는 건 일상이 되었다. 연습장이 가까워지자 세형이 눈에 들어왔다. 운비를 기다리고 있는 것이다.

"받아라!"

운비가 가방을 던졌다.

"니 걸 왜 내가 받냐?"

세형이 가방을 다시 넘겼다.

"친구니까."

운비는 지지 않았다.

"아, 진짜!"

세형이 가방을 받아 들었다. 그런 아이였다. 세형이는 저 깊은 곳에 착한 마음이 몽실몽실 숨쉬는.

"하나, 둘! 하나, 둘!"

박 감독의 지시로 러닝을 했다. 그런 다음 투수조와 타격조로 나뉘어 가볍게 몸을 풀었다.

"그만!"

시간이 지나자 박 감독이 콜을 해왔다. 공비고로 갈 버스가 도착했다. 가방을 챙겨 든 선수들이 버스에 올랐다. 운비도 그랬다. 친선 게임이지만 원정 첫 게임에 오르는 운비. 안으로 들어가 덕배 옆에 앉았다. 생수를 따자 덕배가 병을 잡았다.

"적당히 마셔라."

"왜?"

"물 많이 마시면 게임에 지장 있다."

"형!"

물병을 닫으며 고개를 드는 운비.

"왜, 존만아?"

"오늘 안타 두 개만 쳐."

"뭐?"

"그럼 내가 이기게 해줄게."

"너 우리가 공비고한테 몇 연패 했는지 아냐?"

"기록은 언젠가 깨지는 거잖아? 그게 오늘이야."

"좋아, 대신 선발로 나가면 삼진 열 개만 잡아라. 못 잡으면 뒈진다."

"오케이!"

"진짜?"

"응."

"어우, 이 자식, 자신감은 안드로메다급이라니까."

덕배가 운비의 머리를 문질러 댔다. 이제는 함께 장난도 곧잘 치는 둘이다. 한참을 달리자 공비고 운동장이 시야에 들어왔다. 웅성거리던 버스 안에 적막이 찾아들었다. 긴장한 것이다.

"아자! 아자!"

버스에서 내린 운비가 샤우팅을 내질렀다. 그제야 구겨져 있던 선수들의 표정이 조금씩 풀어졌다.

"존나 쫄았구나?"

운비가 세형에게 물었다.

"쫄기는 누가 쫄았대?"

도둑이 제 발 저린 듯 괜히 인상을 긁어대는 세형.

"아니면 그 표정은 뭐냐?"

"그, 그야……."

"얼굴 펴라. 너답지 않아."

성큼 걸어가 선수 대열에 섰다. 공비고 선수들이 마주 섰다. 공비고 선수들은 하나같이 그을려 있었다. 훈련 양이 많다는 증거이다. 게다가 하나하나가 눈빛이 살아 있었다.

'거기에 비하면…….'

운비의 시선이 소야고 선수들을 더듬었다. 눈빛이 무너진다. 기가 죽은 것이다.

공비고의 선발은 2학년 장철수였다. 언더드로이다. 언더치고 미트에 공 꽂히는 소리가 컸다. 처음 보는 사이는 아니었다. 하지만 봄보다 볼 끝이 좋아 보였다. 그렇기에 우 감독이 선발을 맡긴 것. 봉황기를 앞두고 컨디션 조절을 하려는 눈치였다.

공비고는 그제도 친선 게임을 했다. 충북의 맹주 청제고였다. 두 팀은 에이스를 내세우고 2 대 2로 비겼다고 한다. 불꽃 튀는 투수전을 벌인 것이다.

"마도윤!"

선수들 앞에서 박 감독이 입을 열었다.

"예!"

"언더핸드는 어떻게 공략해야 하지?"

"공이 사라졌다가 나타날 때를 노립니다. 볼이나 낮은 공은 건드리지 않습니다."

"들었나?"

박 감독의 눈이 선수들에게 향했다.

"예!"

"대답 봐라!"

"엡!"

"어깨 펴라. 너희도 훈련할 만큼 했어."

"엡!"

감독의 격려와 함께 선두 타자가 나섰다.

1번 타자: 양덕배(중견수)

2번 타자: 길진태(유격수)

3번 타자: 강철욱(투수)

4번 타자: 백수찬(좌익수)

5번 타자: 마도윤(3루수)

6번 타자: 한용규(포수)

7번 타자: 최강돈(1루수)

8번 타자: 조현찬(2루수)

9번 타자: 이동엽(우익수)

소야고의 선발 라인으로 2, 3학년이 주축이다. 말하자면 소야고의 정예(?) 멤버였다. 공비고도 막강 선발진을 그대로 가동시켰다. 이대호와 박병학이 처음부터 나온 것이다.

고교 야구의 핵 타선.

이미 황금사자기와 청룡기에서 증명된 두 선수였다. 그런데도 컨디션 조율이라면 이유는 하나였다. 공비고가 올해 기어이 3관왕을 이루겠다는 것. 봉황기를 품겠다는 의지가 엿보이는 타순이었다.

"아, 저 새끼 공, 존나 더러운데."

배트를 고른 덕배가 타석에 들어섰다.

"플레이볼!"

심판의 콜과 함께 연습 게임이 시작되었다. 소야고의 선공. 덕배의 의지는 불탔지만 꼼짝없이 투 스트라이크를 먹었다. 결과는 삼진이었다. 볼카운트 투 앤 원에서 바깥쪽으로 흐르는 유인구에 방망이가 나간 것. 다음 두 타자 역시 비슷한 길을 걸었다. 다만 철욱이 세 개의 파울을 치며 실랑이를 벌인 게 위안이라면 위안이었다.

"형, 셧아웃이야!"

선발로 나가는 철욱의 엉덩이를 운비가 후려쳤다. 철욱은 묵묵히 마운드로 향했다. 로진백을 툭툭 친 철욱이 용규의 사인을 받았다. 공비고의 1번은 올해 전국 대회 도루가 12개에 달하는 준족. 소야고 배터리는 공들인 코너워크로 유리한 볼카운트를 선점했다.

투낫씽!

발동이 늦게 걸리는 철욱임을 감안하면 고무적인 일이다.

그런데 유인구로 던진 볼이 밋밋한 궤적을 그리며 징크스를 재현하고 말았다. 중견수 앞에 떨어지는 안타. 스타트가 늦은 중견수가 슬라이딩 캐치를 하려다 공까지 빠뜨렸다. 주자는 단숨에 3루 베이스를 점령해 버렸다.

"괜찮아, 괜찮아! 이제부터 올 삼진!"

1루 쪽 대기석에서 운비가 악을 썼다. 모자를 눌러쓴 철욱이 다시 공을 뿌렸다. 거푸 두 개의 볼이 들어왔다. 용규가 잠시 타임을 걸어주었지만 나아지지 않았다. 결국 2번 타자가 포볼로 나가면서 노아웃 1, 3를 자초해 버렸다.

3번 타자 이대호가 나왔다. 그 뒤로 4번 타자 박병학이 보인다. 산 너머 산을 만난 철욱. 이대호에게 초구 우전 안타를 내주고 한 점을 헌납, 센스 있는 1루 주자가 3루까지 내달으면서 주자는 다시 1, 3루가 되었다. 박 감독이 타임을 불렀다.

"코리안 시리즈라도 하냐? 타자 의식하지 말고 네 공 던져라."

박 감독이 철욱의 어깨를 두드려 주고 나왔다. 그 말이 먹힌 걸까? 4번 박병학을 좌익수 깊은 플라이로 잡았다. 3루 주자가 태그 업으로 들어오면서 점수는 2 대 0. 이어진 5번 타자의 투수 강습 타구를 철욱이 호수비로 걷어냈다. 1루 주자까지 잡으면서 더블플레이로 이닝이 마무리되었다.

"나이스, 소야고! 나이스 강철욱!"

운비는 샤우팅으로 힘을 보탰다.

2회 초 선두 타자로 나온 4번 수찬이 우측 선상을 타고 흐르는 2루타를 뽑아냈다. 5번 마도윤이 진루타를 치면서 원아웃 3루. 박 감독은 볼카운트 원 앤 원에서 용규에게 스퀴즈 사인을 냈다. 용케 투수와 1루수 중간으로 타구가 떨어지면서 득점을 올렸다.

스코어가 2 대 1로 변했다.

"와아아!"

소야고 선수들은 마치 승리라도 거둔 듯 환호했다. 득점과 승리에 목말라 있던 소야고 선수들. 사기 진작을 위해 스퀴즈를 지시한 박 감독의 용병술이 먹힌 셈이다.

여기서 철욱의 호투가 시작되었다. 3회를 삼자범퇴로 막아낸 것이다. 마지막 타자 이대호의 좌중간 안타성 타구를 걷어낸 덕배의 수비 도움이 컸다. 2 대 1의 스코어는 움직이지 않았다.

4회 말이 되자 철욱은 첫 타자로 박병학을 만났다. 위협구로 던진 초구가 문제였다. 노리고 있던 박병학의 배트가 사정없이 돌았다.

빠악!

소리를 듣는 순간, 공은 이미 홈런이었다. 전광판의 스코어는 사뿐하게 3 : 1로 변했다.

"으아, 공 하나만 낮았어도……."

몸서리를 치는 운비에게 박 감독의 호명이 들렸다.

"황운비!"

"예?"

"준비해라."

"예?"

"준비하라고."

"……!"

"내가 뭐라고 주문했지?"

"오직 포심."

대답하는 운비의 목소리는 사뭇 담담했다.

9. 핵 타선을 깨다

"배터리 교체. 투수 황운비, 포수 이세형!"

3학년 주전 배터리가 물러나고 1학년 배터리 투입. 다른 거야 그렇다 쳐도 철욱을 빼는 건 충격적인 조치였다.

"쟤 아주 등록한 겁니까?"

우 감독이 운비를 보며 물었다.

"예, 야구를 하겠다기에……."

"허어, 긴장되네."

우 감독은 엄살부터 떨었다.

"아자! 아자!"

마운드를 밟은 운비는 함성을 발사했다.

"가자! 가자!"

세형도 질세라 맞고함을 질렀다. 운비의 함성은 습관적 파이팅,

세형의 그것은 떨리는 마음을 풀려는 샤우팅이었다.

"사인은 내가 낸다."

운비가 세형에게 말했다.

"뭐?"

"내가 낸다고."

운비의 눈빛은 단단했다. 압도된 세형은 뭐라 대꾸하지 못했다. 어차피 직구만 던질 일이다. 가운데 아니면 좌우상하의 코너워크뿐이다.

"좋아, 제대로나 던져!"

세형이 포수 자리로 돌아갔다.

"우우우!"

공비고 쪽에서 야유가 흘러나왔다. 1학년의 심리를 흔들려는 수작이다.

미안!

나 1학년 맞아.

그런데 한 명이 아니거든.

1학년 두 명.

곽승우와 황운비.

지난번에는 그저 의욕만 가지고 오른 마운드지만 지금은 달랐다. 무려 류연진의 개인지도에 두 육체의 콜라보까지 적용한 몸이다.

"플레이!"

심판의 콜이 떨어졌다. 운비가 스트라이크존을 바라보았다. 매직 존이 나왔다. 5번 타자의 핫 존은 군데군데 붉었다. 가운데와 몸 쪽 높은 공을 잘 맞추는 타자였다. 매직 존 앞으로 소녀의 수호령이 아른거렸다.

'엄마……'

우르릉!

파도가 보인다.

밀물일 때는 천둥처럼 들어오지만 썰물일 때는 고요히 물러서는 파도. 그 벅참을 담은 운비의 1구가 1번 존을 향해 날아갔다.

팡!

첫 번째 포심이 미트에 꽂혔다. 138킬로미터를 찍었다. 타자의 배트가 돌았지만 파울이 되었다. 2구도 역시 파울이 되었다. 광속구는 아닌데 타이밍이 잘 맞지 않은 것이다. 어? 이 새끼 봐라? 독기 오른 타자의 표정이 한눈에 읽혀졌다. 운비의 시선은 이미 타조의 신성 시력에 물들어 있었다.

'6번 존!'

운비의 사인을 받은 세형이 고개를 들었다.

'바깥쪽으로 하나 빼.'

세형의 눈이 말했지만 운비의 공은 이미 손을 떠났다.

팡!

6번 존으로 날아간 공은 위험천만하게도 5번 존으로 쏠렸다. 그러나 손마디 볼륨으로 잡아챈 공이었기에 볼 끝이 춤을 추었다. 다행히 방망이가 빗나가고 심판의 주먹이 허공을 후려쳤다.

"스트락 아웃!"

그게 시작이었다. 6번 타자는 포수 파울플라이로 물러섰고, 7번 타자에게는 삼진을 솎아냈다. 죽기 살기로 손마디를 긁은 회전력 덕분이다.

"황운비!"

감격을 먹은 세형이 달려와 운비의 품에 안겼다.

"우리가 세 놈이나 돌려세웠어."

"잘하면 울겠다?"

"씨발, 울면 좀 어때?"

"에너지 아껴라. 게임 이제 시작이거든."

운비는 달아오른 세형의 얼굴을 글러브로 두드려 주었다.

5회 말에도 운비의 공은 제대로 긁혔다. 8번, 9번에 이어 1번까지 돌려세웠다. 특히나 1번은 삼구 삼진이었다. 운비를 얕보고 달려드는 1번 타자에게 몸 쪽 높은 포심으로 스윙을 유도한 것이다.

6회 초, 소야고에 찬스가 찾아왔다. 선두 타자로 나온 운비가 포볼로 나가자 수찬이 안타로 뒤를 받쳤다. 노아웃 1, 2루. 5번 타자로 나온 도윤이 번트를 댐으로써 황금 같은 1사 2, 3루가 되었다. 여기서 세형의 타구가 쭉 날아갔다. 중견수 앞에 떨어지면서 안타가 되었다. 2─3루 주자가 모두 들어왔다.

"와아아!"

소야고 선수들이 방방 뛰며 환호했다. 공비고와 3 대 3으로 균형을 맞추는 순간이었다. 역전 주자가 나간 셈이지만 더는 점수로 연결되지 않았다.

6회 말이 되었다. 2번부터 시작되는 황금 타선이다. 공비고의 2번 타자는 끈질겼다. 투 스트라이크를 먹은 후로 계속 공을 커트해 냈다. 파울만 무려 네 개였다. 운비가 박 감독을 보았다. 반응이 없다. 오직 포심. 감독의 생각은 변하지 않은 모양이다.

'그렇다면……'

새 공을 받아 든 운비는 두 손으로 가죽을 문질렀다. 그런 다음 매직 존을 확인했다. 2번 타자의 콜드 존은 7번 존을 중심으로 바깥쪽과 낮은 코스 전부. 그러나 제구가 확실하지 않아 두 번이나 커팅을 당한 운비였다.

'까짓것.'

안 되면 될 때까지.

작심한 운비의 공이 7번 존을 향해 날아갔다.

"……!"

궤적을 노리던 2번 타자의 방망이를 돌리는 눈빛이 헐거워졌다. 직전에 들어온 공은 143킬로미터의 쾌속 직구. 그런데 이번 것은 125킬로의 느린 구속이었다. 그러나 스트라이크존에 정확히 들어왔기에 타이밍이 맞지 않았다.

"스트럭 아웃!"

심판의 모션이 경쾌하게 허공을 찔렀다. 운비의 승이었다.

'황운비……'

박 감독은 표정 없이 운비를 보고 있었다. 언젠가 혼자 연습하던 날이다. 운비가 물었다.

"직구에는 변화구가 없나요?"

재미난 질문이었다. 직구에 변화구가 없냐니.

"왜 없냐? 디트로이트의 조엘 주마야는 직구로 변화구를 던진다."

박 감독이 대답했다. 뻥이 아니었다. 주마야는 100마일을 던진다. 속도만 보면 딱히 새로운 것도 없었다. 하지만 주마야는 달랐다. 그의 공은 가라앉았다. 100마일, 99마일, 98마일을 같은 타이밍, 같은 포인트에서 공을 뿌린다. 타자 앞에서 가라앉는 위치만 달랐다. 포심 하나로 세 종류의 공을 만든 셈이다.

운비가 듣고 싶은 말이었다. 밤마다 정원에서 실험을 했다.

세게, 중간으로, 평범하게.

그걸 지금 응용한 것이다.

흥분이 가시기도 전에 3번 타자 이대호가 나왔다. 달아오르던 소야고의 더그아웃이 조용해졌다.

부욱부욱!

타석에 서기 전, 휘두르는 스윙부터 달랐다. 칼날을 벼리는 것 같았다. 무력시위를 마친 이대호가 타석에 들어섰다.

'소야고 투수도 투수냐?'

봄날, 예선전에서 들은 모욕이다.

소야고 투수는 투수도 아니라고?

그 말, 다시는 입에 물지 못하게 해주마.

초구!

몸 쪽 깊은 곳에 120킬로미터 후반의 직구를 날렸다. 치려던 이대호가 움찔 방망이를 멈췄다. 코너워크가 먹혔다. 속도를 줄이면 어느 정도 제구가 되는 운비였다.

새끼, 좆도 아니잖아? 이대호의 냉소가 리얼하게 느껴졌다. 2구는 조금 높은 곳에 143킬로미터짜리 광속구를 먹였다. 이대호의 방망이가 나왔지만 파울이 되고 말았다.

투낫씽!

이 새끼 봐라? 이대호의 달아오른 시선이 고스란히 느껴졌다. 오만과 멸시에 독기를 더한 눈이다.

그렇단 말이지?

그 눈빛, 내가 깔게 해주마.

공 두 개를 바깥쪽으로 던져 시선을 흩어놓았다. 하나는 커트가 되고 하나는 볼이 되었다. 5구에서 운비의 사인이 바뀌었다.

"……!"

세형의 눈빛이 출렁 흔들렸다.

'안 돼!'

세형이 고개를 저었다.

'던질 거야.'

'안 돼. 감독님이…….'

'던질 거라고!'

사인을 거두지 않았다. 감독의 지시는 명심하고 있지만 타석의 이대호에게 삼진을 먹이고 싶었다. 미치도록 그러고 싶었다. 결국 세형이 마운드로 올라왔다.

"야, 너 미쳤어?"

"쫄았냐?"

"그게 아니라 감독님이……."

"이 안에서 결정하는 건 너하고 나야. 너 포수의 그런 역할이 멋져서 포수 됐다고 그랬잖아."

"아, 씨발! 하지만 감독님 지시잖아?"

"한 번쯤은 어겨도 괜찮아. 너 그런 적 많잖아."

"나?"

"승우하고 배터리 이루었을 때!"

"으, 그때야 작전 수행 능력이 모자라 못 따라간 거고."

"모자라나 더하나 마찬가지야."

"야, 황운비!"

"쩐다. 장미애가 준 수호부까지 차고도 간이 떨리냐?"

"누가 그렇대?"

"나 던진다."

"에이씨! 나도 몰라! 니 멋대로 해!"

결국 세형이 손을 들었다. 운비의 손이 슬쩍 실밥에서 가죽으로 옮겨갔다. 감독님, 용서하세요. 마운드의 투수가 매번 감독님 지시에만 따라 공을 던질 수는 없잖아요? 이미 알맞게 달아오른 운비의 어깨. 그 힘을 받은 손에서 공이 떠났다. 공은 5번 존에서 살짝 낮은 궤적이었다.

'딱 걸렸······?'

실투로 생각하고 방망이를 돌리던 이대호. 하지만 방망이는 맥없이 돌아버렸다. 의표를 찌르는 체인지업이었다. 포심처럼 날아오다 홈 플레이트 앞에서 떨어져 버린 것.

팡!

공은 세형의 미트 안으로 매끈하게 빨려 들어갔다.

"으아악!"

공을 받아낸 세형이 비명을 질렀다. 이대호를 삼진으로 잡았다. 삼진, 퍼펙트 삼진이었다.

'후우!'

벅찬 숨을 고르며 운비는 박 감독을 바라보았다. 눈치를 살펴는 게 아니라 반응을 보는 것이다. 박 감독은 만리장성처럼 팔짱을 끼고 있을 뿐 이렇다 할 눈치를 보이지 않았다. 어물쩍 넘어가 4번 타자와 맞섰다. 자신감 때문인지 공도 제법 제구가 되기 시작했다.

팡팡!

대각을 찌르는 연속 포심으로 1—1을 만들었다. 박병학이 공을 노려보았다. 볼카운트를 버리며 궤적을 본 것이다. 마그네슘 결핍증이라도 걸린 듯 그의 한 눈이 파르르 떨렸다. 포심 하나밖에 없던 초땡. 그 포심이 변했다. 게다가 체인지업도 있었다. 어쩌면 다른 구종도 장착했다는 얘기. 박병학의 머리가 복잡해지고 있었다.

하지만 운비의 선택은 단순했다. 박병학이 최고의 약점을 보이는 바깥쪽 낮은 곳. 콜드존이 성한 그곳으로 회심의 포심을 날린 것이다.

부웅!

박병학의 방망이가 바람을 갈랐다. 몸을 뒤틀며 사력을 다했지만, 공은 마지막 순간에 약이라도 올리는 듯 살짝 떠올랐다.

쾅!

허무하게 돌아버린 방망이. 공 머리가 살아 있는 무브먼트 패스트 볼이었다.

"스트럭 아웃!"

2, 3, 4번 타자 연속 삼진!

"……!"

공비고 대기석이 찬물을 끼얹은 듯 조용했다. 특히 우 감독이 그랬다.

"황운비!"

마운드를 걸어 나오는 운비에게 선수들이 몰려왔다. 글러브로 머리를 치고 등짝을 때리고 난리도 아니다. 그러다 박 감독과 시선이 마주쳤다.

투수 교체다!

그 말이 나올까 걱정했지만 감독의 입은 열리지 않았다.

"죄송합니다. 그리고 고맙습니다."

운비가 먼저 인사를 했다. 그제야 감독이 한마디를 꺼내놓았다.

"아직 게임 중이다."

정말 그랬다. 7회 소야고의 마지막 공격. 원아웃 후에 덕배가 타석에 나섰다.

"덕배야, 한 방 먹여!"

대기석의 수찬이 악을 썼다. 5회부터 컨디션 조절 차 올라온 공비고의 에이스 류길상. 덕배의 눈빛은 끈끈했다. 그리고 결국 류길상에게 우중간을 완전히 가르는 안타를 뽑아내고 말았다. 덕배는 2루에서 멈칫거리다 3루로 달렸다. 외야에서 한번 더듬은 공도 3루로 날아왔다.

"달려! 달려!"

3루 코치로 나가 있는 남재가 미친 듯이 악을 썼다.

"아웃!"

잠시 후, 심판의 판정은 공비고 쪽이었다. 덕배의 오버런이었다. 세이프가 될 수도 있었지만 의욕이 앞서 베이스에서 떨어져 버린 것.

"으아악!"

세형과 병일, 경모 등이 비명을 지르며 주저앉았다. 천금의 기회를 날리는 아쉬운 횡사였다.

마지막 7회 말 수비, 마운드의 주인공은 다시 운비였다. 5번 타자는 초구 파울플라이로 잡았다. 타자가 초구부터 강공으로 나온 덕분이다. 다음 타석에서 굉장한 일이 벌어졌다. 타석에 이대호가 들어선 것이다.

'또?'

"……!"

이대호.

소야고 수비들이 경악했지만 이내 숨을 골랐다. 박 감독도 그랬다. 원래는 6번 타자가 들어와야 할 순서. 하지만 친선 경기에서는 상관없는 선택이었다. 감독들은 종종 이런 타순을 애용했다. 특히 컨디션 회복이 필요한 타자가 있을 때 더욱 그랬다. 심할 때는 매회 타석에 들어서는 타자도 있었다.

물론 이대호는 달랐다. 컨디션 회복이 아니라 고집 같았다. 거기에 우 감독의 이해관계도 포함되었다. 거의 패스트 볼만 뿌려대는 초땡이 투수. 그런 투수를 상대한 타자들의 말이 우 감독의 신경을 긁어놓았다.

'그냥 패스트 볼이 아니에요.'

'공 끝이 움직여요.'

처음 한둘이 말할 때는 흘려 버렸다. 그러나 이대호와 박병학까지 이구동성이자 생각이 달라졌다. 우선 운비의 투구 폼도 그랬다. 공이 나오는 팔이 잘 보이지 않았다. 얼마 전까지만 해도 동네 야구에 불과하던 황운비. 짧은 시간에 변모한 모습은 믿기 어려울 정도였다.

소야고!

수삼 년 전부터 신경도 쓰지 않던 팀이다. 그러나 이렇게 되면 이야기가 달라진다. 운비가 조금 더 성장한다면, 아니, 최소한 오늘만큼만 던져도 지역 예선부터 걸림돌이 된다. 그렇기에 주전들의 사기와 더불어 면밀한 파악이 필요한 우 감독이다.

매직 존.

운비는 존을 바라보았다. 아까보다 조금 더 안쪽으로 다가선 이대호. 아까의 표정이 오만이었다면 이번에는 오기로 보였다.

던져봐, 이 새끼야!

이대호의 눈빛이 도발해 왔다.

두 번째 타석. 공이 눈에 익을 시간. 더구나 고교 최정상급의 타자.

'운비.'

운비는 스스로에게 말을 걸었다.

'너는 할 수 있어. 그렇지?'

이대호는 혼자지만 너는 둘이잖아? 곽승우과 황운비. 그 둘을 합쳐서 이대호 하나 못 이겨? 거기에 더해 엄마가 선물한 매직 존까지 있는데? 엄마의 수호령이 저기 있는데?

차분한 와인드업으로 포심을 뿌렸다.

뻐엉!

굉음을 뿜은 공은 7번 존 위에서 미트 속으로 떨어졌다. 스피드건을 보던 우 감독의 시선이 멈췄다. 찍힌 숫자는 무려 147킬로미터였다. 오늘의 최고 구속, 더불어 운비가 지금까지 던진 공의 최고 구속이었다.

'씨발 놈, 개허접한 소야고 투수 주제에…….'

공을 노려본 이대호의 입술이 움직였다. 운비는 개의치 않았다. 투수는 오직 투구로 말할 뿐이다.

'암!'

이번에도 7번 존을 중심으로 공략했다. 공이 살짝 높았다. 이대호의 방망이가 따라 나왔지만 헛돌았다. 방금 전과 유사한 146을 찍은 속구였다.

3구는 이대호 얼굴 가까이로 날려 보냈다. 이대호가 움찔 물러섰다. 빠진 공이 아니었다. 지난봄에 받은 멸시에 대한 보답이었다. 이 또한 투수의 권리였다.

그걸 본 박 감독이 소리 없이 웃었다. 이놈은 스스로 진화하고 있다. 감독의 미소에 담긴 속내였다.

체인지업!

거기서 운비가 사인을 바꾸었다. 아까와 똑같은 볼 배합이다. 세형의 표정이 비장하게 변했다. 그 미트를 향해 체인지업이 날아갔다.

퍽!

직구, 직구, 위협구 다음에 꽂힌 운비의 체인지업. 스플리터를 던져볼까 했지만 선택은 체인지업이었다. 이대호에 대한 정면 승부였다. 칠 테면 쳐봐라. 이게 바로 허접한 소야고 투수의 클래스다.

부욱!

방망이가 돌았다. 하지만 공은 임팩트 포인트 앞에서 가라앉아 버렸다. 세형은 두 무릎을 꿇은 채 공을 막았다. 공은 미트 끝에 걸려 있었다.

"아웃!"

심판의 콜이 시원하게 나왔다. 다시 한번 보기 좋게 빅 엿을 먹인 것이다.

"아자!"

심판의 아웃 콜과 함께 세형이 두 팔을 뻗었다. 하지만 그 팔은 허공에서 멈춰 버렸다. 다음 타자 때문이었다. 이번에는 박병학이었다. 이대호에 이어 박병학의 출장. 이쯤 되면 우 감독의 오기도 보통은 아니었다.

'도전이라면……'

받아주지.

이미 달아오른 운비는 피하지 않았다. 첫 공은 바깥쪽으로 높았다. 2구는 6번 존 부근에 제대로 꽂혔다. 박병학은 이번에도 공 두 개를 흘려보냈다. 그러고는 방망이를 곧추세웠다. 구질 파악이 끝났다는 뜻이다.

3구!

다시 포심이 날아갔다. 2구와 거의 같은 코스. 박병학의 방망이가 바람을 갈랐다.

'실투……'

라고 생각했지만 공은 허상처럼 배트 중심을 비껴 나갔다.

'뭐냐?'

박병학의 눈매가 떨렸다. 난생처음 보는 내추럴 무브먼트. 이건 전국의 내로라하는 투수에게서도 보지 못한 공 끝이다. 게다가 저 빌어먹을 하이코킹과 백스트록, 전보다 한 발은 더 길어진 릴리즈 포인트. 박병학은 머리에 지진이 나는 것만 같았다. 전 타석에서 당했음에도 타이밍을 잡지 못하는 것이다.

'이번에는!'

운비의 손을 떠난 제5구. 눈알이 터져라 노려보던 박병학의 배트가 돌았지만 타격 포인트에서 절망 하나가 달려들었다. 빠르게 오던 공이 짧게 뚝 떨어진 것이다. 방망이는 저 홀로 돌아버렸다.

'스, 스플리터?'

자세가 무너진 박병학. 눈빛과 마음까지 무너지고 있었다. 홈 플레이트 앞에서 떨어진 공은 세형이 온몸으로 받아냈다. 미트 끝에 걸린 공이 보이자 심판의 콜이 따라 나왔다.

"스트럭 아웃!"

'해냈다!'

운비는 선 채로 왼 주먹을 불끈 쥐었다. 전율이 온몸으로 번져 갔다. 박 감독의 불호령 같은 건 두렵지 않았다. 그렇게 잡고 싶던 강호 공비고의 3번, 4번. 그 산맥에게 시도한 또 하나의 도전. 그게 통한 것이다. 한 번도 아니고 두 번씩이나.

'좋았어.'

그 말은 목 안으로 밀어 넣었다. 이제 시작일 뿐이었다.

"황운비!"

세형이 선 채로 악을 썼다. 주먹을 불끈 쥔 그의 얼굴에 눈물이 보인다.

"으아악, 이 멀대 꺽다리 자식!"

세형이 운비에게 달려가 매미처럼 안겼다.

"우냐?"

운비가 물었다.

"그럼 씨발! 니가 알아? 나랑 승우랑 이날을 얼마나 바랐는지?"

"알지. 그러니까 아직 울면 안 돼."

"뭐?"

"이 시합, 고작 친선 게임이잖아? 진짜 시합에서 눌러야지!"

"진짜 시합?"

"연습 게임이 아니라 정식 대회에서, 그것도 결승전 같은…."

"으아악, 이 자식!"

세형이 운비의 가슴에 얼굴을 비볐다. 그사이에 수비수들이 몰려왔다. 최종 스코어 3 대 3. 거함 공비고의 에이스가 출격한 게임. 작심하고 연속 출장한 주력 타자를 뭉개고 이룬 결과. 이건 승리와 다름없는 무승부였다. 연패만 거듭하던 소야고에 내린 한 줄기 희망. 그들은 그 소박한 기쁨을 나누며 내일을 기약했다.

'우리도 이제…….'

선수들의 눈빛이 초롱초롱하게 변했다. 어깨도 처지지 않았다.

오직 철욱의 어깨만을 바라보던 소야고 야구부원들은 비로소 진짜 에이스를 얻은 기분을 만끽했다.

부릉!

버스가 출발했다. 올 때와는 달랐다. 공비고 선수들도 그랬다. 소야고를 허접한 투명 인간 취급하던 그들. 오래도록 떠나는 버스에서 눈을 떼지 못했다. 그러나 괜한 경계심이 아니었으니, 주말 리그 같은 지역에 속한 팀으로서 운명적인 경계심이었다.

운비는 감독 옆에 앉아 있었다. 자의는 아니었다. 감독이 운비를 당긴 것이다.

"……."

박 감독은 별말이 없었다. 공비고 선수들 기록을 정리할 뿐.

"……."

운비도 입을 열지 않았다. 그러다 저만치 소야고가 가까워졌을 때, 박 감독은 딱 한마디를 꺼내놓았다.

"내 지시에 따르지 않았다."

"죄송합니다."

"아니, 잘했다."

"……?"

"끝까지 포심만 던졌으면 실망했을 거다."

"……?"

"작전 수행 능력, 중요하지. 하지만 투수는 상황 판단력에 더해 두둑한 배짱도 겸비하고 있어야 한다. 그저 시키는 대로만 하는 답답한 놈을 누가 쓸까?"

"……."

"나 말고 프로구단 말이다. 배구 유망주가 우아한 취미로 야구하러 온 건 아니겠지?"

"예."

"게다가 포심이 아닌 공은 극히 일부였으니 내 말을 어긴 것도 아니지. 기계가 아닌 한 세상에 100%라는 건 없는 법이니까."

박 감독의 입가에 미소가 번졌다.

"감독님!"

"축하한다. 오늘부터 너는 철욱이와 더불어 우리 소야고의 원투펀치다."

박 감독이 손을 내밀었다. 운비가 그 손을 잡았다. 감독의 홀아비 냄새는 좋아하지 않았지만 이 순간만큼은 용서가 되는 운비였다.

―우리 소야고.

―그 팀의 원투 펀치.

이 얼마나 심장 쫄깃한 말인가!

10. 파죽지세

"축하해!"

소식을 들은 윤서가 스킨십 폭탄을 날려왔다. 운비를 덮쳐 소파에서 뒹군 것이다. 우려가 가득하던 황금석과 방규리의 얼굴도 많이 펴졌다. 비로소 운비가 배구스타의 그늘에서 벗어난 날이었다. 가족들과 간단하게 파티를 한 운비는 방으로 돌아와 낡은 게임기를 꺼내 들었다.

'엄마…….'

게임기 위로 소녀가 어렸다. 이제는 명백하게 운비의 수호령이 된 소녀. 착각이거나 허상이래도 상관없었다. 고흐의 명화 손수건에 뜬 야구공(?)을 보며 담담한 결의를 전했다.

'나 잘할게.'

오래 감격하지는 않았다. 운비는 알고 있었다. 소야고가 처한

냉혹한 현실. 소야고 앞에 일어난 기적은 단지 강호 공비고와 '친선 경기'에서 무승부를 기록했다는 것뿐이다. 정식 대회가 아니었다.

침대에 누워 공을 던졌다.

'30센티미터.'

천장에 닿기 직전 공 높이를 정하고 던졌다. 다음으로 20, 10으로 줄여나갔다. 류연진이 알려준 이 훈련은 튜빙 밴드와 함께 제구에 큰 힘이 되었다. 공을 놓는 손가락의 힘, 특히 미세 근육이 안정되기 시작한 것이다. 운비의 타고난 운동신경과 승우의 사고방식 매칭도 한몫을 했다.

그해 여름은 뜨거웠다. 50여 년 만에 찾아온 혹서는 땀이 아니라 탈진을 강요했다. 그래도 운비는 뛰었다. 박 감독이 금지한 한낮의 땡볕도 두렵지 않았다.

철욱과 영길도 한 뼘 더 성장했다. 주변 효과로 병구의 직구도 구속이 올라갔다. 그들 역시 류연진을 만난 게 계기였다. 영웅의 지도를 절박한 기회로 받아들인 것이다.

타자들도 함께 변해갔다. 운비에 더해 철욱과 영길까지 공이 좋아지자 해볼 만하다는 생각을 갖게 된 것이다. 야구가 재미를 더하자 자발적 훈련도 늘었다. 수찬과 덕배, 순기 등은 300 스윙, 500 스윙을 목표로 내기를 벌이며 동반 매진했다. 그 즐거움의 중심에는 배구에서 굴러들어 온(?) 운비가 있었다.

뻥!

뻐엉!

운동장에서 운비의 포심이 벽력같은 소리를 울리며 미트에 박

히자 선수들은 후끈 달아올랐다. 이제는 투심은 물론이고 체인지업의 제구도 나쁘지 않은 운비. 거기에 간간이 체인지업과 스플리터도 OK. 저 공이라면 지역 예선의 넘사벽으로 불리는 공비고와 북인고, 청제고를 넘볼 수 있다는 생각이 들었다. 그 생각이 Off로 꺼진 선수들 마음에 On을 켠 것이다.

어쩌면 우리도!

가능성을 품기 시작했다.

운비의 포심과 투심에는 애칭까지 붙었다.

'크네이구!'

이름의 출발은 덕배였다. 청백전에서 운비가 146킬로미터 패스트 볼을 연속으로 두 개 뿌린 게 발단이었다. 피칭 머신으로는 150킬로미터 연습도 하고 있던 타자들. 그러나 운비가 뿌리는 공은 차원이 달랐다. 운비의 포심과 투심은 공 끝이 미친 스네이크처럼 흔들렸던 것. 때로는 물려고 고개까지 들었다.

〈크레이지+스네이크+공[球]=크네이구〉

크레이지와 스네이크에 공 구(球) 자를 붙여 만든 이름이다.

그러나 같은 학교 투수이기에 그 공을 쳐볼 기회가 많았다. 쓸만한 왼손 투수가 나오면 타율이 곤두박질치던 소야고 선수들. 쓸 만한 강속구 투수가 나오면 헛방망이만 돌리다 물러나던 절망감은 파도의 포말처럼 조금씩 부서져 갔다. 주변 효과였다. 그리고 그 주변 효과는 마침내 28연패에 종지부를 찍는 감격을 낳게 되었다.

상대는 호남권의 다크호스 전조고였다. 봉황기 1회전에서 공비고에게 1 대 0 석패를 하고 내려온 그들에게 도전장을 낸 것이다.

소야고는 이 대회에 출전하지 않았다. 박 감독이 노리는 건 이어지는 협회장배였다. 일찌감치 대회를 접은 전조고의 권 감독. 박 감독과 선후배 사이였기에 친선 게임에 응했다. 4강권 전력의 전조고가 초반 탈락의 고배를 마셨으니 선수들에게 스트레스나 풀게 하려는 생각이었다.

하지만 그는 한 가지를 몰랐으니 바로 운비의 존재였다. 선발은 철욱이 나왔다. 3회까지 1실점으로 선방했다. 슬라이더가 쏠쏠하게 먹힌 것이다. 그사이에 소야고는 5안타를 뽑아냈다. 철욱과 형도, 운비와 덕배 등의 안타였다.

3회 말이 백미였다. 형도의 안타에 이어 덕배가 투런 홈런을 쏘아 올린 것. 그 직전 수찬의 장타가 펜스 앞에서 잡힌 것에 대한 응징(?)이었다. 자율 스윙 훈련의 효과가 슬슬 드러나고 있었다.

2 대 1이 되자 소야고 선수들이 달아올랐다. 상대팀에 리드를 한다는 것, 그것 자체가 역사인 소야고였다.

"홀라레, 엄마, 아빠, 우리가 리드야."

선수들은 박 감독 몰래 부모에게 문자를 보내며 기쁨을 표했다.

4회가 되자 운비가 마운드를 이어받았다.

뻑! 뻑!

용규 대신 배터리를 이룬 세형의 미트가 경쾌한 소리를 울렸다. 멀대 같은 운비의 체격에 호기심을 보이던 전조고 선수들. 볼 스피드를 보고는 머리카락이 삐쭉 올라갔다.

4회부터 7회까지 무려 다섯 개의 삼진을 솎아냈다. 공이 손에서 빠지면서 몸에 맞는 공 하나와 2루타를 허용한 게 흠이었다. 이날도 주구장창 포심이었다. 그 또한 박 감독의 지시였다.

그러나 그 포심은 전과 또 달랐다. 최고 구속 148킬로미터부터 130킬로미터 중반 대까지 적절하게 배합된 것. 평균 구속은 140을 기록했다.

매직 존을 보는 운비의 능력, 게다가 홈 플레이트 앞에서 미친 무브먼트까지 일어나니 전조고 타자들은 속수무책이었다.

크네이구!

저 자식, 고1 맞아?

다른 나라에서 선수 생활 하다 온 거 아니야?

전조고 타자들은 추풍낙엽 꼴이 되었다.

7회 말, 소야고가 한 점을 더 뽑았다. 포볼로 나간 주자가 희생 번트로 2루로 나가자 3번으로 나온 철욱의 우전 안타가 작렬한 것이다. 3 대 1. 게임을 마감할 순간이다.

거기서 권 감독이 태클을 걸어왔다.

"9회 채웁시다."

원래 7회로 약속한 게임이다. 박 감독은 여유 있게 그 콜을 받았다. 8회 초, 전조고 타자들이 독기를 품고 나왔지만 다를 게 없었다. 이날 운비의 공 스피드는 갈수록 안정되었다. 한마디로 되는 날이었다.

그렇게 9회를 맞았다.

마운드는 영길이 접수했다. 전조고의 4번을 맞아 긴 공방 끝에 포볼을 허용했다. 하지만 다음 타자에게 각이 제대로 나오는 커브로 6-4-3 병살을 이끌어냈다. 기세가 오른 영길은 마지막 6번 타자를 뜬공으로 돌려세웠다.

"와아아!"

선수들이 마운드로 몰려 나갔다. 고작 연습 경기. 그러나 마침 내 28연패의 흑역사를 밀어내는 순간, 선수들은 마치 봉황기 우승기라도 안은 듯 마운드에 엉겨 붙어 눈물을 뿌렸다.

"저 보물, 어디서 났습니까?"

권 감독이 박 감독에게 물었다.

"하늘에서 뚝 떨어졌어요."

"그런데 왜 봉황기에 불참을?"

"아직 미완이라서요."

박 감독의 대답은 짤막했다.

"허어, 이거 스트레스 풀러 왔다가 스트레스받고 가네. 공비고 에 북인고만 해도 힘겨운 판에."

권 감독은 몇 번이고 고개를 저었고, 박 감독은 몇 번이나 의미심장한 미소를 삼켰다. 박 감독에게는 다른 복선이 있었기 때문이다.

마침 봉황기 4강이 열리는 그날 저녁, 일찌감치 삼겹살 파티를 마치고 텔레비전 앞에 앉았다. 삼겹살은 박 감독이 지갑을 털었다. 28연패 탈출을 자축하는 희생(?)이었다.

"건배!"

철욱이 사이다 잔을 치켜들었다. 선수들은 단숨에 사이다를 마셨다. 배를 불린 후 북인고와 공비고가 올라간 4강 경기를 봤다. 화면을 보는 모두의 눈빛이 영롱하게 변했다.

저 자리,

꿈에도 그리던 전국 4강.

저 자리에 서고 싶어.

막연한 꿈이자 넘볼 수 없는 신기루이던 전국 대회 4강. 여전히 두렵고 요원하지만 희망의 불꽃이 고개를 들고 있었다.

봉황기는 그렇게 끝났다.

우승기는 공비고의 품에 안겼다. 전국 상위권의 원투 펀치와 3번, 4번의 핵 타선을 합쳐 우승을 거머쥔 것. 함께 출전한 북인고 역시 4강, 청제고도 8강을 찍었다.

공비고의 에이스 류길상은 준결승에 이어 결승에서도 마운드를 밟았다. 5회부터 상대 타자들을 2안타 무실점으로 틀어막았다. 대회 2승에 방어율 1.82. 이대호는 결승전 4타수 3안타를 찍었고, 박병학은 1안타에 그쳤지만 그게 투런 홈런이었다.

이제 예선 없이 참가하는 대회는 협회장배 하나. 이 대회는 각종 대회 8강을 대상으로 치렀지만 올해는 봉황기처럼 모두에게 참가 자격을 주었다. 앞서 치러진 대회의 8강에 중복 입상한 학교가 많은 까닭이었다.

두 대회를 다 참가해 봐야 실익이 없다고 판단한 박 감독은 일찌감치 무게중심을 협회장배로 옮겨놓았다. 선수들의 실력이 향상되고 있으므로 시간이 필요했다. 특히 운비가 그랬다.

"나이스!"

결승 중계를 본 운비는 쿨하게 박수를 쳐주고 운동장을 달렸다. 한 발 한 발 달릴 때마다 잡념이 떨어져 나갔다.

두렵냐?

스스로에게 물었다.

아니. 한번 붙어보는 거지, 뭐.

스스럼없이 대답했다. 돌아보니 세형과 철욱, 덕배와 형도, 용규 등이 뒤를 잇고 있다. 감독의 지시가 아니었다. 자발적으로 뛰는 것이다.

공비고의 우승은 어느 정도 예상한 일이었다. 전력부터가 전국 정상권이었고, 다른 학교와는 전략이 달랐다. 이제 고교 야구의 초점은 황금사자기와 청룡기였다. 여기서 좋은 성적을 내서 프로 구단의 눈도장을 받으면 그다음부터는 목을 매지 않아도 됐다. 심지어 설렁설렁하는 선수도 있었다. 부상을 우려하기 때문이다.

공비고는 달랐다. 역대 최고의 전력을 갖춘 우 감독. 이번 기회에 전국 3관왕을 찍으려 했다. 동문들의 바람도 그랬으므로 베스트 나인으로 참가한 것이다.

"철욱이 형."

달리던 운비가 뒤를 돌아보았다.

"왜?"

"세 바퀴 선착, 지면 컵라면 쏘기. 오케이?"

"오케이!"

주춤거리는 사이에 철욱이 먼저 뛰어나갔다.

"어, 일단 약속을 하고 뛰어야지?"

"얌마, 시합에서 상대 선수들이 약속대로 던지고 치냐?"

"에이씨."

운비가 속도를 높였다. 그러자 세형과 덕배, 용규 등도 스피드를 올렸다. 두 바퀴를 돌고 홈 플레이트가 다가오기 전, 철욱이 두어 발 빨랐다. 하지만 결과가 뒤집혔다. 운비가 홈을 향해 폭풍 슬라이딩을 시도한 것이다.

"일 등!"

운비가 누운 채 소리쳤다.

"……!"

간발의 차이로 선두를 뺏긴 철욱이 운비의 승부욕에 혀를 내둘렀다.

"죽어라, 빅 유닛!"

운비 위로 세형이 덮쳤다. 덕배도 덮쳤다. 용규와 형도까지 덮치자 구경하던 선수들도 그 위로 포개졌다. 선수들은 한데 어울려 웃었다. 팀워크가 쫙쫙 올라가는 소리였다.

"운비 저 자식요."

다가온 박 감독을 보며 철욱이 입을 열었다.

"가끔 승우 녀석의 환생이 아닌가 하는 생각이 들어요."

"나도 그렇다."

박 감독이 웃었다.

"어쩌면 감독님 소원 이루어주려고 승우가 보내준 건지도 모릅니다."

"내 소원보다 네 소원부터 이뤄야지."

"예?"

"대학이든 프로든 가야 하지 않겠냐? 그래도 우리 팀 에이슨데."

박 감독의 목소리는 담담했다.

"감독님."

"너 봉황기 나가고 싶었지?"

"……."

"운비가 제대로만 던져주면 8강 정도는 가능하지 않을까 생각했을 테고."

"……."

"우리… 갔으면 황운비를 빼고 가야 했다."

"예?"

"저 녀석, 배구에서 전향했잖냐. 추가 등록을 해야 하기 때문에 봉황기에는 선수 자격이 없었어."

"그, 그래서?"

"서운하게 들릴지 모르지만 너 하나로는 안 된다. 우리 팀은 저놈이 지금 정도는 던져줘야… 그건 너도 인정하지?"

"그럼요. 우리 전체가 인정하는 일입니다."

"겨우 선수 등록이 되었다는 연락을 받았다. 협회장배부터 참가에 문제없다는 말도."

"감독님!"

철욱이 발딱 고개를 들었다. 선수 자격, 그걸 생각지 못한 것이다.

"황운비… 솔직히 아직은 모른다. 가능성은 무궁하고 현재 던지는 공이 제구가 되면 단번에 전국구급 에이스가 될 수 있지. 하지만 실전에 약한 유리 멘탈도 많고 큰 경기에 약한 유리 심장도 많으니까."

"저놈은 아닐 겁니다."

"그 기대에만 부응해 준다면 협회장배, 우리가 파란을 일으킬 수 있다. 마침 청소년 대표들도 곧 소집될 거거든."

박 감독의 목소리에 힘이 들어갔다.

"아!"

"게다가 황운비는 아직 알려지지 않았기에 상대 팀들이 대비할 시간도 없지."

"……."

"잘 이끌어라. 너랑 원투 펀치를 이뤄서 어떻게든 4강 한번 가 보자. 그렇게 되면 우리 팀이 재조명을 받을 테고, 너희 3학년들 대학 진학이나 연습생 자리 정도는 어렵지 않을 수도 있어. 그래 야 내년 신입생 수급도 나름 원활할 테고."

박 감독의 생각 속에는 많은 바람이 들어 있었다.

"감독님 거취도……."

"내 걱정은 안 해도 된다."

"……."

"그러자면 협회장배뿐이다. 전국체전이 있긴 하지만 마지막에 희망을 걸기에는 여유가 없어."

"……."

"3년 내내 고생했으니 유종의 미를 거둬보는 거다. 오늘 경기 는 너희들 스스로 자신감을 다지는 계기였다. 알았나?"

감독의 시선은 강철처럼 단단했다. 철욱이 본 3년 동안의 눈빛 중에 가장 묵직해 보였다. 철욱은 감독의 속내를 알아들었다. 협 회장배와 전국체전. 이미 전국 4강이나 우승을 이룬 팀에게는 큰 의미가 없을 수 있었다. 더구나 청소년 대표들이 소집된 기간. 최 상위권 팀들은 주축 선수들을 대표팀에 보내야 했다. 그렇기에 박 감독의 희망은 고무적이었다.

'황운비.'

철욱의 시선이 먼 운비에게 향했다. 소야고의 파란은 운비의 어깨에 달려 있었다. 철욱의 슬라이더가 각을 세웠다지만 그것만으로는 4강을 바랄 수 없었다.

대진표에 따라서는 다섯 번을 이겨야 결승에 진출하는 토너먼트. 4강에 끼려면 적게는 세 번, 많게는 네 번을 이겨야 했다.

전국 4강!

얼마 전까지만 해도 완전히 불가능한 일이었다. 무려 28연패의 소야고였다. 본선 대회에서 1승을 올리는 것조차 기적인 상황.

하지만 이제는 달랐다. 멋대로 굴러들어 온 배구 선수. 그 하나가 팀 분위기를 바꿔놓은 것이다.

운비가 성장하는 모습을 보면서 선수들에게 희망이 싹텄다. 실전 경험은 일천하지만 아직도 발전 진행형인 모습. 거기에 프로선수 쯤 쪄먹는 두둑한 배짱과 마인드, 공부하는 자세까지 갖춘 운비였다.

실제로도 운비의 공을 상대하는 경험은 선수들에게 커다란 자산이 되고 있었다. 투수들은 서로 자극이 되면서 공이 좋아졌고, 타자들은 좋은 공을 때려보는 기회가 되었다. 운비는 원하는 선수들에게 친절하게 배팅 볼까지 자청했다. 그것들이 쌓이자 팀전체 수준이 향상되는 시너지 효과가 나오고 있었다.

황운비!

한마디로 호박이 통째로 굴러왔달까?

그런 생각을 할 때 철욱의 등짝에서 천둥이 울렸다.

"형, 컵라면 안 쏴?"

호랑이도 제 말 하면 온다더니 운비였다.

클릭!

박 감독이 마우스를 눌렀다. 그 뒤에 옹기종기 몰려선 선수들은 눈도 깜빡이지 못했다. 작년 대통령기와 봉황기 이후로 처음 출전하는 전국 대회. 마침내 협회장배 전국 고교 야구 대회의 대진표가 올라온 것이다.

"소야……."

학교 이름을 찾던 세형의 시선이 화면 위에서 멈췄다. 박 감독도 그랬다. 소야고가 있었다. 다행히 한 번 더 싸우는 1회전에는 걸리지 않았다. 하지만 전혀 다행이 아니었다.

대구 상언고

선수들의 눈은 상대 학교명에 꽂혀 움직이지 못했다. 대구 상언고. 이번 봉황기 4강에 오른 강팀이다. 뿐만 아니라 최근 5년간 공비고, 부삼고, 성납고, 안산 등산고, 북인고, 닥수고, 충안고 등과 함께 각종 대회 우승을 나눠 가진 최정상의 고교 야구팀.

"아씨……."

세형이 머리를 쥐어뜯으며 신음을 토했다. 다른 선수들도 반응은 비슷했다. 다르게 반응한 건 오직 운비뿐이었다.

"상언고만 이기면 4강 직행이네? 다른 학교들은 해볼 만하잖아요?"

운비의 말에 모든 시선이 쏠려왔다. 야알못, 선수들의 표정은 그렇게 말하고 있었다. 배구에서 전향한 운비였으니 선수들 머리에는 아직 그 잔상이 남아 있었다.

"운비 말이 맞다."

침묵하던 박 감독이 일어섰다.

"상언고가 강팀이지만 공비고에는 미치지 못한다. 게다가 거기 에이스 장도윤과 1번 타자 장근우는 청소년 대표 참가 중. 그런데도 거시기가 쪼그라드나?"

"아닙니다!"

철욱이 소리쳤다.

"너희들은?"

감독의 눈이 선수들에게 향했다.

"저희도 아닙니다!"

선수들 목소리도 뒤지지 않았다.

"그럼 나가서 연습해라. 재능을 뛰어넘을 수 있는 유일한 방법이 뭐라고 했지?"

"연습!"

"나가라! 우리는 상언고와의 1차전에 모든 것을 건다!"

감독의 명이 떨어지자 선수들이 연습장으로 뛰었다. 박 감독의 평고가 이어졌다.

"허리 높이 봐라! 디스크 걸렸냐?"

"공에 맞아 죽어도 눈 떼지 말라니까!"

"글러브로 안 되면 몸으로라도 막아!"

박 감독의 윽박지름을 선수들이 받아냈다. 한바탕 뒹굴고 나니 땀투성이다. 그대로 휴식도 없이 운동장을 달렸다. 달리며 서로를 돌아보았다. 한때는 모래알이던 선수들. 서로를 격려하며 전의를 불태웠다. 휘영청 뜬 달빛조차도 선수들을 감싸주는 밤이었다.

그날 밤, 운비는 상언고 타자들 기록을 살폈다. 허욱, 황명균, 이재환 등이 도드라졌다. 투수 역시 장도윤을 제외하고도 두 명의 수준급 투수가 포진하고 있었다. 그 스타일과 기록을 머리에 넣었다.

운명의 1차전!

그날이 밝았다.

소야고의 1차전이 벌어지는 곳은 안산 구장. 소야고에게는 1차전이지만 1회전과 같은 날에 치르게 되었다. 서로 다른 네 개의 구장에서 게임이 열리는 까닭이다.

출정을 앞둔 선수들이 운동장에 도열했다. 교장과 선수 후원회장이 나왔다.

"자신 있나?"

교장이 물었다.

"옙!"

선수들이 가슴을 내밀며 답했다.

"첫 상대가 만만치 않다고 들었다. 최선을 다해주기 바란다."

교장은 선수들 하나하나의 어깨를 두드려 주었다. 28연패의 늪에 빠진 야구부. 운비가 들어와 활력이 되고 있다지만 큰 기대가 없는 교장이다. 그렇기에 열렬한 환송 같은 것도 없었다. 그저 선수 학부모들이 동행하기 위해 일부 나와 있을 뿐.

"황운비!"

버스를 타기 전 박 감독이 운비를 불렀다.

"예?"

"봉래고 배구단은 어땠냐? 전교생이 나와서 힘을 실어주었겠지?"

"예? 예."

"오늘 너는 필승 계투조로 출격한다."

"……?"

"철욱이 흔들리면 바로 들어갈 거다. 부담 갖지 말고 스트라이크만 꽂아라. 결과가 좋으면 우리도 다음부터 전교생의 환송을 받으며 출전할 수 있을 거다."

박 감독은 운비의 등을 두드려 주었다. 너를 믿는다. 그 마음이 담긴 손길이었다.

'출격!'

버스에 앉아 그 단어를 생각했다. 그 얼마나 간절한 일이던가? 중2 이후로 한 번도 중요한 게임에 나서지 못한 타격 연습용 후보 투수의 비애. 서러움은 파도에 넘겨주고 안산을 향해 달렸다.

소야고와 대구 상언고의 1차전이 벌어지는 안산구장.

스탠드는 썰렁했다. 양 교의 학부모들과 일부 동문 외에는 별 관중이 없었다. 그도 그럴 것이, 애당초 상언고의 몸 풀기 정도로 알려진 게임이었다. 야구 관계자들은 상언고의 콜드게임 승을 예상하고 있었다.

10 대 0!

소야고 선수들이 안산구장에서 몸을 푸는 중에 그 예측이 들려왔다. 선수들 표정이 굳어버렸다. 그때 파이팅 넘치는 소리 하나가 선수들의 긴장을 밀어냈다.

"우리가 10이야, 우리가!"

운비였다. 이미 몸을 푼 운비의 손에서 공이 날아갔다.

펑!

용규의 미트에서 천둥소리가 났다. 선수들 눈빛에 생기가 돌기
시작했다.

1번 타자: 최강돈(2루수)
2번 타자: 길진태(유격수)
3번 타자: 강철욱(투수)
4번 타자: 백수찬(좌익수)
5번 타자: 양덕배(중견수)
6번 타자: 황운비(우익수)
7번 타자: 마도윤(3루수)
8번 타자: 장형도(1루수)
9번 타자: 한용규(포수)

오더가 나왔다. 2, 3학년 주축에 1학년은 운비와 형도가 들어
갔다. 형도의 타격은 슬슬 자리를 찾아갔다. 운비의 배팅 볼 덕
분이다. 게다가 좌타자이기에 마도윤과 더불어 박 감독의 중용을
받게 된 것이다.

대구 상언고의 선공으로 1회 초가 시작되었다.

"나이스 피처 강철욱, 가자가자, 삼구 삼진!"

외야의 운비가 함성으로 운동장을 흔들었다.

"가자가자, 소야고!"

용규도 홈 플레이트에서 화답했다.

"파이튀잉!"

마무리는 세형이 주도하는 더그아웃.

철욱의 초반 징크스는 깨지지 않았다. 첫 타자를 볼넷으로 내보낸 것. 슬라이더가 좋아졌다지만 패스트 볼이 뒷받침되지 않으니 상언고 타자들의 방망이가 나오지 않았다. 결국 원아웃 2루에서 중전안타를 맞아 선취점을 주고 말았다. 그나마 후속 타자들을 내야 땅볼로 처리한 게 다행이었다.

타자들의 불타는 의욕도 상언고의 2학년 투수에게 눌렸다. 2선발인 이석철이 나오지 않은 건 다행이지만 140킬로대로 좌우 코너를 찌르는 패스트 볼과 낙차 큰 커브에 헛방망이가 돌았다.

2회 초는 철욱이 선방했다. 투아웃 이후에 안타를 맞았지만 후속 타자를 우익수 뜬공으로 처리하면서 한숨 돌렸다. 덕분에 외야의 운비도 공을 만져볼 수 있었다.

2회 말, 선두 타자로 덕배가 나섰다. 타격감이 좋은 덕배의 방망이가 상대 투수의 공을 중심에 맞췄지만 라인 드라이브가 되고 말았다.

"으아!"

소야고 더그아웃에서 탄식이 새어 나왔다. 그 뒤로 운비가 들어섰다. 상대 포수가 운비를 힐끔 올려다보았다. 2미터에 육박하는 장신. 어쩌면 현재 고교 야구를 통틀어 가장 큰 키일지도 모른다. 그런 시선 따위, 개무시해 버렸다. 헬멧을 눌러쓰고 투수를 지그시 쏘아보았다.

고교 입학 후에 처음으로 선발 출전한 본선대회.

엄마, 그리고 아빠.

운비의 뇌리에 떠오른 건 곽민규와 김수아였다. 어젯밤 운비는 전화기를 들고 망설였다. 아빠 곽민규에게 전화를 걸까 말까 한

참을 생각하다 그만두었다. 조금 더 가시적인 게 필요했다. 빅 유 닛에 걸맞은 가시적인 것.

"황운비, 파이팅!"

더그아웃 뒤에서 귀에 익은 소리가 들렸다. 윤서였다. 방규리 와 나란히 앉아 응원하고 있다. 승우 부모의 사랑 못지않게 황운 비를 사랑하는 가족들. 시선을 거두고 투수에게 집중했다.

투수가 천천히 와인드업에 들어갔다.

'타조의 신성 시력.'

본선대회에서도 그건 꿈이 아니었다. 홈 플레이트의 매직 존만 큼은 아니지만 그라운드가 세밀하게 보이는 것. 확 트인 시야는 매나 타조의 그것처럼 선명했다. 투수의 팔이 나오는 순간, 구종 을 알 것 같았다.

'커브.'

운비의 예측은 정확했다. 인코스 커브가 들어온 것이다.

"뽈!"

심판이 콜을 했다. 공이 조금 낮았다. 운비의 키 때문이다. 두 번째 공은 포심이었다. 공은 빨랫줄처럼 가슴 아래를 파고들어 왔다.

"수뜨라익!"

볼카운트 원 앤 원. 운비가 반응이 없자 자신감을 얻은 포수 가 같은 코스를 주문했다. 다시 포심이 날아왔다. 궤적을 읽은 운 비의 방망이가 장쾌하게 돌았다.

따악!

투수 키를 넘어간 공은 중견수 앞에 떨어졌다. 소야고의 첫 안타였다. 하지만 득점은 나지 않았다. 7번 마도윤과 8번 형도가 삼진과 좌익수 뜬공으로 물러난 까닭이다.

3회 초, 다시 위기가 찾아왔다. 선두 타자의 땅볼을 서두르다 2루수가 알을 까버렸다. 주자는 2루까지 들어갔다. 박 감독은 번트 대비 사인을 냈다. 내야수들이 한 걸음 전진 수비를 펼쳤다. 그걸 비웃기라도 하듯 히트 앤드 런이 나왔다. 주자를 안전하게 3루에 두고 투수를 압박하겠다는 의도였다. 공은 3루 선상 가까이에 떨어졌다. 거기서 마도윤이 실책을 했다. 라인 밖으로 나온 공을 잡지 않아 다시 그라운드 안으로 방향을 바꾸어 버린 것.

노아웃 1, 3루.

박 감독이 올라와 철욱을 다독였지만 타자와의 파울 실랑이 끝에 볼넷을 내주고 말았다.

노아웃에 만루.

굉장한 위기였다. 타순은 상언고의 3번 황명균. 만만치 않은 불방망이의 소유자이다. 거를 수도 없는 상황에서 용케 투 스트라이크를 잡았다. 하지만 타자는 선구안이 좋았다. 이어진 슬라이더를 거푸 골라낸 것이다. 결국 밀어내기로 한 점을 헌납했다.

다음 타순은 상언고의 4번 타자 허기창. 걸렸다 하면 넘어가는 파워 배팅의 타자로 프로야구 김태근을 연상케 하는 체구였다. 철욱은 소야고의 에이스로 알려진 투수. 초반부터 궁지로 몰아넣은 상언고는 전문가들의 예측처럼 콜드게임 승을 머리에 그리고 있었다.

다시 박 감독이 나왔다.

"투수 황운비!"

박 감독이 외야의 운비를 불렀다. 철욱으로는 더 이상 상언고 타선을 막을 수 없다고 판단한 것이다. 운비와 철욱은 포지션을 맞바꾸게 되었다. 콜을 받은 운비가 마운드를 향해 달렸다. 심장 속에서 리베라의 등장 음악 Enter Sandman이 울렸다. 얼마나 기다리던 순간인가. 더구나 이번에는 박 감독의 옵션도 없었다.

온리 포심!

그 족쇄가 사라진 것이다.

땡큐, 감독님.

운비가 공을 넘겨받았다.

"미안하다."

철욱이 말했다.

"아뇨. 고마워요, 형."

"응?"

"이런 건 1학년들이 맡아야죠. 형은 외야에 가서 좀 쉬세요."

"운비야."

"대신 외야 플라이 맞으면 잘 부탁합니다."

운비가 공을 받아 들었다. 철욱은 운비의 등을 한번 쳐주고 외야로 물러났다.

빽!

뻐억!

운비가 연습구를 던졌다. 공을 본 상언고 감독의 인상이 찌푸려졌다. 생각보다 빠른 속구였다. 운비로서는 첫 본선 게임 등판. 마지막 연습구를 뿌리고 박 감독을 바라보았다.

"떨리냐?"

감독이 물었다.

"아닙니다."

"심호흡을 해라. 후우! 후우!"

"후우우!"

"자신 있게 던져라. 맞아도 좋다."

박 감독의 특명은 간단했다.

4번 타자가 위협적인 스윙을 마치고 타석에 들어섰다. 위압감이 상당했다.

"우우우!"

상언고 더그아웃에서 야유가 나왔다. 상언고 동문들이 자리한 스탠드도 그랬다. 마운드에 선 장신의 운비, 그러나 겨우 1학년, 더욱이 처음 출전한 듣보잡 투수.

"홈런! 홈런!"

상언고 동문들이 점점 더 기세를 올렸다.

"삼진! 삼진!"

소야고 학부모들도 함성으로 맞섰다. 그중에서도 압권은 윤서의 목소리였다.

"운비야, 힘내!"

윤서의 목소리가 찢어졌다. 일당백의 기세이다.

'4번 존 포심!'

용규의 사인이 나왔다. 3, 6, 9번 존의 인코스가 이상적이지만 몸에 맞을 위험 때문에 바깥쪽 존을 선택한 것이다.

홈 플레이트에는 매직 존이 섰다. 아주 선명했다. 상언고 4번 타자의 콜드 존과 핫 존, 그리고 그 앞에 아른거리다 사라지는 수호령의 모습.

'엄마……'

혼자 홈 플레이트를 보며 중얼거렸다.

나 여기 왔어요.

엄마가 원하던 빅 유닛의 모습으로.

이 대회가 끝나면 아빠 보러 갈 거예요.

믿지 않더라도 다 말할 거예요.

그러니 승우, 아니, 이제는 황운비, 두려움 없이 피칭할 수 있도록 힘을 주세요. 소야도 앞바다에 밀려오던 해일처럼 당신이 알려준 저 매직 존을 마음대로 넘나들 수 있게.

'4번 존!'

용규가 흔드는 사인이 이제 또렷이 보였다. 운비는 고개를 저었다.

'그럼?'

'6번 존이요.'

'그러다 몸에 맞으면?'

'잘 던져볼게요.'

운비가 고개를 저었다. 박 감독과 용규가 바라는 바깥쪽 스트라이크존. 그건 4번 타자 허기창이 잘 밀어 치는 공이다. 물론 박 감독의 우려는 알고 있다. 코너워크가 잘못되면 걷잡을 수 없을 일. 하지만 운비의 포심이 제대로만 들어가면 좋은 승부가 될 거라고 생각한 것이다.

'좋아.'

운비의 고집이 먹혔다. 용규는 미트를 두어 번 두드린 후 6번 존에 갖다 댔다.

'Slow and Steady!'

1루에 견제구를 던졌다. 곽민규의 좌우명부터 실천한 운비였다. 전국 대회 본선 첫 등판. 아빠에 대한 예의를 갖췄다. 그리고 공을 받아 쥔 운비가 세트포지션과 함께 포심을 뿌렸다.

후웅!

뻐억!

용규의 미트에서 천둥이 울렸다. 공은 6번 존에 아슬아슬하게 걸쳤다. 볼을 선언할 수도 있는 위치. 심판의 콜은 조금 늦게야 나왔다.

"스뚜악!"

구속은 143킬로미터를 찍었다.

"……!"

타자가 긴장하는 게 보인다. 철욱의 공과는 스피드가 달랐다.

'이 새끼, 뭐야?'

허기창의 눈동자에 긴장감이 번진다.

2구 역시 포심. 이번에는 8번 존을 노리며 날아갔지만 생각보다 빠지고 말았다.

뻐억!

다시 울린 천둥소리가 운동장을 흔들었다. 상언고 더그아웃은 침묵에 휩싸였다. 스피드건에 145가 찍힌 것. 굉장한 구속이지만 그게 전부가 아니었다. 우선 투구 폼부터 거슬렸다. 어깨 뒤로 감춘 팔이 잘 보이지 않았다. 상언고 감독은 쓴 입맛을 다셨다. 어젼지 불길한 생각이 든 것이다.

그사이에 3구가 날아갔다. 바깥쪽으로 빠졌다. 이제는 안쪽으로 승부를 볼 차례였다. 심호흡을 한 운비가 다리를 들어 올렸다.

"와압!"

다행히 6번 존에 제대로 제구가 된 공이었다. 허기창의 방망이가 나왔지만 조금 느렸다.

헛스윙!

볼카운트 2, 2.

돌아간 모자를 눌러쓴 허기창이 운비를 노려보았다. 연속된 공 네 개. 공 끝이 살아 있어 패스트 볼인지 변화구인지 구분이 가지 않았다. 하지만 마음을 다잡았다. 이유야 어쨌든 1학년이고 중학교 때까지 들어보지도 못한 놈이다. 게다가 단순 찬란한 볼배합. 공을 몇 개 보았으니 맞출 수 있을 것 같았다.

순간, 사인을 받은 용규의 얼굴이 하얗게 질려 버렸다. 운비가 '스플리터' 사인을 낸 것이다.

"……!"

잠깐 동안 정신이 안드로메다를 오갔다. 연습 중에 운비의 스플리터를 받아본 용규. 지금 이 순간, 가장 완벽한 위닝샷이 체인지업이나 스플리터라는 걸 모를 리 없었다. 다만 위험부담이 문제였다. 자칫 뒤로 빠지면 두 점까지도 내줄 수 있었다. 슬쩍 타자를 보았다. 노림수가 무엇인지 알 것 같았다. 허기창은 운비의 직구를 벼르고 있었다.

'휴우!'

깊은 날숨이 나왔다. 경기 전 박 감독은 용규에게 당부 하나를 남겼다. 투수 보호를 위해 주로 직구 위주로 가라는 것. 하지만 직구에 섞어 쓰는 한두 개 스플리터라면 큰 무리가 아닐 것도 같았다. 용규는 운비의 사인에 오케이를 날렸다.

던져라!

세형이 자식처럼 죽을 각오로 막아줄게!

미트를 대자 운비의 공이 날아왔다. 용규의 체모가 온몸 가득 일어선 후였다.

'제발 속아라.'

간절한 바람과 함께 타자의 방망이가 돌았다.

스윙!

눈빛이 잠시 아뜩해지나 싶더니 허기창의 방망이가 어림없이 허공을 휘저었다. 동시에 운비는 홈으로 대시하고 용규는 몸으로 공을 덮쳤다. 홈 플레이트를 친 공이 튕겨 오른 것이다.

"스투악 아웃!"

주심의 콜과 함께 먼지가 일었다. 그 사이로 3루 주자가 홈으로 치달았다.

"형!"

운비가 소리쳤다. 겨우 정신을 차린 용규가 공을 찾았다.

"뒤에! 뒤에!"

운비가 외쳤다. 용규의 시선이 공을 발견했지만 몸이 잘 움직이지 않았다. 주자가 슬라이딩으로 쏟아져 들어왔다. 용규도 태그를 위해 몸을 날렸다.

"……!"

심판은 먼지가 가시기를 기다리고 있다. 블로킹을 한 용규와 홈 대시를 한 주자. 그 장면에서 먼지가 가라앉았다. 결과는 주심의 박력 있는 액션을 통해 나왔다.

"아웃!"

"와아아!"

소야고 더그아웃에서 함성이 일었다. 그러나 미숙한 플레이가 나왔다. 홈 대시 주자에 신경 쓴 탓에 다른 주자들을 놓쳤다. 한 베이스씩 뛰어 주자가 2, 3루가 되었다. 실전 경험 부족 탓이다.

"괜찮아. 다음 타자는 삼진으로 잡을게요."

운비는 오히려 포수를 위로했다. 한숨 돌렸지만 투아웃에 2, 3루. 위기는 여전히 진행형이었다.

"5번 타자 이재환!"

장내 아나운서 멘트에 이어 또 한 명의 교타자가 들어섰다. 봉황기 대회에서 4할을 친 강타자였다. 매직 존에 형성된 핫 존은 다른 선수에 비해 넓었다.

'9번 존 부근에서 절반 정도.'

6, 8, 9존을 중심으로 몸 쪽과 낮은 공에 약한 타자. 기록을 함께 상기했다. 이재환은 특별히 슬라이더에도 약했다.

'오케이!'

슬라이더에 방점을 찍은 운비의 1구가 날아갔다. 슬라이더를 닮은 체인지업이었다. 타자의 방망이가 헛돌았다. 2구는 5번과 6번 존의 중간에다 꽂아 넣었다. 가운데로 몰린 공은 파울이 되어 뒤의 그물로 넘어갔다.

투낫씽!

타자는 배트 끝을 반 뼘 올려 잡았다. 어떻게든 맞추겠다는 의욕이 넘치고 있다.

'33!'

용규의 결정은 유인구였다. 몸 쪽 높은 공으로 유인해 보자는
것. 치고 싶어 안달이 난 타자에게 알맞은 코스였다. 고개를 끄덕
인 운비가 포심을 뿌었다.

"뽀올!"

조금 높았다. 145킬로미터나 찍은 강속구였지만 타자는 속지
않았다.

'그렇다면 9번 존!'

운비가 낮은 쪽 사인을 냈다. 주저하던 용규의 미트가 움직였
다. 이재환의 콜드 존인 9번 존 부근. 그곳을 뭉긋하게 노려본 운
비는 실밥을 더듬으며 공을 뿌렸다. 공이 제대로 들어갔다.

슈욱!

이재환의 방망이가 바람을 갈랐다. 하지만 운비의 공은 마지막
에 발딱 고개를 들었다. 덕배가 명명한 크네이구였다. 머리가 살
아 있어 라이징 패스트 볼에 근접한 공. 이재환은 모자가 벗겨지
며 헛스윙을 하고 말았다.

"스트럭 아웃!"

심판의 콜이 허공을 후려쳤다.

"와아아!"

가슴을 졸이던 소야고 학부모들이 파도처럼 일어났다. 더그아
웃의 선수들도 두 주먹을 불끈 쥐며 환호했다.

"잘했다!"

외야에서 뛰어온 수찬과 덕배가 글러브로 운비 뒤통수를 쳤다.

철욱은 엄지를 세워 보이며 웃었다. 일대 위기를 넘긴 운비였다.

"해보자!"

"와아아!"

어깨를 맞대며 소야고 선수들은 후끈 달아오르기 시작했다.

위기 다음에 찬스!

야구의 바이블 같은 그 말은 소야고에도 적용되었다. 4회, 선두 타자로 나온 용규가 몸에 맞는 볼로 살아 나갔다. 박 감독은 번트 앤드 런을 걸었다. 투수 앞으로 굴러온 공을 투수가 2루로 던졌다. 그 공이 용규의 몸에 맞으면서 무사 1, 2루가 되었다. 진태가 번트에 성공해 원아웃 2, 3루. 이제 3번 철욱의 차례였다.

"강철욱 안타!"

"강철욱 안타!"

학부모들이 목이 터져라 악을 썼다. 소야고의 교타자 철욱이다. 한 방이면 역전이니 소야고 더그아웃은 환호할 수밖에 없었다.

따악!

볼카운트 투 앤 원에서 철욱의 방망이가 돌았다.

"안타……."

더그아웃의 선수들이 일제히 일어섰지만 공은 2루수 글러브로 빨려들고 말았다. 귀신같은 점프의 호수비에 걸린 총알 타구였다. 그나마 홈으로 뛰던 3루 주자가 귀루한 게 다행이었다.

'안 되는 건가?'

박 감독의 눈가에 그림자가 드리워졌다. 아무래도 경험 부족이 발목을 잡는 것 같았다. 하지만 거기 수찬이 있었다. 투아웃 후에 나온 수찬이 8구를 넘기는 실랑이 끝에 유격수 키를 넘는 안

타로 3루 주자를 불러들였다. 4번 타자의 위엄을 보여준 순간이
었다.

1 대 1.

강호 상언고와 균형을 이루었다. 다음으로 나온 덕배는 파울
로 투수를 괴롭혀 볼넷을 얻었다. 다시 1, 3루의 기회가 왔다.

"6번 타자 황운비!"

아나운서의 멘트와 함께 운비가 들어섰다.

투아웃 1, 3루.

"운비야, 한 방 먹여!"

타석에 나서는 운비에게 세형이 소리쳤다.

"황운비! 황운비!"

학부모들도 장신 선수에게 힘을 보태주었다.

불안을 느낀 상언고가 투수 교체를 단행했다. 소야고 따위에
게는 밀리지 않겠다는 듯 필승 카드를 꺼내 든 것이다. 교체 투
수는 원투 펀치의 2선발로 불리는 이석철. 다음 경기를 위해 아
껴둔 에이스를 투입하는 상언고였다.

타석에서 물러나 공을 보았다. 전국 최고 수준을 자랑하는 상
언고 원투 펀치의 한 명. 패스트 볼은 운비처럼 140킬로 중반대
까지 찍었다. 연습 투구가 끝나자 운비가 타석에 들어섰다.

"황운비! 황운비!"

"이석철! 이석철!"

양쪽 스탠드는 응원전으로 맞불을 놓았다.

'바뀐 투수의 초구!'

그런 건 노리지 않았다. 초구는 인코스 변화구가 들어왔고, 2구

는 낮은 제구의 패스트 볼이 꽂혔다. 볼카운트 원 앤 원. 묵묵히 공을 확인한 운비가 방망이를 한번 휘둘러 보곤 다시 타석을 밟았다.

'슬라이더.'

3구도 그냥 보냈다. 운비가 노리는 건 패스트 볼이었다. 4구에서 마침내 기다리던 그 공이 왔다.

'걸렸어!'

작심하고 하체를 돌리며 방망이를 휘둘렀다.

따악!

소리가 좋았다. 공은 정석처럼 중견수와 우익수의 중간을 꿰뚫었다.

"달려! 달려!"

3루 주루코치의 팔이 풍차처럼 돌아갔다. 3루 주자가 홈을 밟고 1루 주자도 3루를 밟았다. 운비는 1루에 안착했다.

"와아아아!"

2 대 1 역전.

소야고 더그아웃의 함성은 오늘 벌어질 파란의 신호탄이었다.

이후 살 떨리는 투수전이 전개되었다. 7회, 4번 타자에게 2루타를 맞았지만 후속 타자를 삼진과 뜬공으로 돌려세운 운비. 그때까지 운비가 솎아낸 삼진은 무려 여섯 개였다. 승부구로 쓴 크네이구는 쏠쏠하게 통했다. 운 좋게 맞춰도 파울 아니면 플라이가되기 일쑤였다.

7회 말, 수찬이 또 하나의 기적을 쏘아 올렸다. 투아웃에서 이석철의 2구를 받아쳐 솔로 홈런을 작렬한 것이다. 소야고 4번 타자의 존재감 피력이자 소야고 타자들이 물방망이가 아니라는 무력시위였다.

3 대 1의 8회 초, 중견수 앞 안타에 에러가 겹치면서 상언고 6번 타자에게 무사 2루를 허용하게 되었다.

"더 던질 수 있겠냐?"

박 감독이 마운드로 나와 물었다.

"아직 어깨에 땀도 안 났거든요."

운비가 웃었다.

"주자는 신경 끄고 네 투구만 해라. 한 점 줘도 3 대 2니까."

박 감독은 격려를 남기고 그라운드를 내려갔다. 그 말 때문인지 정말 한 점을 헌납하고 말았다. 이번에는 3루수 땅볼에서 불규칙 바운드가 일어나 공의 방향이 꺾이면서 기분 나쁜 득점타를 허용한 것이다.

3 대 2에 무사 1루.

스코어링포지션이 사라지자 차라리 홀가분했다. 운비는 다시 역투에 들어갔다. 8번은 포수 파울플라이로 잡았고, 9번은 내야 땅볼로 아웃 카운트를 늘렸다. 2사 2루가 되었지만 1번 타자에게 143킬로미터 직구로 쓰리 스트라이크를 채우며 이닝을 먹어치웠다.

운명의 9회 초가 되었다. 상언고는 타순이 좋았다. 2번부터 시작이었다. 감독의 지시가 떨어졌는지 초구는 손도 대지 않았다. 전국 대회 첫 선을 보인 초짜 투수. 3회 노아웃부터 등판했으니 힘이 떨어졌을 거라고 판단한 것이다.

사실 운비도 그랬다. 6회가 지나면서 약간의 피로가 느껴졌다.

전력투구를 한 것이다. 그런데 7회 마운드에 오르자 피로는 가시고 없었다. 8회도 마찬가지였다. 쓰리 아웃을 잡고 소야고 공격을 지켜볼 때는 약간 피로했다. 하지만 마운드를 밟으니 피로감이 사라졌다.

"……!"

로진백을 만지던 운비의 머리에 불이 들어왔다.

'게임기의 스킬 옵션.'

그것이었다. 2번 스킬에 들어 있던 30% 기적의 체력 회복력. 그 덕분에 체력이 내려가다가도 마운드를 밟으면 충전이 되는 것이다.

'엄마……'

시야에 두 개의 큐빅이 보였다. 타조의 신성 시력과 기적의 체력 회복력. 운비의 공을 쥔 손에 짜릿한 에너지가 느껴졌다.

고마워요.

그렇다면 더욱 질 수 없죠.

다시 시작이다.

빽!

천둥소리가 울렸다. 운비의 포심이, 투심이 용규의 미트를 흔드는 소리였다. 2번 타자는 삼진으로 돌려세웠고, 3번 타자는 1루수 플라이로 잡았다. 마지막으로 맞선 상언고 4번 타자 허기창. 초구 포심을 흘려보낸 그의 방망이가 2구에서 돌았다. 공은 하늘로 솟았다. 소야고 더그아웃의 시선도 하늘로 솟았다. 윤서와 방규리, 다른 학부모들도 마찬가지였다.

"마이 볼!"

운비가 두 팔을 휘두르며 자리를 잡았다. 공은 운비의 글러브 안으로 쏙 빨려들어 갔다. 운비의 고교 첫 승이자 28연패의 소야고가 전국 대회 본선에서 3년 만에 공식 승리를 올리는 순간이었다.

3 대 2.

박빙의 승부를 펼치며 우승 후보를 격침, 파란을 예고하는 순간이었다.

"와아아!"

"운비야!"

내, 외야수들이 해일처럼 운비에게 달려왔다. 더그아웃의 선수들도 마찬가지였다. 2루수와 1루수가 먼저 운비를 덮쳤다. 세형과 용규가 그 위로 포개졌다. 7이닝 1실점. 승리투수는 운비였다.

"으아악! 으아악!"

그치지 않는 비명이 터졌다. 누가 지르는지도 몰랐다. 그래도 행복했다. 우승보다 값진 승리였다. 더그아웃에서 지켜보는 박 감독의 눈덩이도 뜨끈해졌다. 그건 그에게도 차마 잊을 수 없는 장면이었다.

11. 거침없이 결승까지

나흘 후, 소야고는 다시 출정 준비를 마쳤다. 이번에는 서울 닥수고와의 2차전이었다. 닥수고는 포항 강철고를 누르고 올라왔다. 최근에는 성적이 조금 주춤거리지만 전국 대회를 호령하던 전통의 닥수고.

이 게임은 영길이 선발로 출격했다. 하지만 중간에 위기를 맞아 결국 철욱에 이어 운비가 등판하게 되었다. 매조지는 운비의 몫이었다.

게임 스코어는 6 대 4. 승리투수는 황운비. 소야고의 대역전 드라마가 나온 날이었다.

대구 상언고에 이어 닥수고 격침. 이제 소야고의 승리는 더 이상 기적이 아니었다.

3차전은 철욱이 선발을 자청했다. 2차전 구원의 난조를 만회하려는 결심이다. 그래서 그런 건지 실밥이 제대로 긁혔다. 슬라이더가 위력을 발휘하면서 7회까지 1실점으로 막아냈다. 2회와 5회에 득점이 터지면서 스코어는 3 대 1. 8회 마운드를 넘겨받은 영길이 1실점을 했으나 결국 3 대 2 신승을 거둔 소야고였다. 마침내 소야고는 4강에 선착하게 되었다.

4강!

선수들이 울었다. 늘 찬밥 취급만 받던 야구부였다.

―보나 마나 또 깨지겠지.

―우리 학교 야구부는 참가하는 데 의의.

마침내 그 공식이 깨졌다. 세형은 같은 반 장미애에게 꽃까지 받았다. 철욱과 덕배, 수찬도 그랬다. 경기장으로 가는 버스도 두 대로 늘었다. 음료수와 간식도 빵빵하게 실렸다. 최근에는 드물던 일이다.

결승전!

이때부터 선수들은 그 단어를 가슴에 품었다. 운비 때문이다. 3차전을 쉬면서 힘을 아낀 에이스. 이제는 다른 팀도 경계하는 에이스가 건재한 까닭이다.

준결승전 상대는 안산 둥산고였다. 둥산고는 태구고를 6 대 0 셧 아웃으로 물리치고 4강에 올랐다. 다른 조는 충남의 공비고와 서울의 충안고가 결승 진출 자웅을 겨루게 되었다.

"내일은 운비가 선발이다."

저녁 훈련을 끝낸 박 감독이 말했다. 선수들 눈빛이 결연하게 변했다. 결승전은 목동구장에서 야간경기로 열리게 되었다.

"으아, 이러다 우리 결승에서 공비고 자식들 만나는 거 아니야?"

덕배는 좋아 죽겠다며 몸서리를 쳤다.

"만나면 묵사발을 내주자."

수혁의 눈에 전의가 이글거린다. 공비고 이름만 들어도 오한이 나던 선수들. 그 모습은 이제 온데간데없었다.

"선발이야?"

집으로 돌아가는 벤츠 안에서 윤서가 물었다. 운전은 황금석이 하고 있었다.

"응!"

"자신 있어?"

"응!"

"와아! 아빠, 운비뿐만 아니라 저도 야구 피가 도나 봐요. 배구보다 더 짜릿한 거 있죠?"

"나는 운비가 나오니까 피가 마르던데."

"뭐 저도 그렇긴 하지만 야구가 이렇게 재미있는 줄 몰랐어요. 내 친구들하고 외국인 수강생들 중에서도 운비 팬된 사람이 많다니까요. 배구보다 야구가 백배는 낫다고 메이저 보내라고 난리예요."

"아무튼 다행이구나. 네가 야구한다고 할 때는 하늘이 노랬는데."

"죄송합니다."

운비가 대답했다.

"그나저나 우리 몰래 야구 연습 했던 거냐? 네 실력이 보통은 아니던데?"

"예."

황금석의 질문은 어물쩍 넘겨 버렸다.

"기왕 전향한 거, 야구에서도 최고가 되어라. 소야고에도 우승기 한번 안겨주면 좋지."

"열심히 할게요."

"그런 의미에서 이거."

윤서가 보양식을 내밀었다. 또 그 밀월 가루였다. 두말없이 받아 마셨다. 빅 유닛이 되는 일이다. 스태미나를 위해 뱀탕이나 자라탕을 먹는 사람도 있는 판이다.

집에는 진수성찬이 차려져 있었다. 방규리의 작품이다. 일찍 귀가한 그녀가 운비를 위해 실력 발휘를 한 것이다. 고마웠다. 그런 한편 아빠 곽민규 생각이 났다.

소야고 소식을 들었을까?

상심해서 깡술이나 마시고 있는 건 아닐까?

방으로 돌아온 운비는 핸드폰을 만지작거렸다. 그러다 알게 되었다. 별로 관리도 하지 않던 카톡 등의 SNS가 화끈 달아올라 있다는 것을. 두 번의 승리 때문인지 썰렁하던 SNS가 붐비고 있었다. 몇 개 열어보고 화면을 닫았다. 지금은 SNS보다 곽민규가 우선이었다.

전화를 걸까?

아빠, 우리 팀이 4강에 올라갔어.

내가 2승을 올렸다고.

마음은 굴뚝같지만 여의치 않았다. 뜬금없이 전화를 건다면 아빠 마음만 심란해질 게 뻔했다. 아빠를 이해시키려면 여러 가지 궁리가 필요했다.

'그나저나……'

둥산고!

운비는 그 이름을 곱씹었다. 그 팀의 민성갑 감독도 곱씹었다. 피가 금세 뜨끈해졌다. 중3 때 받은 멸시 때문이다.

'개나 소나 투수야?'

'동네 야구나 해라.'

아빠와 함께 입학을 부탁하러 갔던 승우. 테스트 투구 후에 들은 말이다. 그 말은 어린 가슴에 대못으로 박혔다.

운비와 콜라보를 이룬 지금까지도 뇌리에서 바글대고 있었다.

민 감독님.

그 개나 소인 투수가 돌아왔습니다.

동네 야구 맛을 보여 드리죠.

처음에는 생각지 못한 일이다. 그저 이기고만 싶었다. 하지만 이렇게 둥산고와 만났다. 그렇다면 다른 건 몰라도 민 감독의 콧대만은 꺾어놓고 싶었다. 가능하면 무참하게.

그 바람 때문일까? 일찍 잠에서 깼다.

운동장에 일 번으로 도착했다. 운동장 외야를 돌았다. 몸에 땀이 나기 시작했을 때 세형이 나타났다.

"운비야!"

"어, 일찍 왔네?"

"네가 올 줄 알았거든."

세형은 포수 장비를 갖추고 나왔다. 연습 벌레 황운비. 야구에 미치기는 승우랑 똑같다는 걸 알기에 공을 받아주러 온 것이다.

"고맙다."

"고맙긴, 후보 주제에 이렇게라도 기여해야지."

"네가 왜 후보야? 내 마음속의 배터리는 너뿐인데."

"진짜?"

"그럼. 용규 형도 네가 버티고 있으니까 든든하다고 했거든."

"씨발, 승우 자식도 늘 그렇게 말했는데."

"코 그만 맹맹거리고 공이나 받아라. 나 몸 풀어주러 나왔다며?"

"오케이!"

세형이 미트를 내밀었다. 운비의 공이 날아갔다.

팡!

뻥!

뻑!

구종에 따라, 구속에 따라 다르게 연주되는 소리가 좋았다. 용규와는 또 다른 미트질을 하는 세형. 노련함과 도루 저지 능력은 미숙하지만 블로킹과 미트질이 좋은 세형. 그렇기에 마음 놓고 스플리터도 함께 연습했다.

세형은 공을 제대로 막아냈다. 블로킹은 확실히 용규보다 나은 세형이다. 문제는 도루 저지가 폭삭 망한 '폭망'이라는 것.

"감독님이다."

땀을 닦던 세형이 말했다. 저만치 박 감독이 와 있었다. 옆에는 교장이 보였다. 대화를 하는 둘의 분위기가 어쩐지 무거워 보였다. 곧이어 선수들이 하나둘 도착했다. 가벼운 몸 풀기로 컨디션 조절을 하고 점심을 먹었다.

"운비야, 많이 먹어."

"야, 내 것도 먹고 오늘 삼진 열 개만 잡아라."

"삼진 가지고 되냐? 노히트노런 아니면 퍼펙트 세워야지."

선수들은 앞다투어 운비를 챙겨주었다.

식사가 끝나자 버스가 도착했다. 이번에는 무려 넉 대였다.

"학생들 일부가 응원 온단다."

선수들을 향해 박 감독이 말했다.

"으아!"

선수단이 주먹을 쥐며 좋아했다. 전교생이 동원되는 건 아니지만 학교 차원의 응원. 이건 정말이지 꿈도 꾸지 못한 일이다.

"운비야."

버스 안에서 세형이 입을 열었다. 오늘은 둘이 나란히 앉았다.

"왜?"

둥산고 선수들 기록을 보던 운비가 대꾸했다.

"승우 말이야. 둥산고에 대해서 뭐 한 말 없냐?"

"있지."

"뭔데?"

"민 감독 콧대 날려주는 거."

"우와, 아네?"

"걱정 마라. 오늘이 바로 그날이다."

"부탁한다. 실은 나도 민 감독한테 테스트 받으러 갔다가 존나 개무시당했거든."

"너도?"

"승우는 모르는 일이야. 쪽팔려서 말 안 했어."

"걱정 마라. 등산고, 오늘 바로 짐 싸야 할 테니까."

대답하는 운비의 눈동자가 빛을 발했다. 세형은 알았다. 운비가 지금 장난이 아니라는 걸. 그래서인지 운비가 자꾸만 좋아지는 세형이다.

"······!"

목동구장에서 응원단을 향해 인사를 하던 운비의 두 눈이 스탠드 중간에서 멈췄다. 거기 윤서가 있었다. 황금석과 방규리도 있었다.

"운비야!"

윤서가 일어나 손을 흔들었다. 허벅지를 시원하게 드러낸 미니스커트가 뭇 사람들의 시선을 끌었다. 운비는 모자를 벗어 화답했다.

"누나!"

세형이 끼어들어 눈도장을 찍었다. 그러더니 헬렐레 헛소리를 밀어냈다.

"너는 좋겠다. 저런 누나랑 살아서."

세형이 얼굴을 밀어내고 시선을 옮겼다. 운비가 찾는 사람은 곽민규였다. 어디에도 보이지 않았다.

하긴, 승우가 없는 소야고. 혹 선전하는 소식을 들었다고 해도 올 이유가 없었다.

'필승!'

운비는 주먹을 불끈 쥐고 등산고 선수들과 마주 섰다. 눈빛이 오갔다. 대다수가 운비에게 쏠렸다. 미소로 받아쳤다.

"내가 할 말은 하나뿐이다. 너희는 예전의 소야고 선수가 아니라는 것. 이제 꿀릴 것 없는 에이스도 있고 홈런을 치는 4번도 있다."

박 감독의 훈시는 강력했다.

"서로 믿고 능력을 100% 발휘해 주기 바란다."

박 감독의 눈빛이 그라운드로 향했다.

선공은 둥산고, 소야고는 후공으로 시작했다.

"황운비! 황운비!"

1회 초, 응원을 등에 업은 운비가 마운드에 올랐다.

세 게임을 치르는 동안 소야고의 에이스로 우뚝 선 운비였다. 그것도 그냥 에이스가 아니었다.

재학생들도 이제 운비의 크네이구를 알 정도였다. 로진백을 놓은 운비가 홈을 바라보았다. 아슴아슴하게 수호령이 보인다. 수호령은 아지랑이처럼 손을 흔들며 사라졌다.

그 자리에 매직 존이 불꽃처럼 섰다. 자신감이 붙은 선수들은 더 이상 찌질이가 아니었다. 이제 당당한 전국 4강이었다.

뻑! 뻑!

1회 초, 운비는 삼자범퇴로 이닝을 종결했다. 삼진 하나에 플라이가 두 개였다.

이어진 1회 말, 톱타자로 나온 강돈이 2구를 받아쳐 우전 안타를 만들어냈다. 진태는 바로 번트 자세를 취했다.

하지만 페이크였다. 번트를 대주려고 들어온 공을 쳐내 투수키를 넘겼다.

코스가 좋아 운이 따랐다. 3번 철욱도 배트 중심에 공을 맞췄다. 아깝게도 우익수에게 잡히며 분루를 삼켰다. 그사이 2루 주자가 태그 업을 해 3루에 안착했다.

원아웃에 1, 3루.

홈런 기록이 있는 수찬이 타석에 들어서자 소야고 응원단이 달아올랐다. 전과는 완전히 다른 분위기였다.

"홈런! 홈런!"

200여 명에 가까운 재학생, 동문, 학부모의 성원을 업고 수찬의 방망이가 돌았다.

따악!

소리는 좋았다. 하지만 좌익수가 타구 방향을 읽어냈다. 그가 펜스를 등지고 공을 잡아냈다.

3루 주자가 태그 업으로 홈을 밟았다. 1점을 선취하는 소야고였다.

이후로 팽팽한 투수전이 시작되었다. 2회부터 안정을 찾은 둥산고 투수도 만만치 않았다.

특히 슬라이더와 싱커가 위력을 뿜었다. 7회까지 둥산고 투수는 땅볼로만 아웃 카운트 9개를 올렸다. 반대로 운비는 6개의 삼진을 솎아내고 있었다.

힘과 기교!

판이하게 다른 두 투수의 투수전은 보는 사람들의 간을 졸이게 만들었다.

8회 초, 원아웃 후에 둥산고의 1번 타자가 행운의 안타를 만들었다.

야간경기 경험이 없는 철욱이 공이 라이트 안으로 들어가자 방향을 잃은 것이다. 주자는 2루까지 치달았다. 운비로서는 네 번째 맞은 안타였다.

"바꿔줄까?"

마운드로 올라온 박 감독이 물었다. 운비의 시선은 민 감독에게로 향했다. 빙그레 웃는 모습이 보인다.

"던지게 해주세요."

운비가 대답했다.

"어깨는?"

"괜찮습니다."

"무리하는 건 안 돼. 넌 오늘이 아니라 내일이 중요한 나이니까."

"정말 괜찮습니다. 이제 겨우 어깨에 땀이 나는 중이거든요."

운비가 웃었다. 과묵한 것 같지만 챙겨주는 마음이 고마웠다.

"좋아, 뒤에 철욱이 있으니까 편하게 생각하고 직구 중심으로 찔러라. 쟤들 배트가 좋지만 야간경기라 네 속구가 꿀리지 않아."

"예."

감독의 말에 따랐다. 운비는 포심과 투심으로 맞섰다. 제구를 잡을 때는 속도를 줄였고 그렇지 않을 때는 볼이 되더라도 전력 투구했다.

3구로 들어간 공이 여전히 145를 찍었으니 힘이 빠진 건 아니었다. 2루 주자의 리드가 커지자 용규가 견제를 뿌렸다.

하지만 2루수가 제대로 커버하지 못하면서 공이 빠지고 말았다. 졸지에 주자가 3루에 안착하게 되었다.

상심한 용규가 흔들리기 시작했다. 타자가 친 파울플라이를 놓치더니 기어이 치명적인 에러까지 범했다.

실수를 만회하기 위해 3루 주자에 집착하다 운비의 공을 빠뜨리고 만 것이다.

3루 주자가 홈을 밟으면서 등산고의 길고 긴 0의 행진이 깨졌다.

4강에 올랐지만, 3학년이지만 무너진 마음을 달래기에는 어렸던 것이다.

스코어 1 대 1. 승부는 원점으로 돌아갔다.

박 감독이 나와 일대 모험을 감행했다. 흔들리는 용규를 빼고 세형을 포수 자리에 앉혔다. 운비가 다가가 세형에게 한마디 건넸다.

"쫄지 마라."

"씨발, 누가 쫀다고."

"얼굴 시뻘게진 거 보니 쫄았는데?"

"안 쫄았거든."

"너 아까 그랬지? 민 감독 뽀작 내는 게 승우 소원 중 하나였다고."

"그래서 뭐?"

"네 소원이기도 하고?"

"……."

"우리 둘이 그 소원 이룬다!"

운비는 확정적으로 말했다.

"나 처음 너랑 만난 날의 배구 아니지?"

"그야……."

"너도 그날 나랑 처음 만난 세형이 아니다. 알았어?"

"응."

"대답 봐라. 아직도 쫄았네."

"씨발, 안 쫄았거든!"

세형이 인상을 긁으며 대답했다.

"좋았어. 2번, 3번 다 삼진으로 잡는다."

운비가 돌아섰다. 사인을 여러 번 주고받았다. 사인 사이에 둘만이 아는 암호도 나누었다. 세형이 적응할 시간을 주려는 의도였다.

'4번 존과 8번 존 사이.'

바깥쪽 상하 폭으로 흔들어보자는 뜻. 사인을 정한 운비가 포심을 뿌렸다.

뻑!

공은 바깥쪽 높은 곳에 꽂혔다. 144킬로미터짜리 포심. 타자의 방망이가 돌았지만 겨우 건드리는 수준이었다.

공은 2루수가 잡아 처리했다. 다음 타자는 포심으로 카운트를 잡고 체인지업을 시도했다.

직전에 140짜리 빠른 공이 들어간 덕분에 헛스윙이 나왔다. 이닝 종결이다.

"서두르지 말고 스트라이크만 노려라. 불안한 건 저쪽이야. 알았나?"

마지막 9회 말, 박 감독이 타자들에게 오더를 냈다. 결승을 목전에 둔 준결승. 박빙의 1 대 1이니 초조하기도 하련만 박 감독은 냉철했다. 타순은 6번인 운비부터 시작하게 되었다.

"자신 있게 쳐라!"

배트를 집어 드는 운비에게 박 감독이 격려의 말을 건넸다.

공 하나를 보내고 2구를 받아쳤지만 파울이 되었다. 투 스트라이크가 되자 소야고 더그아웃이 조용해졌다.

3구는 슬라이더. 궤적을 보았기에 참아냈다. 4구는 커브가 들어왔다. 브레이크가 듣지 않으면서 볼이 되었다.

볼카운트 투 앤 투. 투수가 위닝샷으로 슬라이더를 뿌렸다. 운비의 방망이 끝에 공이 걸렸다. 공은 유격수 깊은 쪽으로 향했다. 유격수가 역 모션 슬라이딩 캐치로 원 바운드를 받아냈다. 1루로 뿌렸으나 운비도 베이스를 지나갔다. 심판의 입은 한 박자 늦게 열렸다.

"세, 세이프!"

둥산고 더그아웃 쪽에서 야유가 나왔지만 판정은 바뀌지 않았다.

운비의 전력 질주가 만들어낸 내야안타였다.

하지만 도윤과 형도가 맥없이 물러났다. 슬라이더에 당한 것이다. 타석에 세형이 들어섰다. 순기가 있지만 대타 카드를 쓸 수 없었다.

세형을 빼면 포수가 마땅치 않은 까닭이다.

타석에 들어서기 전 박 감독이 세형의 귀에 대고 뭔가를 속삭였다.

뭘까?

세형이 박 감독의 지시에 부응할 수 있을까?

두어 발을 리드하며 운비는 기원했다. 여기서 세형이 큰 거 하나 때려준다면? 그렇다면 승우와 세형의 합작으로 민 감독을 밟아주는 결과가 될 수 있었다. 그래서 빌었다. 제발 더도 말고 덜도 말고 2루타 하나만 쳐달라고.

1구는 슬라이더가 스트라이크존에 꽂혔다. 둥산고 투수 역시 대단했다. 1회의 슬라이더 각이 별로 무뎌지지 않았다.

2구도 슬라이더였다. 스트라이크존을 횡으로 넘나드는 스트라이크가 들어왔다.

게임 출장이 적은 세형이 감당하기엔 쉽지 않아 보였다.

하지만 이날의 경기 운은 소야고 편이다. 바깥쪽으로 빠지는 공을 참고 몸에 맞을 뻔한 인코스를 두 눈 부릅뜨고 참아낸 세형. 다섯 번째 날아온 직구만은 놓치지 않았다.

빠악!

배트가 돌았다. 배트가 두 동강이 나며 갈라졌다. 공은 3루 선상을 타고 날아갔다. 3루수가 몸을 날렸지만 그대로 흘러 나갔다.

"와아아!"

소야고의 응원석이 해일처럼 일어섰다. 운비는 달렸다.

그저 달렸다.

아무것도 보지 않았다.

벌떡 일어선 황금석과 윤서, 방규리도 보지 않았다.

—이길 거야!

—보여주고 말 거야.

—승우가 쓰레기 선수가 아니었다는 걸.

—세형이도 쓰레기가 아니라는 걸.

3루를 돌았다. 공을 잡은 좌익수가 홈을 향해 공을 뿌렸다.

운동장의 모든 눈이 홈으로 향했다.

공은 원 바운드가 되며 포수 미트로 들어갔다. 미트가 운비 옆 구리를 찍었을 때, 운비의 손은 이미 홈 플레이트를 짚은 후였다.

"세이프! 게임 종료!"

심판이 미친 듯이 콜을 했다. 9회 말, 기적과 같은 승리였다.

"와아아!"

소야고 선수들이 벌 떼처럼 홈을 향해 뛰어나갔다.

1루에 멈춘 세형은 자신이 친 안타가 믿기지 않는지 그 자리에 주저앉아 있다.

그리고 혼잣말로 중얼거렸다.

"감독님, 해냈어요. 시키는 대로 직구만 노렸어요. 직구만."

중얼거리는 사이에 시야가 흐려졌다.

"소야고! 소야고!"

"이세형, 이세형!"

노도 같은 응원 소리가 운동장을 흔들었다. 선수들의 축하 세례를 받으며 운비는 보았다.

얼굴이 찌그러지는 민 감독의 표정. 배트를 걸어차는 민 감독의 발길. 그 오만하던 얼굴에 지진이 일어나고 있었다.

우르릉! 쫘자작!

"운비야!"

정신을 차린 세형이 달려왔다.

"이세형!"

"으아악! 내가 끝내기 안타를 쳤어! 끝내기 안타!"

"잘했다. 네가 해낼 줄 알았어."

"감독님 지시대로 다 참고 직구만 노렸어."

"그래, 잘했다. 민 감독 얼굴 봤지?"

"씨발, 봤지. 개사이다 맛이다. 후어엉!"

세형이 운비의 품을 파고들었다. 둘은 서로 껴안은 채 뜨거운 마음을 나누었다.

그 뜨거움 속에서 지난 서러움이 방울방울 증발해 갔다.

결승 진출!

무려 결승 진출이었다.

구장에서 나오는 길, 한 외국인이 다가왔다. KFC 앞에 선 백발 신사를 빼닮은 서양 할아버지였다.

"황운비?"

그가 웃었다.

"예?"

"반갑네. 자주 보게 되면 좋겠군."

조금은 어눌한 한국어였다. 흰 면티에 멜빵 청바지를 입은, 마치 동네 할아버지처럼 소탈한 모습의 그는 그 말을 두고 구장을 나갔다.

"누구야?"

세형이 다가왔다.

"응? 몰라."

"혹, 혹시… 메이저리그 스카우터?"

"뒈질래?"

"아니면 외국인이 왜?"

"그냥 야구 보러 왔나 보지."

운비는 세형의 머리에 헤드록을 작렬하며 웃었다.

이날은 몰랐지만 세형의 말이 맞았다.

그가 바로 훗날 운비의 운명에 엄청난 영향을 미치게 되는 '매의 눈', 메이저리그 아시아 전문 스카우터 스칼렛이었다.

『RPM 3000』 2권에 계속…

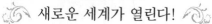

초대형 24시 만화방

신간 100%, 샤워실, 흡연실, 수면실(침대석), 커플석, 세탁기 완비

■ 시흥 정왕25시점 ■

경기 시흥시 정왕동 1742-13 미스터피자 건물 5층
031) 319-5629

■ 강북 노원역점 ■

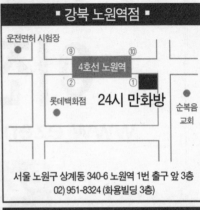

서울 노원구 상계동 340-6 노원역 1번 출구 앞 3층
02) 951-8324 (화용빌딩 3층)

■ 일산 정발산역점 ■

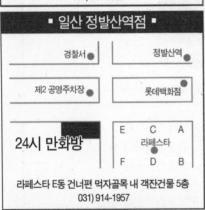

라페스타 E동 건너편 먹자골목 내 객잔건물 5층
031) 914-1957

■ 일산 화정역점 ■

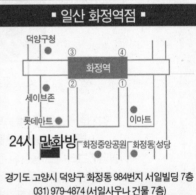

경기도 고양시 덕양구 화정동 984번지 서일빌딩 7층
031) 979-4874 (서일사우나 건물 7층)

■ 부천 역곡역점 ■

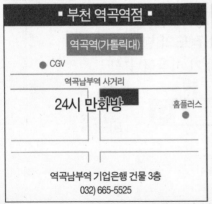

역곡남부역 기업은행 건물 3층
032) 665-5525

■ 부평역점 ■

(구)진선미 예식장 뒤 한신포차 건물 10층
032) 522-2871

이계진입 리로디드

임경배 퓨전 판타지 소설

FUSION FANTASTIC STORY

『권왕전생』 임경배의 2015년 신작!

『이계진입 리로디드』

왕의 심장이 불타 사라질 때,
현세의 운명을 초월한 존재가 이 땅에 강림하리라!

폭군으로부터 이세계를 구원한 지구인 소년 성시한.
부와 명예, 아름다운 연인…
해피엔딩으로 이야기는 끝인 줄 알았건만
그 대가는 지구로의 무참한 추방이었다.
그리고 10년 후……

"내가 돌아왔다! 이 개자식들아!"

한 번 세상을 구한 영웅의 이계 '재' 진입 이야기!

Book Publishing CHUNGEORAM

유행이 아닌 자유추구-
WWW.chungeoram.com

GRAND SLAM

FUSION FANTASTIC STORY

자미소 장편소설

그랜드슬램

2016년의 대미를 장식할 최고의 스포츠 소설!!

Career record : 984W 26L
Career titles : 95
Highest ranking : No.1(387weeks)
Grand Slam Singles results : 23W
Paralympic medal record : Singles Gold(2012, 2016)

약 십 년여를 세계 최고로 군림한 천재 테니스 선수.
경기 내내 그의 몸을 지탱하고 있는 것은…… 휠체어였다.

『그랜드슬램』

휠체어 테니스계의 신, 이영석(32).
그는 정상의 자리에서도 끝없는 갈망에 사로잡혀 있었다.

"걷고 싶다, 뛰고 싶다. …날고 싶다!!"

뛸 수 없던 천재 테니스 선수
그에게, 날개가 달렸다!!!

Book Publishing CHUNGEORAM

유행이 아닌 자유추구
WWW. chungeoram.com